TOM WOLF

GOLDBLOND

Verheerende Torheit

Preußen-Krimi

berlin.krimi.verlag

Die Personen und Handlungen dieses Romans sind frei erfunden.
Ähnlichkeiten mit tatsächlichem Geschehen
sind zufällig und nicht beabsichtigt.

Bibliografische Information der Deutschen Bibliothek

Die Deutsche Bibliothek verzeichnet diese Publikation in der
Deutschen Nationalbibliografie; detaillierte bibliografische Daten
sind im Internet über http://dnb.ddb.de. abrufbar.

Originalausgabe

KulturBrauerei Haus S, Schönhauser Allee 37, 10435 Berlin
post@bebraverlag.de
Lektorat: Gabriele Dietz, Berlin
Umschlag: Hauke Sturm, Berlin, unter Verwendung eines Ausschnitts
des Gemäldes von Pieter van der Willigen,
»Vanitas«, Moskau, Staatliches Puschkin-Museum
bpk, Berlin
Gestaltung: Magde Blues, Berlin
Schrift: Stempel Garamond 9,6/13,5
Druck und Bindung: GGP Media GmbH, Pößneck

ISBN 3-89809-501-0

www.bebraverlag.de

Den löblichen Mitgliedern der Mitnahme-Gesellschaft

Verzeichnis der historischen Personen und *fiktiven* Hauptakteure

Bärbaum, Georg – Hofmeister beim Prinzen Ferdinand
Beeren, Gerardine von – Urenkelin Honoré Langustiers
Büsching, Anton Friedrich – Direktor des Gymnasiums zum Grauen Kloster
Distel, Georg – Polizei-Kommissar
Friedrich II. – König von Preußen
Göthe, Wolfgang – Wirklicher Geheimer Legationsrat und Reisebegleiter des Herzogs von Sachsen-Weimar-Eisenach, vormals freier Autor
Heim, Ernst Ludwig – Stadtphysikus in Spandau und Kreisphysikus des Havellandes
Heinrich, Prinz von Preußen – Bruder Friedrichs II.
Hordt, Karl Gustav von – Oberst beim Regiment Prinz Heinrich, Sohn des Erbherrn auf Sacrow
Hupfuff, Jakob Hesekiel – Küster zu Sacrow
Kamecke, Alexander Friedrich von – Sohn des Erbherrn auf Prötzel
Klaproth, Martin Heinrich – Betreiber der Berliner Apotheke *Zum Weißen Schwan*, Chemiker
Kuckuck, Elise – Betreiberin des *Elisiums*
Langustier, Honoré – Zweiter Hofküchenmeister Friedrichs II. i. R.
Lüdicke, Wilhelm – Diener des Grafen von Hordt
Maußhardt, Theodor – Pfarrer zu Sacrow, Religionslehrer am Gymnasium zum Grauen Kloster

Neuhof, Karl Ahasverus – Amtsrat und Hofarchivar; Groß-Archivar der Großen National-Mutterloge in den preußischen Staaten

Sello, Anselm – Gärtner des Grafen von Hordt

Wallner, Johann Christoph – Rentmeister der Domänenkammer des Prinzen Heinrich von Preußen, altschottischer Obermeister der Großen National-Mutterloge in den preußischen Staaten, Prediger an der Reformierten Parochialkirche

Zinnendorf, Johann Wilhelm Kellner von – Generalfeldstabsmedikus, Ordensmeister der Großen Landesloge

Um selber ruhig zu sein,
ist kein ander Geheimnis,
als die anderen zu beunruhigen.
Friedrich II.

Wenn du willst, dass eine Arbeit
richtig getan wird, dann erledige sie selbst.
Alte Weisheit

Sonntag, 3. Mai 1778

Eine Sanduhr, ein dreiarmiger Leuchter, ein Totenschädel, eine Bibel und ein beschriebenes Blatt Papier – mehr erblickte der Gefangene nicht. Zum wiederholten Male las er den aufgeschlagenen Bibeltext *Am Anfang war das Wort*, was seine Verzweiflung nicht minderte. *Betrachte diese Sanduhr, mein Bruder*, hatten sie gesagt. *So, wie ihr Sand verrinnt, läuft auch die Zeit deines Lebens ab, unaufhaltsam. Sieh auf diesen Schädel – dein Antlitz wird ihm bald schon gleichen. Blicke auf diese Kerzen: so kurz sind sie schon! So wie sie wird dein irdisches Leben in Kürze verlöschen.*
Der traurige Geselle wusste, dass es mit ihm zu Ende ging. Er schien unfähig, sich dagegen zu wehren, seine Glieder waren schon wie leblos. Anfangs hatte er sich noch gesträubt und an Flucht gedacht. Jetzt erkannte er die Zwecklosigkeit dieses Ansinnens. Es gab nur einen Weg aus dieser fensterlosen Kammer, und dieser Weg war der Tod.
Es klopfte dreimal an die Tür seines Gelasses. Der Schlüssel ging. Ein Mann trat ein. Er hieß ihn seinen Rock ausziehen, das Hemd aufknöpfen und die Hemdsärmel aufrollen. Langsam folgte er diesen Befehlen. Er wurde umgedreht und rückwärts ins Dunkel geführt. Allein stand er da in der Schwärze. Die Tür, auf die er sah, wurde geschlossen. Hinter ihm flammte ein Licht auf. Er spürte die Anwesenheit seiner Richter.
Das Gericht fällte in seinem Beisein das Urteil. Peinigend, wie sie ihn befragten, ohne dass er die Fragenden sah! Quälend zu hören, wie das eigene Testament vor einem unsichtbaren Publikum verlesen wurde!

»Bruder Erster Aufseher, warum brennen die Lichter so schwach?«, fragte der Mann, der ihn hereingeführt hatte und noch immer neben ihm stand.
»Wir befinden uns in der Nähe des Todes, Ehrwürdiger Meister«, antwortete eine tiefe Stimme. Er hörte diese Stimmen mit Erschauern und gleichzeitigem Behagen. Ja, er wollte sterben!
»Wie können wir Meister der Kunst werden?«
»Indem wir an unser vergängliches Leben den Maßstab des Ewigen anlegen.«
Gemurmel.
»Es geschehe also.«
Die tiefe Stimme sprach zu ihm:
»Bruder, du wirst sterben, doch dein Tod führt zur Wiedergeburt. Erst heute weihst du dich uns ganz für Leben und Tod.«
Hiernach herrschte Ruhe.
»Die Stille des Todes ist in den schwarz verhüllten Tempel eingekehrt. Die Trauernden sind versammelt. Du befindest dich in dem Raum, in dem die Meister arbeiten. Schau in dich, schau um dich, schau über dich. Den rauen Stein zu behauen, ist die Aufgabe des Lehrlings. Mutig und fröhlich in der Gemeinschaft zu arbeiten, lernt der Geselle. In dunkler Stunde einsam den Tod zu bestehen, das ist die Kunst des Meisters. Nicht *werde und stirb* lautet deine Aufgabe, sondern *stirb und werde*!«
Ein Schlag ertönte und das Kerzenlicht mehrte sich. Ein Totenhaupt wurde ihm gereicht. Er stand noch immer mit dem Gesicht zur Tür, während die Stimmen von hinten kamen, aus dem großen Raum. Die tiefe Stimme gehörte dem Meister vom Stuhl:
»Der, dessen Schädel du nun in Händen hältst, mein Bruder, war einst ein Mensch wie du!«
Honoré Langustier, ehemaliger Zweiter Hofküchenmeister des Königs von Preußen, sah in die knöchernen Augenhöhlen des Totenkopfes und begriff im Angesichte dieser Mahnung, wie

nahe das Ende ihm war. Dass man ihn so spät im Leben noch einen symbolischen Tod sterben ließ, durfte ungewöhnlich genannt werden. Viele der Freimaurermeister, die hinter ihm im Tempel der Großen National-Mutterloge standen, waren in einem recht jugendlichen Alter, etwa dem vergleichbar, das er selbst gehabt hatte, als er 1740 in dieses Land gekommen war. Sich auf das Sterben vorzubereiten, konnte nie früh genug geschehen. Gut in seinem Falle, dass es überhaupt noch passierte. Man schrieb das Jahr 1778 und er hatte – die ersten beiden ausgenommen – alle Jahre dieses glorreichen Jahrhunderts ausgekostet.

Er fühlte, wie seine große Anspannung langsam schwand. Er würde sterben. Mochte geschehen, was geschehen musste. Auf dem großen rechteckigen Teppich hinter seinem Rücken sah man am Boden schon sein Grab oder seinen Sarg als schwarze Fläche, umgeben von Tränensymbolen. Auf dem schwarzen Viereck lag ein weiterer Totenkopf, in der Mitte stand Gottes Name *Jehova* und oben lümmelten sich zwei nach Art eines Andreaskreuzes oder Schragens gekreuzte Totenbeine. Vor dem Sarg oder Grab befand sich ein in westlicher Richtung, zum Okzident hin, offener rechter Winkel; und darüber, am Teppichende, vor dem im Osten oder Orient stehenden Altar, schwebte ein Zirkel. Rechts davon war ein Hügel mit einem Akazienzweig dargestellt, dem Symbol der Meisterschaft und der Überwindung des Todes. Zuletzt waren noch drei mal drei Lichter, Kerzen in Haltern, südöstlich, südlich und west-südwestlich positioniert.

Der im Westen wartende Langustier gelobte *auf Meisterwort*, seine Reisen zu tun, ohne nach hinten oder seitwärts zu schauen. So sah er noch nicht, was ihm bevorstand. Sein Weg führte ihn dreimal um die Arbeitstafel, den Teppich, herum. Beim Durchgang im Norden wies man ihn auf die Vergänglichkeit alles Irdischen hin, im Osten wurde ihm Zuspruch zuteil und die

Verheißung des Überirdischen und Unvergänglichen. Im Süden forderte man ihn auf, so zu leben, dass ihn seine letzte Stunde jederzeit bei ruhigem Gewissen ereilen könnte. Als er nach den vollendeten Reisen wieder am Startpunkt im Westen anlangte, drehte man ihn abrupt um 180 Grad herum, so dass ihm nun sein Grab vor Augen stand. Zwölf symbolische Glockenschläge ertönten, dabei war es gerade einmal zehn Uhr am Abend – seine Zeit, hieß dies, war um!

Die Tafel wurde von den Meistern der Mutterloge und der Tochterlogen *Zur Eintracht*, *Zum flammenden Stern*, *Zu den drei Seraphim* und *Zur Verschwiegenheit zu den drei geschlossenen Händen* flankiert, die jetzt ernsthaft behaupteten, er habe sich hinterrücks mit verbrecherischen Gesellen verbündet. Ja, sie begegneten ihm sichtlich misstrauisch. Ein erzürnter Bruder stürzte gar plötzlich auf ihn zu, riss ihm seinen Gesellenschurz herunter und schleuderte diesen in den Nordwesten des Tempels, wo die Finsternis und die geistige Gegenkraft angesiedelt waren. Er sei unwürdig, hieß es, man wolle ihn nicht! Das traf ihn nicht so hart, wie man vermuten könnte, durfte er sich doch damit beruhigen, dass dieser Affront Teil eines für Außenstehende mysteriösen, symbolisch sehr reichhaltigen Theaterstückes war, welches sie gemeinsam aufführten.

Dreimal musste er seinen Sarg überschreiten. Der erste Schritt von Westen nach Norden symbolisierte den Abstieg zu den Müttern im Schoß der Erde, Aussaat zu künftigem Leben. Der zweite Schritt, von Norden nach Süden getan, war der Wiederaufstieg, das Streben nach Erleuchtung. Mit dem dritten Schritt schließlich erfolgte die Verwandlung des Irdisch-Sterblichen in ein höheres Wesen. Langustier überwand die Materie und fügte sich in die große kosmische Ordnung ein. Auf Knien sprach er:

»Ich gelobe auf Maurerwort, mich der Bruderschaft in unauflöslicher Gemeinschaft zu verbinden, verschwiegen zu sein

wie der Tod und an mein vergängliches Leben fortan den Maßstab des Ewigen anzulegen.«
Schwerfällig erhob er sich wie vorgeschrieben aus eigener Kraft. Vielleicht war dies sogar die herbste Prüfung, die es für ihn an diesem Abend gab. Der Meister vom Stuhl sprach:
»Die Meister haben dein Gelöbnis vernommen. Möge dir die Kraft gegeben sein, es zu halten bis ans Ende deiner Tage!«
Manche Brüder, das wusste Langustier, schämten sich für diesen Hokuspokus, wie sie die überlieferten Zeremonien bei den Einweihungen und Erhebungen nannten, und ja, auch er hatte früher einmal zu diesen geistig Armen gehört, die den Symbolgehalt der Rituale, Proben und Gelöbnisse nicht begriffen. Ein im echten Sinne des Wortes Eingeweihter war man erst, wenn man das Rätsel entziffern konnte und den verborgenen Sinn verstand. Alle Maurerei beruhte auf der Einsicht in die Gewissheit, dass es tiefe Wahrheiten gab, für die menschliche Begriffe nicht hinreichten. Daher bediente man sich einer wohldefinierten Menge von Symbolen, um sich ihnen zu nähern. Der Mathematiker Johann Bernoulli III. aus der berühmten Bernoulli-Familie, Leiter des Astronomischen Observatoriums, der wenige Schritte von Langustier entfernt unter den Brüdern stand, hätte diesen Gedanken nicht besser formulieren können. Selbst Martin Klaproth, der Schwanenapotheker und Chemiker, sah hierin keinen Widerspruch zu seiner wissenschaftlichen Arbeit.
Nach Langustiers Gelöbnis erfolgte seine eigentliche feierliche Erhebung. Der Bruder Redner, Kaufmann Friedensreich Hundertmark, begann eine alte Geschichte vorzulesen, deren Ursprung keiner genau kannte, die aber immerhin genügend prominente, biblisch bezeugte Akteure besaß, um sie unwiderleglich erscheinen zu lassen: den weisen König Salomo etwa und einen Baumeister namens Hiram, der nach den Berichten der *Chronik* und des *Buchs der Könige* den Bau des Salomonischen Tempels in Jerusalem beaufsichtigt hatte. Um diesen

Hiram und seine Legende war die ganze Freimaurerei aufgebaut, einem Tempel aus lauter Zeichen vergleichbar. Langustier kannte die Geschichte natürlich längst und hatte ausgiebig ihrem Sinngehalt nachgespürt. Da war Hiram, Architekt und Erzgießer, der über magische Kräfte verfügte. Auf der Tempelbaustelle demonstrierte er sie einmal der Königin von Saba, auch *Bilitis* genannt, welche – warum auch immer – alle Arbeiter auf einem Fleck versammelt sehen wollte; möglicherweise wollte sie einen Toast ausbringen. Jedenfalls brauchte Hiram, dessen Name soviel bedeutete wie *Sohn der Witwe*, bloß den griechischen Buchstaben *Tau* in den Sand zu malen, und schon strömten alle 25 000 Arbeiter zusammen. Nun kam es, dass 15 mit ihrer Arbeit unzufriedene Gesellen die Baustelle verlassen wollten, da sich das Werk dem Ende näherte. Sie beschlossen, Hiram gewaltsam Meisterwort und Meisterzeichen abzupressen, um selbst in anderen Ländern als Meister auftreten zu können und künftig besser entlohnt zu werden. Zwölf von ihnen bekamen aber Gewissensbisse und standen von dem Plane ab. Nur drei wollten es weiterhin wagen und lauerten Hiram auf, als er nach seinem täglichen Mittagsgebet aus dem Tempel trat. Der erste stand am Osttor und gab dem Meister, da er das Geforderte nicht herausrücken wollte, einen Schlag mit dem Zollstock auf die Kehle. Hiram floh zum Südtor des Tempels, wo ihn der zweite Attentäter erwartete und ihm nach der wiederholten Weigerung mit dem Winkelmaß links auf die Brust schlug. Zum Westtor fliehend, wurde Hiram von Attentäter drei empfangen, der ihn aus Ärger über seine Standhaftigkeit kurzerhand mit dem Hammer erschlug. Der Sterbende konnte gerade noch sein Meisterzeichen, das er an einer Kette um den Hals trug, ein goldenes Amulett, in einen nahen Brunnenschacht werfen. Die Mörder verscharrten ihr Opfer und steckten einen Akazienzweig auf sein Grab.

Kein Mörder würde grundlos den Ort markieren, an dem er

sein Opfer verscharrt hat, fand Langustier, der nun, am Ende eines langen und ereignisreichen Abends, rücklings auf dem Teppich lag. Die Abmessungen seines Grabes reichten nicht aus, so dass er es völlig abdeckte. Er hatte ein Tuch über dem Gesicht und fühlte sich tatsächlich erschlagen. Es war ein Segen, so im Grab zu liegen.

Hiram-Langustier wurde bald vermisst. Daher ließ Salomo, dessen Rolle Bruder von Köhler übernommen hatte, Nachforschungen anstellen über seinen Verbleib. Die zwölf Gesellen, die sich rechtzeitig von dem Komplott verabschiedet hatten, angeführt von Bruder Bärbaum, dem Erzieher des kleinen Prinzen Louis-Ferdinand, traten zum Zeichen ihrer Unschuld mit weißen Handschuhen vor den König und sagten, was sie wussten – nichts. Sie mussten die Attentäter suchen und fanden sie neben dem Mörder in einer abgelegenen Schlucht, wo sie jammerten: *O, dass meine Zunge doch nur bei der Wurzel ausgerissen und ich im Sande des Meeres zur Zeit der Ebbe verscharrt würde, eines Kabeltaus Länge vom Ufer, wo Ebbe und Flut zweimal in vierundzwanzig Stunden wechseln! O, dass mein Herz doch nur aus meiner nackten Brust gerissen und eine Speise der Geier würde!* Der, welcher Hiram erschlagen hatte, der Mörder – dargestellt vom zwergenhaften Bruder Neuhof, dem Königlichen Hofarchivar – aber klagte: *O, dass mein Körper in zwei Teile gehackt, meine Knochen eingeäschert und mein Staub in alle Windrichtungen hinausgeblasen werde!* Die drei üblen Gesellen kamen vor den König, der nun neun Meister aussandte, den Erschlagenen zu suchen, damit er würdig begraben werde. Das erste bei der Auffindung des Toten gesprochene Wort, so bestimmte er, sollte das neue Meisterwort sein. Aus dem Osten, Süden und Norden näherten sie sich dem Grabe und umkreisten es dreimal. Einer, es war der Astronom Bode, wühlte die Hand des Toten aus dem Boden und zog daran. Da riefen alle laut *Macbenac!*, was den Liegenden vor dem Einschlafen bewahrte und so viel hieß wie *Er vermodert schon!* Weil dies unmöglich das neue Meisterwort sein konnte, wurde es in stiller Post durch die Reihen der Brüder weitergegeben und dadurch gereinigt, bis es bei dem Bruder Erstem Aufseher, dem Hofbuchdrucker Decker, als *Jehova* anlangte. Das Menschenwort hatte sich so zum Gotteswort gewandelt, das Pentagramm wurde zum Hexagramm, der Menschengeist erkannte den Gottesgeist.

Zum Glück half man Langustier diesmal beim Aufstehen. Georg von Köhler erhob den Liegenden, die fünf Punkte der Meisterschaft zur körperlichen Hilfestellung benutzend: Fuß gegen Fuß, Knie gegen Knie, Hand in Hand, Brust gegen Brust und die linke Hand um den Nacken. Sicherheitshalber und etwas gegen den Komment traten zwei jüngere Brüder unterstützend hinzu, sonst wäre es wohl nicht geglückt.

Eine jubelnde Musik erklang, von einigen Meistern auf bereitstehenden Instrumenten gespielt. Das Meisterwort wurde Langustier in die Ohren geflüstert, von beiden Seiten für den Fall, dass beim Wiedererwecken ein Ohr ertaubt war. Man nannte ihm die Meisterzeichen: Erkennungs-, Schreckens- und Notzeichen, die nur Freimaurern im Meistergrad bekannt waren; dann endlich durfte er den Tempel kurz verlassen, um seine Kleidung zu ordnen. Zurück in der Loge, trat er Bruder von Köhler gegenüber, der ihm einen blauen Schurz mit drei Kreisen umlegte und diesen mit einer Schlaufe festband.

»Deinen Lehrlingsschurz haben wir dir abgenommen, deinen Gesellenschurz hat dir der Zeremonienmeister abgerissen. Den Meisterschurz, den ich dir jetzt angelegt habe, lass dir von niemandem in der Welt entreißen, trage ihn in Ehren, bis ihn dir einst in hoffentlich recht ferner Zeit der Allmächtigste Baumeister der Welten selbst abnehmen wird. Gehe nun deinen Weg!«

So geschehen im Tempel der Großen National-Mutterloge in

den preußischen Staaten, der freimaurerischen Pflanzschule strikter Observanz der VII. Provinz in der Präfektur Templin, bzw. im Bärschen Haus, Leipziger Straße 45, bei den Berliner Tempelbrüdern. Obwohl es bereits auf Mitternacht ging, wurde noch ein kleiner Umtrunk gehalten, bevor der neue Hiram, der würdige Meister Langustier, seinen Weg ins Bett nahm, das in seiner Berliner Stadtwohnung im Hause seiner Tochter in der Roßstraße treulich auf ihn wartete.

Nicht alles schlief bereits in dieser Nacht, als Langustier die Augen schloss. Der silberne Vollmond leuchtete noch manchem späten Reisenden heim und wurde Zeuge vieler geheimnisvoller Dinge im weiten Land ringsum. So beschien er auch einen Hügel am Krampnitz-See nahe Potsdam, wo gerade ein Reiter im schwarzen Cape sein Pferd an einer Kopfweide festgebunden hatte und auf das Plateau der Höhe hinaufstieg, deren steile Flanken ein verfallener Ringwall säumte. Nebelschlieren umflorten die Eiche mit drei Stämmen mitten auf der Schanze. Vor ihr, gleichsam als zerschlagener Altar für längst namenlos scheinende Gottheiten, lag ein geborstener Granitfindling. Der späte Gast betrachtete eine Zeit lang andächtig den Ort. Umsichtig begab er sich auf die Suche nach trockenem Geäst und sammelte es in einer feuchten Kuhle auf dem Stein. Mit Zunder setzte er das Holz in Brand, nährte das junge Feuer mit größeren Stücken, bis Glut da war. Er nahm eine Hand voll Papiere sowie einige gebundene dünne Konvolute aus seinem Felleisen und legte vorsichtig ein Blatt auf das schwelende Holz, andächtig zusehend, was sich ereignete. Erst bildete sich ein Fleck, der alle Schattierungen von Braun zu Grau durchlief. Anschließend begehrte ein blaues Flämmchen auf, gefolgt von einer gelblichen Lohe, die binnen einer kurzen Weile das Blatt ergriff und wieder erlosch. Nur einige verdrehte Spelzen mattschwarzer Asche waren zurückgeblieben. Der Mann baute aus Stöcken einen

Rost und legte alles übrige Papier darauf. Bald gelang es der Glut, den lockeren Stapel zu packen. Für einige Momente stand er als brennender Katafalk oder Leuchtfeuer über dem See. Feuchte Äste knackten beim Entflammen. Kurz darauf war von den Hölzern und Papieren nur noch ein weißgrauer Aschekegel übrig, den der Einsame behutsam mit einem Ast zerteilte, darin einem vorzeitlichen Auguren ähnelnd, der sich anschickte, aus den Spuren der Vergänglichkeit die Zukunft zu lesen. Tief atmete er den beißenden Geruch der erkaltenden Esse ein. Ein Dachs tauchte hinter der Eiche auf, schnupperte irritiert und verschwand eilig, Haselmäuse raschelten ringsum im Vorjahreslaub des rückwärtigen Waldes. Ein Käuzchen rief. Urplötzlich sagte eine laute Stimme von hinten:

»Akantus!«

Der Mann im schwarzen Cape drehte sich um und erblickte die weiß verhüllte Gestalt seines Meisters Abaris, des Ritters von der Roten Feder, der lautlos in der Nacht, förmlich aus der Luft zu ihm gekommen war. Akantus neigte sich tief in Ehrfurcht, bis die blonden Locken seiner Perücke zu verrutschten drohten. Abaris trug einen wallenden weißen Mantel, auf dessen Vorderseite ein achtspitziges rotes Kreuz zu sehen war.

»Hast du dich von den Lasten des geschriebenen Wortes befreit?«

»Ja – o Abaris!«

»Bist du nun rein vor dem Auge des irdischen Gesetzes?«

»Vollkommen rein!«

»Willst du auch rein werden vor dem Auge des alles sehenden obersten Wesens, dem selbst das Innere der Menschen nicht verborgen ist?«

»Solches ist mein sehnlichster Wunsch!«

»Willst du auf den Stufen, die dich zum innersten Orden führen werden, munter wie ein junges Reh emporspringen?

»Dieses und nur dieses!«

»Willst du als mein Adlatus zu meiner Seite am Throne des Allerhöchsten sitzen und demütig für mich und für ihn arbeiten?«
»Ja, o Herr, das ist es, was ich glühend erstrebe!«
Der Meister, dessen Gesicht von einer weißen Maske verhüllt war, die nach oben in eine spitze Kapuze auslief, hatte den Altarstein erklommen und hieß Akantus davor niederknien.
»Wenn du noch weißt, was du bei deiner Aufnahme in den Orden geschworen hast, so wiederhole es mir jetzt und hier!«
Akantus begann mit zitternder, aber schnell erstarkender Stimme:
»Ich schwöre beim alten allmächtigen Gott, der allerheiligsten Jungfrau Maria, dem heiligen Bernhard sowie allen Heiligen und dir, o Herr, mein ganzes Leben lang die vom heiligen Bernhard von Clairvaux den Tempelrittern gegebene und durch den Papst Honorius II. bestätigte Ordenssatzung zu beachten, in allen Artikeln, lebend in Gehorsam, ohne Eigentum im Orden und in vollkommener geistiger wie leiblicher Keuschheit. Ich gelobe bei allem, was mir heilig ist, die Ungläubigen mit dem Schwerte zu belehren und jeden Verräter seiner wohlverdienten Strafe zuzuführen.«
»Weißt du noch, was man gelobt, wenn man zur Verschwiegenheit vereidigt wird? Wiederhole es mir!«
»Auf dass meine Zunge bei der Wurzel ausgerissen und ich im Sande des Meeres zur Zeit der Ebbe verscharrt würde, eines Kabeltaus Länge vom Ufer, wo Ebbe und Flut zweimal in vierundzwanzig Stunden wechseln, schwöre und gelobe ich Stille gegen jede Seele! Auf dass mein Herz mir aus meiner Brust gerissen und den Harpyien zum Fraße vorgeworfen werde, schwöre und gelobe ich Stille gegen jede menschliche Seele! Auf dass ich bei lebendigem Leibe in vier Teile zerhackt, zuvor meine Knochen mir unter der Haut gebrochen und meine Augen mir geblendet werden, schwöre und gelobe ich Stille gegen jede menschliche Seele!«

Für einen Moment verharrten beide lautlos, vom Monde beschienen. Abaris, offenbar zufrieden mit seinem Eleven, sprach: »So weit reichen die Gelöbnisse der Orden, die sich zu legitimen Nachfolgern des einzigen, heiligsten und obersten Ordens erklären. Doch nun werde ich von dir fordern, nach den echten alten Gesetzen, die einst der heilige Bernhard ausgearbeitet hat, dem Orden der wahren Templer dich zu verschreiben – sprich mir nach, was in den Artikeln 8, 9 und 16 der *Regulae et Statua Ordinis Templi* geschrieben steht!«
Akantus nickte.
»Ich schwöre jedem eigenen Willen ab und begebe mich ohne Vorbehalt in deine Hände, Oberer. Ich vermache dem Orden all mein bewegliches und unbewegliches Gut. Ich schwöre, allen Weisungen des Ordens, allen Erlassen und Befehlen des Kapitels, die du, Oberer, mir übermittelst, Folge zu leisten, ohne nach ihren Motiven und ihrem höheren Sinn zu forschen, auch dann, wenn sie mir gegen die Grundsätze des gewöhnlichen bürgerlichen oder kanonischen Rechtes zu verstoßen scheinen. Ich schwöre bei Gott, dem Allmächtigen und höchsten Richter über Leben und Tod, der solches Amt an die Oberen des Ordens übertragen hat, dass ich ohne Zögern und Bedauern die Waffen gegen mein Vaterland ergreifen und jeden Verräter an den Idealen des Ordens seiner gerechten Strafe zuführen werde. Ich werde Euphorbia und Aqua Tofana verehren, denn die Getränke, denen ich sie beimenge, stillen den Durst der Verfolger der Wahrheit. Ich werde Trauerpsalmen für die Brüder singen, die ich zu Recht getötet. Auch schwöre ich, dass ich jeden erdrosseln werde, der einen falschen Schwur der Verschwiegenheit ablegt.«
Nach einigen Momenten, in denen man nur die neun Rufe eines Steinkauzes hörte, sagte Abaris:
»Neige dein vergängliches Haupt zur Mutter Erde!«
Akantus roch den vom Tau feuchten Waldboden. Der Meister,

dessen weißes Kapuzenhaupt sich nun hoch über Akantus' Kopf erhob, ließ ihn wiederum einige Zeit in dieser unbequemen Haltung. Er forderte Akantus auf, seinen Mantel, seinen Rock und sein Hemd auszuziehen. Die Nachtluft erfrischte ihn und schärfte seine Sinne. Der Meister reichte ihm eine weiß behandschuhte Hand und zog ihn zu sich auf den Stein. Akantus blickte dem Gespenst mannhaft in die dunklen Höhlen der Gesichtsbedeckung. Er war größer und kräftiger als der Meister. Allein dessen Kapuze überragte ihn.

»Knie nieder und sprich das heilige Gelöbnis nach!«

Akantus kniete auf dem unebenen Granit und wiederholte ohne Zittern in der Stimme all die Beteuerungen der Treue und Folgsamkeit, der Ergebenheit und bedingungslosen Liebe gegen die Gottheit, die der Meister ihm vorsprach. Er zauderte nicht, die Schlussformel dreimal zu repetieren:

»Erfülle ich nicht die größte aller Anforderungen, meinem Meister als eines Mitgliedes vom obersten aller alten Orden stets unwidersprechlichen, unbedingten und alleinigen Gehorsam zu leisten, so möge mich der Zorn des Allmächtigen treffen und mich auf der Stelle vernichten, und er vernichte auch alle, die meines Blutes sind!«

Er erduldete mit mannhafter Härte, dass ihm der Gewaltige mit einem rot glühenden metallenen Stempel, den er aus einer rundlichen, lederummantelten Zunderbüchse holte, in der glühende Kohlen lagen, ein dreieckiges Mal mit einem Auge darin in die Achselhöhle einbrannte. Gewaltig war der Schmerz, doch Stolz und Glückseligkeit trösteten Akantus über die Pein hinweg. Er erhielt ein braunes Übergewand, das mit dem gleichen achtspitzigen blutroten Kreuz bestickt war, welches auch den weißen Umhang des Meisters zierte.

»Zum geistigen Zeichen deiner Erhebung vernimm den Sinn des Namens *Akantus*: Das Akantusblatt sitzt am korinthischen Kapitell als das allerhöchste dienende Ornament. Es symbolisiert eine schwierige Aufgabe, die mit Bravour gelöst wird. So empfange nun die Befehle, Novize Akantus. Es sind gewaltige Proben auf dem Wege, ein Ritter vom hierosolymatischen Tempel zu werden. Nur Auserwählte erreichten je dies Ziel. Mache somit deinem Namen Ehre, oder sei bald schon vertilgt von der Oberfläche der Erde!«

Freitag, 15. Mai 1778

Viele Blumen zierten die Wiese: Buschwindröschen, Maiglöckchen, Salomonsiegel, Ehrenpreis und Siebenstern. Auf einer Bank im Gartenpavillon hinter seiner respektablen Villa nahe Potsdam saß Langustier in einem mausgrauen Hausrock und las in Georg Forsters »Reise um die Welt«. Sie war Friedrich dem Einzigen, König von Preußen, dem alt und älter werdenden Aufklärer auf dem Thron, zugeeignet, überschwänglich und mit viel Phantasie in den Formulierungen. Der Verfasser stand mit Langustier seit einiger Zeit in Briefwechsel und hatte ihn gefragt, ob der erhabene König eine persönliche Widmung gestatten und schätzen würde. Langustier hatte bejaht und dies als willkommene Gelegenheit angesehen, dem Monarchen durch fremdes Wort seine früheren, hohen Ziele in Erinnerung zu rufen: das Glück der Menschheit zu befördern, die verschiedenen Stände in nähere Verbindung zu bringen, freiere Denkungsart und wohltätige Philosophie zu erwecken, die Wissenschaft in blühenden Stand zu setzen, echtes Genie zu nähren, die Sitten zu veredeln und den reinen Geschmack auszubilden.

Forster war es auch gewesen, der Langustier den Gedanken an die Freimaurerei wieder nahe gebracht und ihn daran erinnert hatte, dass er im Grunde genommen seit vielen Jahren bereits diesem Orden von ehrlichen, wackeren Männern zugehörte. Sein ehemaliger Arbeitgeber, der König, hatte auch ein Wörtchen mitgeredet, indem er ihn aus eigennützigem Grund bestärkte, wieder maurerisch tätig zu werden. Die Freimaurer pflegten neuerdings phantasievolle, seltsame Rituale, die ihm suspekt erschienen. »Bruder« Langustier sollte sich daher ein wenig näher mit dem geheimen Treiben befassen. Der Lesende seufzte und dachte an seine Meistererhebung vor einigen Tagen. Wenn die Brüder wüssten …

Er blickte wieder in den Forster. Obwohl er nicht oft die Deckplanken eines größeren Segelschiffes betreten hatte und nur ein einziges Mal, 1772, just zum Startpunkt von Cooks Reise über den stürmischen Kanal, nach London gefahren war, regte ihn Forsters Bericht zu lebhaftem Tagträumen an. Seit ihn der König vor einem Jahr in den Ruhestand befohlen hatte, ohne hierfür Unstetigkeiten körperlicher oder geistiger Art als Folge vielleicht nahender Vergreisung angeben zu können, war seine Langeweile ins Unermessliche gewachsen. Er empfand vor allem Reiseberichte als eine Labsal, denn sie lenkten ihn von der quälenden Flaute in seinem Leben ab. Wieder einmal kam ihm der Wortlaut seiner brieflichen Verabschiedung in den Sinn:

FR

Sie weigern sich, freiwillig aus dem Dienst zu gehen. So muss ich, als Ihr treusorgender König, es befehlen! Mein Geschmack hat so nach gelassen, dass mich Ihre teure Arbeit wie vergeudet vor kömmt. Seindt Sie ja stille und froh über die Gnade, dass ich Sie den täglichen Anblick von mich alten granteligen Affen erspare! Sie haben mich getreulich gedienet und Ihr Leben und Ihre Freundschaft 38 Jahre tapfer für mir hergeschenkt. So lassen Sie mir Ihnen jetzt Ihr restliches Leben noch in kleiner Münze billich heraus geben. Sie haben mich in dem Conrad einen honetten Nachfolger herangezogen und auch die Wiedem und Scholz bestens aufgepfropft. Anbei überstelle ich Ihnen noch das Bildnis von mir. Es taugt im Garten trefflich zur Vogelscheuche – zu welchem Behufe ich es auch kürzlich den Berliner Freimäurern habe zukommen gelassen. Da werden Sie es als aufmerksamer Spion ebenfalls betrachten können.

Leben Sie wohl, Gott bewahre Ihnen –
F

In den letzten Wochen hatte Langustier gemerkt, wie viel ihm sein vormaliges Leben in ständiger Bereitschaft im Dienst für den König bedeutet hatte. Zwar waren ihm allmählich die großen Quellen des Trostes lindernd aufgesprudelt: seine um zwanzig Jahre jüngere Ehefrau Rahel, die Enkel und Urenkel, der Garten, die Natur und die Bücher. Wie gern wäre er dennoch jetzt an des Königs Seite über einen steilen Bergpfad in eine windige Stellung gezogen, den feindlichen Linien entgegen. Was hätte er darum gegeben, den Befehlshaber in seinem Quartier in Schönwalde bekochen zu dürfen.

Ohne dass Langustier es hindern konnte, waren die Südmeergestade aus seinem Kopf verschwunden. Er schüttelte die Wolldecke ab, die ihm seine Frau fürsorglich um die Schultern gelegt hatte, auf dass er sich nicht verkühle. Er erhob sich mit einiger Mühe, da ihn seine Korpulenz in der bequemen Sitzposition zu halten suchte, und schlang die Decke um die Hüften. Wohlig setzte er sich wieder zurecht und freute sich des duftenden Kaffees, den das Hausmädchen brachte. Lustig blitzte er die kleine blonde Schönheit an, die keusch die Augen niederschlug.

Was der Herr aber auch immer so blicken musste, in seinem Alter! Ihr Urgroßvater könnte er sein, wenngleich er sich über die Maßen gut gehalten hatte und für einen Sechziger durchgehen konnte. Ein bisschen geschmeichelt war sie also, denn er musste früher ein ziemlicher Galan gewesen sein, sofern man den Erzählungen ihrer Mutter und ihrer Großmutter Glauben schenken durfte. Einen argen Verschleiß an hübschen Frauen

hätte er gehabt und die wenige freie Zeit in seiner wichtigen Position am königlichen Hof immer auf das Vorteilhafteste ausgenutzt, hatte Amalie Asselmeyer ihrer Enkelin gesagt. Sie mochte diese lockeren Reden der Alten ganz und gar nicht leiden, denn sie war von der Mutter gottesfürchtig erzogen worden. Noch heute, obwohl schon drei Monate in Stellung bei den Langustiers, geschah es ihr manchmal, dass sie rot wurde, wenn Madame, um so vieles jünger an Jahren als Monsieur, sich für ihn schön machte. Konnte das sein, dass die beiden, trotz ihres beinahe sagenhaften Alters, noch in anderer Weise als süß schlafend einander beilagen?
Gerade als sie, so in ihre keusch-unkeuschen Gedanken verheddert, das Haus durch den Garteneingang betreten wollte, kam ihr Rahel Langustier, die Hausherrin strahlend entgegen, lebhaften Schrittes und fröhlichen Blickes ob des schönen Tages, und Clarissa Asselmeyer hätte um ein Haar das silberne Tablett, das sie auf dem Weg in die Tee- und Kaffeeküche in der Hand gehalten, auf die Treppe fallen lassen.
»Nanu, Clarissa ist ja wieder reichlich en passant! Hast du ihr etwa schöne Augen gemacht?«
Sie drohte dem amüsiert dreinblickenden Gatten mit dem Finger und ging, um einen kleinen Strauß Waldmeister für eine Bowle zu pflücken, ans andere Ende des Gartens.
»Es war nur der holde Frühling, der aus mir geblickt hat, meine Liebste«, scherzte Langustier und blinzelte. »Gerade jetzt tut er es wieder! Hörtest du jemals von den seltsamen Bewohnern der Insel Tahiti? Da gibt es keinen Greis, der nicht seinen Lebensabend in einem Blumenbette junger Schönheiten verbringt!«
Sie blickte sich zu ihm um, warf ihm einen Kuss zu und schüttelte dann den Kopf. Was sollte man zu diesem Manne sagen? Ob sich sein Temperament wohl zum Hundertsten dämpfte? Sie war so alt wie seine Tochter Marie. Da konnte man nur staunen.

Langustier machte sich innerlich wieder in Richtung Südmeer auf. Schon blähten sich die Segel seiner Gedanken und ließen die Gischt schäumen. Fregattvögel mit ihren leuchtend gelben und roten Kehlsäcken flogen dicht überm Wasser hin, ganz wie die tatsächlich zurückgekehrten Rauchschwalben überm Heiligen See. Das Vorgebirge einer großen Insel schimmerte grün unter dem ultramarinblauen Firmament, und je näher die schwere Fregatte ihm kam, desto augenfälliger wurde ein dichter Ring aus dünnstämmigen Mangrovenbäumen, der sich aus der immensen Ferne betrachtet beinahe wie ältliches, braunes Vorjahresröhricht eines Binnensees ausnahm. Irrte er sich, oder näherten sich von der Küste her Eingeborene in einem Einbaum, in einer schmalen, länglichen Nussschale oder Canoo nach Art der kanadischen Indianer? Viele Matrosen standen beobachtend und mit großer Sehnsucht nach dem ersten Schritt auf festen Boden nach Monaten des Schaukelns und Bangens an der Reling, etliche hingen in der Takelage. Bereits sehr nahe waren die Schiffer gekommen, und immer deutlicher wurde erkennbar, dass es vermutlich doch eher Angehörige einer europäischen Handelsstation waren, denn jetzt konnte man deutlich ihr Rufen vernehmen:

»Monsieur Langustier! Monsieur Langustier!«

Er schreckte auf und erblickte die beiden Söhne des Nedlitzer Fähr-Müllers, Peter und Thomas, im Nachen. Sie ruderten wie die Wilden und strapazierten ihre Stimmbänder, um ihn aus seinem bequemen Stuhl aufzuscheuchen. Verdammt, die Bengel! Wehe ihnen, wenn sie ihn wegen eines Vogelnestes, das sie im Schilf gefunden und ausgeräubert hatten, ans Ufer riefen! Dann würde er sie Mores lehren. Der Mann im Boot jedoch, der offenbar ein Schläfchen gehalten hatte und sich gerade wieder aufsetzte, unterstrich die Ernsthaftigkeit dieser Heimsuchung. Es war der Kreisphysikus des Havellandes, der junge Doktor Ernst Ludwig Heim aus Spandau. Langustier befreite sich von seinem grobkarierten Deckenschurz und eilte zum Wasser, um beim Anlanden behilflich zu sein.

»Was verschafft mir die unverhoffte Ehre Ihres Besuches?«

Er befestigte die Leine des Kahns, die ihm von Peter Müller zugeworfen wurde, an einem Pflock, der neben einem großen flachen Stein am kleinen Kiesufer des Gartenhafens in den Grund gerammt war. Langustiers eigenes Boot, mit dem er bisweilen hinausfuhr, um auf dem See zu dösen und zu angeln, lag daneben umgedreht auf dem Trockenen. Heim zog den schwarzen Mantel etwas enger um sich und fragte:

»Sehen Sie sich imstande, Monsieur, eine kleine Kahnpartie mit mir zu unternehmen?«

Mit einem Schwung, der bewies, dass er in absehbarer Zeit weder den Doktor noch einen Priester für die Sterbesakramente benötigen würde, drehte der Hausherr sein Ruderboot herum und stieß es ins Wasser. Keine Frage, worum es gehen mochte. Die Lektüre hatte ihm soviel Lust aufs Einschiffen gemacht, dass es kein Halten mehr gab. Zwei Ruderblätter wurden ins Boot geworfen, die neben der lyrischen Schönheit tongatabuscher Tischlerarbeit, welche nur mit Schabern von Korallen und Hobeln aus Rochenhaut zu erreichen war, selbstredend prosaisch wirkten. Schon durfte der Doktor umsteigen, nachdem er die beiden Jungen mit einem Vierteltaler entlohnt und mit vielem Dank für ihre Fährdienste verabschiedet hatte. Dass sie ihnen wieder folgten, untersagte er ausdrücklich, worein sie sich nur leise murrend schickten. Von Heims kräftigen Ruderschlägen angetrieben, entschwanden die beiden auf den Heiligen See hinaus.

»Honoré!?«

Rachel Langustier kam mit einem kleinen Strauß Waldmeister in der Hand hinter dem Vorgebirge der Gartenhoffnung hervor und starrte verwundert auf die sich entfernenden Seefahrer. Lauter kam jetzt ihr Ruf:

»Honoréé-é!!!«
Doch statt einer aufschlussreichen Erklärung in der Sache hörte sie die flötende Stimme ihres Gemahls nur verlautbaren:
»Warte nicht mit dem Essen auf mich, mein Engel, denn es ist etwas Bemerkenswertes geschehen! Ich fahre später mit dem Doktor nach Berlin und lasse das Boot in Sacrow.«
Heim in seinem schwarzen Mantel schwenkte seinen schwarzen Hut zum Gruß, und für einen Moment sah er aus wie der leibhaftige Hades-Fährmann. Nach kurzem Staunen erfasste Rahel die Konsequenzen – drei Stunden Kutschfahrt nach Berlin ohne seine Begleitung. Clarissa, dieser Stockfisch, würde kaum zu ihrer Unterhaltung beitragen; das schusselige Ding hatte nur den jungen Sello im Kopf. Immerhin könnte sie die Kleine ein bisschen aufziehen ... Am Abend wurden sie bei Langustiers Tochter Marie, der Gräfin von Beeren, in der Berliner Roßstraße erwartet. Ihr werter, kurzentschlossener und geistig offenbar verwirrter Gatte hatte nicht einmal einen anständigen Rock an, geschweige denn einen Mantel bei sich. Was sollte aus seinem geliebten Boot in Sacrow werden? Rasch rief Rahel die beiden Jungen, deren Kahn unentschlossen wie seine Insassen in Ufernähe dümpelte, zu sich heran.
»Wollt ihr euch einen Achteltaler verdienen?«
Die Müllersöhne bejahten eifrig. Rahel verschwand, um ein paar Kleidungsstücke für ihren Abenteurer zu holen und sie ihm nachzuschicken, auf dass er sich im Verlauf seiner Expedition nicht unterkühlte und in Berlin einigermaßen respektabel einträfe.
Langustier im Boot hatte ganz andere Sorgen.
»Leider habe ich mein Notizbuch nicht bei mir, wie ärgerlich. Aber wer konnte auch damit rechnen, dass meine Ruhe so unversehens enden würde. Ich war derart versunken in den Forster. Würden Sie bitte noch einmal der Reihe nach berichten, lieber Heim? Ich möchte mir alles genau einprägen.«

»Ach Sie Glücklicher!«, sagte Heim. »Sie haben das Buch bereits!«
Langustier nickte.
»Der Junge will mit seiner Familie aus England fort. Sein Vater verdient in London nicht mehr genug, so dass der treue Sohn gezwungen ist, schleunigst eine einträgliche Stelle zu finden. Er gedenkt nach Berlin zu kommen und hat daher die deutsche Ausgabe seiner *Reise* Sr. Königlichen Majestät gewidmet!«
»Nach Berlin zu kommen und eine Stelle dort zu finden, versuche ich auch gerade, doch Sie glauben nicht, wie schwer es ist, selbst wenn man im nahen Spandau lebt. Ich habe mich als Berliner Stadtphysikus beworben, nachdem Hofrat Lesser, der bisherige Amtsinhaber, gestorben ist. Gerade vor zwei Tagen bin ich deswegen zum Herrn Geheimrat Muzel gefahren und habe ihn wegen des Physikats gesprochen. Auch an den König habe ich geschrieben, mir die Stelle zu geben; doch momentan gelangt, wie ich gehört, kein Brief zu ihm. Stubenrauch zweifelt nicht daran, dass ich das Stadtphysikat bekommen werde, und ich rechne mir schon Chancen aus. Aber es ist ganz unwägbar.«
Als sie den schmalen, verkrauteten Hasengraben glücklich passiert hatten und auf den weiten Jungfernsee hinausfuhren, begann Heim zu erzählen, was ihn zu seinem Überfall auf das Pensionärsufer des Heiligen Sees bewogen hatte.
»Sollten Sie Gefahr laufen, vor Müßiggang zu sterben, habe ich ein Heilmittel für Sie! Gestern Abend erhielt ich in meinem Hause, nachdem ich in einer Ochsentour zu 46 Kranken-Visiten bis rauf nach Fehrbellin gefahren war, auf einmal selbst Besuch. Der Berliner Polizei-Kommissar Distel und ein Auditeur namens Palmer vom Gendarmenregiment standen vor meiner Haustür. Die beiden schienen gleichfalls einen anstrengenden Arbeitstag hinter sich zu haben, denn sie sahen aus wie zwei lebendige Tote. Ich verabreichte ihnen zur Stärkung etwas

Branntwein, worauf sie zur Sache kamen und mir eröffneten, dass sie einen Regimentsstreitfall bearbeiten würden. Im Zuge der Versehung ihres Amtes hätten sie am Morgen im Gutshaus in Sacrow vorgesprochen und von dem aus Krankheitsgründen beurlaubten Sohn des Grafen, Karl Gustav von Hordt, einige sachdienliche Aussagen aufgenommen.«

Heim kämpfte gegen eine äußerst heftige Querströmung an. Langustier schaute just in Richtung auf das von Hordtsche Anwesen am Ufer der Havel, von dem die Rede war. Der Erbherr von Sacrow kommandierte die Veste Spandau und hatte sich in den letzten Jahren, seit dem Fortgang des Generalleutnants und Kavalleriekommandeurs, Freiherrn von Lentulus, zu einem engen Vertrauten des Königs entwickelt. Derzeit weilte er an dessen Seite als Chef eines Freikorps in Schönwalde. Man musste dem Grafen Hordt die Gerechtigkeit widerfahren lassen, dachte Langustier, dass er das elende Sacrow in ein kleines Paradies umgeschaffen hatte. Das schöne Wohnhaus, der Plan des Gehöftes, des Gartens und Dörfleins rührten von ihm her. Seit seine Frau vor einem Jahr gestorben war, bewahrte er ihr Zimmer in statu quo und weilte kaum mehr auf Sacrow. Sein jüngster Sohn hielt das Anwesen in Schuss.

»Ich habe einmal bei ihm gekocht. Er hat einen aufgeweckten Sohn; eigentlich zwei, aber ich kenne nur den herzoglich-braunschweigischen Adjutanten.«

»Wohl von den Freimaurern her? Ich gratuliere Ihnen zur Promotion!«

Während Heim noch immer um den richtigen Kurs bemüht war, fiel Langustier das Boot der Müllers auf, das eben gerade die Hasengrabenausfahrt passierte, und er schüttelte missbilligend den Kopf.

»Wer hat Ihnen denn von dieser grundgeheimen Geschichte erzählt?«

»Mein Freund Goercke, der Mitglied ist bei der Loge *Zum*

flammenden Stern. Der war bei Ihrer feierlichen Erhebung. Pardon, ich hätte nicht darüber reden dürfen.«

Langustier lächelte.

»Ihr Freund hätte es nicht tun sollen, aber da ich, wenn man es genau nimmt, schon 38 Jahre lang mehr schlummernd als aktiv dieser Bruderschaft angehörte, ist es nicht weiter der Rede wert. Ich werde davon jedenfalls ebenso wenig ein Geheimnis machen wie der König es je getan hat, auf dessen Empfehlung ich praktisch damals eintrat. Von heute aus betrachtet, war das völlig ungehörig. Ein Suchender muss aus freien Stücken an die Pforte des Ordens klopfen«, dozierte der frische und doch altbackene Meister Langustier.

»Mir hat das alles zu viel von Klosterleben«, beschied ihn Heim. »Keine Frauen dabei … Doch einmal zurück zum gestrigen Abend. Draußen stand ein gedeckter Wagen, dessen Plane fest verschlossen war. Vier Mann vom Regiment Gens d'Armes bewachten das Gefährt, als befände sich der Kronschatz darin. Distel übernahm den Bericht und erzählte: Als sie von Hordts Gutshaus verlassen hätten, um sich nach Berlin zu retirieren, wäre eine Bande von Kindern in heller Aufregung über die Dorfstraße herangestürmt. Der Anführer, zur Rede gestellt, hätte aufgeregt erzählt, dass an der Schanze einer geopfert worden sei!«

»Einer geopfert? Wie war das zu verstehen?«

»Sie hätten einen Menschen gesehen.«

Langustier lächelte.

»Nun ja, so was kommt vor. Auch ich sehe hier mitunter Menschen! Sie sind gar nicht so selten, wie man annehmen könnte.«

Heim ergänzte:

»Nur hatte dieser Mensch die Besonderheit, dass er mit einem Strick um den Hals an die Dreibrüdereiche auf dem Schwedenwall geknüpft war.«

Langustiers Blick verriet höchste Aufmerksamkeit.

»Distel und Palmer hatten ihnen zunächst nicht geglaubt und gedacht, sie hätten sich diese Geschichte, vom Gendarmen-Spiel aufgeregt, vielleicht nur eingebildet. Sie kürzten ihr Referat ab, indem sie die Plane des Wagens zur Seite schlugen, woraufhin eine Leiche vor mir lag. Sie hatte den durchgeschnittenen Strang um den Hals. Distel hätte, so erzählte er mir, mit seiner Begleitung den Mann so rasch wie möglich vom Baum abgenommen, um ihm vielleicht noch zu helfen. Das wäre aber nicht mehr möglich gewesen. So hätten sie ihn auf einen Wagen aus von Hordts Besitz geladen und seien nach Spandau gefahren, wo sie nun gerade mich, um meine heimliche Leidenschaft des Sezierens wissend, bitten wollten, den Toten zu beschauen, weil es von Stunde zu Stunde, die er unbegutachtet bliebe, schwieriger würde, etwas zum Hergang seines Ablebens zu sagen.«
Langustier machte mit Lippen und Mundwinkeln eine Geste des Respekts.
»Seit sie bei der Pariser *Sûreté* in die Lehre gehen, haben sich die hiesigen Polizei-Organe recht gut entwickelt. Warum aber brachten sie ihn zu Ihnen nach Spandau und fuhren nicht nach Potsdam oder über die Chaussee nach Berlin? Ihr löbliches Steckenpferd in allen Ehren, doch wird dies schwerlich den Ausschlag gegeben haben.«
Langustier überlegte kurz.
»Ich kann es mir nur damit erklären, dass Potsdam mittlerweile leer gefegt ist. Die Generalchirurgen sind alle bereits im königlichen Hauptquartier, wo es Seuchen geben soll. Außer dem alten Schmucker und den Veterinären ist augenblicks in Potsdam keiner, der eine Leichenschau bewerkstelligen könnte. Der Auditeur wusste das ohne Frage. Der Polizei-Kommissar mag dagegen die Zeit ins Spiel gebracht haben, denn der Weg über Kladow, Gatow, Pichelsberg bis Spandau ist viel kürzer und schneller als der über Zehlendorf, Steglitz und Schöneberg bis Berlin. Wer weiß, vielleicht könnten die zwei auch daran inte-

ressiert gewesen sein, den Befund von einem unabhängigen Betrachter zu erhalten? Ihr Renommee ist ja bereits beachtlich, lieber Heim. Nennt man Sie trotz Ihrer einunddreißig Jahre nicht schon den *Vater Heim*?«

»Sie glauben, dass Distel und Palmer den Berliner Militärärzten misstrauten?«

»Das wäre doch möglich?«

Heim schien nicht überzeugt. Langustier forschte weiter: »Sie haben ihn obduziert?«

»Natürlich, derlei ist meine liebste Beschäftigung. Als Stadt- und Kreisphysikus bin ich Polizei-Offiziant und als solcher auch im Falle des Todes als Beschauer gefragt. Meistens sind meine Pflichten hier bisher kaum je größere als die eines englischen Coroners. Leichenöffnungen sind die Domäne der vereidigten Chirurgen. Um mich abzusichern beschloss ich, Freund Goercke, den Kompanie-Chirurgen des in Spandau stationierten Regiments Prinz Heinrich, aus seinem Schwalbennest zu holen. Vier Augen sehen mehr als zwei. Distel oder Palmer können kaum etwas gegen Militärärzte haben.«

»Wer weiß? Immerhin ist Spandau nicht Berlin. Was bedeutet *Schwalbennest*?«, fragte Langustier.

»So heißt Goerckes Bude, wegen ihres erkerartig über die Havel auskragenden Grundrisses. Man sitzt dort ganz grandios.«

»Verstehe. Nur weiter.«

»Goercke zuckte bei dem Anblick des Toten zusammen, denn er kannte ihn, es war der Berliner Hofpostamtssekretär Brandes. Goercke hatte ihn bei der Hochzeit seines Schwagers, eines Adjunkts beim Feldartilleriekorps namens Scheel, vor kaum einem Monat kennen gelernt. Goercke öffnete ihn fachmännisch, doch wir fanden außer der letzten Mahlzeit des Postamtlers wenig Aufschlussreiches. Hühnerfleisch mit Reis und Schmorpflaumen, die erstaunlicherweise noch stark nach Muskatblüte dufteten. Die Fliegen waren trotz der Nachtfrische schon recht aktiv gewesen. Hätten die Knaben den Herrn erst in ein paar Tagen entdeckt, so wäre er bereits ein Fressen für die Maden gewesen. Kennen Sie die berühmte Stelle in Linnés Notizen über die Schmeiß-, Fleisch- und Stubenfliegen von 1757? *Tres muscae consummunt cadaver equi aeque cito ac leo.* Die Nachkommen von drei Fliegen fressen eine Pferdeleiche geschwinder als ein Löwe.«

»Wie sah es an der Sekretärsoberfläche aus?«, fragte Langustier.

»Wir gingen anfangs mit äußerster Vorsicht zu Werke, um keinen Umstand zu übersehen. Was uns zu denken gab, war die Skizze, die Distel in weiser Voraussicht vom Fundzustand der Leiche angefertigt hatte. Man sah, dass der Hofpostamtssekretär mit den Beinen Kontakt zum Boden hatte. Goercke hat derlei als Selbsttötung im Regiment bereits verschiedentlich beobachtet, wusste also über die unterschiedlichen Druck- und Verschlusskräfte Auskunft zu geben, die hierbei vonnöten sind. Auch beim widertypischen Hängen wird das um den Hals liegende Strangwerkzeug durch das Körpergewicht zugezurrt. Somit werden die Blutgefäße am Hals komprimiert. Indem der Blutfluss zum Gehirn unterbrochen wird, tritt fast augenblicklich Bewusstlosigkeit ein. Zum völligen Verschluss der Halsschlagadern genügt ein Druck von etwa sieben bis zehn Pfund, um die Wirbelschlagadern zuzupressen, reichen dagegen 35–65 Pfund oder drei bis fünf kleine preußische Steine. Das ist etwa nur ein Drittel eines halbwegs wohlgenährten Mannes. Es könnte gar möglich sein, wenn man die Größe von Maden oder gar die Stadien ihrer Puppenlaufbahn genau observiert, so wie sie an einem Leichnam gefunden werden, daraus zu ermitteln, wann der Tod eingetreten ist.«

»Was war mit den Malen am Hals?«

»Die Abrinnspuren von Tränenflüssigkeit, Nasensekret und Speichel standen als angetrocknete weißliche Streifen auf den Wangen. Das Gesicht war blau angelaufen. Am Hals sah man deutlich nach Entfernen des Strickes die Strangmarke: Abschürfungen und Dehnungsrisse der Haut, die nach dem Tod braunrot und lederartig vertrocknet waren. Als irregulär war anzusehen, dass von der vom Kinn zu den Ohren verlaufenden Markierung eine weitere blassrötliche Ausstrahlung in einem etwas stumpferen Winkel nach unten abwich. Erst hielt ich das für eine Folge einer krampfhaften Lageänderung des sich selbst Erhängenden am Strang, der wohl noch einen Moment versuchte, sich wieder aufzurichten, bevor ihm die Sinne schwanden, doch Goercke verwarf diese Annahme. In diesem Fall hätte sich vielleicht eine flächige Rötung gezeigt, doch kein zweiter Strich.«

»Mit anderen Worten«, schloss Langustier, »sind Sie der Ansicht, dass dritte Hand im Spiele war?«

Heim bejahte.

»Es sah ganz danach aus, dass zuerst die *Vena jagularis* oder Drosselvene zusammengepresst worden ist. Der Mann war durch ein feineres Band, einen Faden oder eine Schnur ums Bewusstsein gebracht worden. Anschließend hat man ihn seinem Eigengewicht an der Schlinge überlassen. Nur so sind die beiden unterschiedlichen Strangmarken zu erklären. Da es zur Ausbildung der zweiten Strangmarke – des Erhängens – noch eines funktionierenden Kreislaufes bedurfte, ist sein Tod mit Sicherheit nicht das Resultat einer Selbsttötung. Wer Brandes in die Position des atypischen Erhängens brachte, war also unzweideutig sein Mörder. Es gibt wohl seltene Fälle von Selbsterdrosselung, aber es ist nachgerade ein für unwidersprechlich anzusehendes Ding der Unmöglichkeit, dass ein bereits Erdrosselter sich auch noch selbst aufhängt. Hätte der Hofpostamtssekretär sich erfolgreich erdrosselt oder wäre er von fremder Hand bereits gänzlich erdrosselt worden, bevor er an den Baum gelangte, hätte es keine Marke des Erhängens gegeben.«

Langustier zog vor soviel Logik, Stringenz und Umsicht den Dreispitz und fächelte sich Kühlung zu, denn es war mit einem Mal schön warm über der spiegelnden Sonnenfläche des Sees.
»Ach ja, eines noch: Auf dem Stein lagen ein Totenkopf und eine Bibel sowie, zu Füßen der Leiche, ein seltsames Artefakt: das verkleinerte, etwa faustgroße Haupt eines Löwen aus Bronze mit einer aufgemalten Inventarnummer. Distel ließ es mich sehen.«
Langustier schüttelte verwundert den Kopf, als Heim ihm eine aus dem Gedächtnis angefertigte Skizze reichte. Sie waren an Ort und Stelle angelangt und fuhren durch eine Gasse in altem und frisch aufsprießendem Schilf zum Fuße eines steilen Abhanges. Heim sprang an Land und hielt das Boot fest, bis Langustier ausgestiegen war.
»Goercke hat den Leichnam wieder zugenäht. Distel und seine Männer brachten ihn nach Berlin, wo ihn der Generalfeldstabsmedikus von Zinnendorf noch einmal begutachtet haben dürfte. Ich nutzte meine heutige Tour nach Fahrland und Krampnitz zu einer kleinen Ortsbesichtigung der Stelle hier droben. Schon gestern jedoch hatte ich mir vorgenommen, Sie zu veranlassen, sich den Fundort ebenfalls anzusehen. Als ich vorhin die beiden Jungen mit ihrem Boot vorbeifahren sah, bat ich sie gleich, mich zu Ihnen zu bringen!«
Langustier schnaufte tief. Er beobachtete eine blau glänzende Schmeißfliege, die auf einem Schilfstängel in der Sonne saß, dreist wie Beelzebub. Seufzend besah er sich den Anstieg, der auf ihn wartete. An sich war er mit den Überlegungen Heims sehr einverstanden, hätte sich nur die Errettung vor der Langeweile etwas weniger anstrengend gewünscht. Was die Jungs anging, so schienen sie sich um seinen Rat nicht gekümmert zu haben. Als sie in Ufernähe kamen, um anzulegen, erhob er die Stimme:
»He, ihr Rackers! Ihr habt hier nichts verloren, macht, dass ihr fortkommt!«

Die jungen Müllers ließen sich aber nicht beirren und beteuerten, *im Auftrag von Madame* gehandelt zu haben. Erfreut nahm Langustier das Bündel in Empfang, das sie ihm reichten, und schenkte den Knaben einen Sechzehnteltaler. Gefragt, ob und wie Monsieur mit seinem Boot weiter verfahren möchte, wurden sie dahingehend beschieden, dass sie es wieder in seinen Heimathafen bringen könnten.
»Wisst ihr, ob in der Gegend kürzlich ein Ruderboot abhanden kam?«
Thomas und Peter Müller guckten sich an.
»Ja, vor zwei Tagen, am Mittwochmorgen, da hat mein Vater morgens ein Boot hier auf dem Jungfernsee treiben gesehen. Das hatte einer geliehen und nicht zurückgebracht. Wir mussten es holen. Da stand dran, dass es dem Wirt vom Neuen Krug am Wannsee gehörte. Der dicke Stimming hat sich vielleicht gefreut, als wir es gebracht haben! Der ist so di… äh so groß wie Sie, Monsieur.«
Sie paddelten ab, Langustiers Kahn im Schlepptau. Langustier wechselte rasch wie ein Mörder seiner Kleider. Es dauerte eine geraume Zeit, bis er das Plateau des immensen Hügels erreicht hatte, der im Volksmund *Königswall, Römer-, Räuber-, Heiden- oder Schwedenschanze* hieß und in der Phantasie der Landbevölkerung ein Ort heidnischer Mysterienkulte und unaussprechlicher gräulicher Geheimnisse war.
Heim fragte: »Wissen Sie etwas über diesen Stein? Die Einheimischen munkeln von Druiden und alten Zauberern, die hier ihre blutigen Feste feiern. Was war das wohl früher einmal?«
Langustier setzte sich keuchend auf den vom Frost gesprengten rötlichen Granitfindling, dessen nebeneinander liegende Teile sich wie eine gewölbte Handfläche ausnahmen, mit tiefen Bruchspalten dazwischen. Von einem Querast des Baumes baumelte über ihm noch das Ende des Strickes, an dem der so seltsam Erhängte seinen letzten schwachen Atemzug getan hatte. Viel-

stämmigkeit bei Eichen wie bei Bäumen überhaupt, kam es Langustier in den Sinn, könnte unterschiedliche Gründe haben: Vielleicht waren mehrere Samen zu einem Klumpen verbacken und keimten sodann in einem kleinen Bündel. Oder es wirkten Störungen anderer Art auf einen einzelnen Sämling ein, die ihn zwangen, mehrere Triebe auszubilden. Er versuchte sich zu konzentrieren. Auf dem Stein fiel ihm ein geknickter Zweig auf, der dort, scheint's, ganz unbeteiligt lag.

»Schau einmal an! Herr Doktor, Sie sind sicher auch botanisch beschlagen?«

»Bei Bäumen versage ich. Esche?«

»Nein, es ist eine falsche Akazie oder Scheinakazie, auch Silberregen oder Robinie genannt! Ein dorniger Schmetterlingsblüter. Die gibt es in Preußen noch gar nicht so lange. Der alte Sello hat mir einmal erzählt, dass 1709 eine Robinie aus Amerika Friedrich I. zum Geschenk gemacht wurde, der sie dem Geheimrat von Ilgen für den Park seines Britzer Landguts überließ.«

Langustier drehte den Zweig mit den seltsamen unpaarig gefiederten Blättern hin und her. Ein falscher Akazienzweig unter einer Eiche, bei einem atypisch Erhängten.

»Wie hing er noch genau? Mit den Füßen in diese Richtung?«

Heim zog die Kopie der Distelschen Zeichnung hervor, die er aus dem Gedächtnisse angefertigt hatte, und bejahte. Langustier konstatierte, dass der Sterbende genau nach Nordwesten ausgerichtet worden war. Heim sah sich um, atmete kräftig ein und sagte:

»Stellen Sie sich einmal vor, wie herrlich es sich hier gelebt haben dürfte. Es ist doch eine alte Befestigung, wie man sagt?«

Langustier entgegnete:

»Was das Zweite angeht, so stimmt es wohl. Hofarchivar Neuhof beschäftigt sich mit diesem Berg schon eine geraume Weile und hat letztens in den Mémoires der Akademie die durch

Bodenfundstücke untermauerte Vermutung publiziert, es handele sich um eine Siedlung wendischen Ursprunges. Das befestigte Städtchen mag an die tausend Bewohner beherbergt haben. Die müssen sich mächtig gefürchtet haben, hier draußen so allein, vor Wölfen, Bären oder Geistern. Menschliche Nachbarn werden sie kaum gehabt haben. Etwa 400 preußische Morgen schätze ich, misst das Plateau. Laut Neuhof soll der Wall damals über anderthalb preußische Ruthen oder rund zwanzig Fuß hoch gewesen sein und aus Holz und Erde bestanden haben. Mit tatkräftigen Helfern hat er eine der alten Hütten freigelegt, sie maß nur 36 ½ mal 21 Fuß. Sie müssen kleiner gewesen sein als wir, die ehemaligen Bewohner. Etwa so groß wie Neuhof selbst!«

Sie lachten.

»Diese Zwerge werden ein äußerst klägliches Dasein gefristet haben, versperrte ihnen doch die hohe Erdmauer den Blick auf die Schönheiten der Umgebung. Mit 999 anderen eingepfercht auf einer Fläche kaum halb so groß wie das Berliner Quarree am Brandenburger Tor.«

Heim grinste und deutete auf Langustiers Sitzbank.

»Hier scheint öfters einer ein Feuerchen zu machen.«

Langustier erhob sich und besah die schwarzen Rückstände zwischen den Teilen des gebrochenen Steins. Er nahm einen dünnen Ast und stocherte darin. Kurz darauf fegte er mit triumphierender Miene einen Papierschnipsel aus den Tiefen des Spalts, der dem Feuer offenbar entgangen war. Noch zwei weitere kamen hinzu. Einer davon war zur Hälfte mit Schriftzeichen bedeckt. Langustier zog sein Lorgnon aus der Jacke und hielt es sich vor die Augen.

»Nun, das Alter fordert auch von mir seinen Tribut. Dafür kann ich in der Weite bis auf den Mond sehen! Ich sehe die Mondgebirge schärfer als Bernoulli und Bode mit ihren astronomischen Tuben!«

Er musste sich mit dem Stielglas weidlich abmühen, bis es ihm gelang, die winzige, bereits ausgeblichene Schrift zu lesen.
»Das scheint Poesie zu sein. Hier ist ein Titel zu einer Epopöe! *Pelops und Proserpina!*«
»Passt zu diesem Opfertisch hier!«, sagte Heim. »Wurde nicht Pelops von seinem Vater, dem Tantalus, geschlachtet und den übrigen Göttern als Probe zum Mahl vorgesetzt?«
Langustier, Kenner der Mythen, tat so, als hätte er selbst aufwartend an der Tafel gestanden.
»Stimmt, ich entsinne mich. Alle außer Ceres merkten es sofort und aßen nichts. Nur Ceres, weil sie in Sorge um ihre entführte Tochter Proserpina war, langte kräftig zu und verspeiste eine ganze Schulter. Jupiter machte Pelops wieder lebendig und strafte den Tantalus mit Qualen. Ceres' Appetit hatte zur Folge, dass der wiedererweckte Pelops eine Schulter aus Elfenbein besaß. Was aber Proserpina mit Pelops zu tun haben soll, wird ein Rätsel bleiben. Wollen wir dieses Strickende einmal entfernen? Man muss den Leuten den Ort nicht noch verhängnisvoller machen, als er es ohnehin schon ist. Sie werden zweifelsohne in Scharen hierher kommen und nach Alraunen suchen, die bekanntlich vom herabtropfenden Samen eines Gehenkten zu wachsen beginnen.«
Heim hatte den Aberglauben des Volkes bereits in hundertfacher ähnlicher Gestalt kennen gelernt. Er stieg auf den Stein und löste den Rest des Taues, was Distel und Palmers Männer trotz aller Umsicht nicht für nötig befunden hatten.
»Wie lange hing er schon, was meinen Sie?«, fragte Langustier.
»Zwei Tage mindestens, die Größe und Zahl der Fliegenlarven in Rechnung stellend. Heute ist Freitag, gestern fand man ihn, heißt also etwa Dienstag als Tag der Tat. Ansonsten kennen Sie ja selbst die Faustregel des Coroners: Warm und nicht steif heißt *höchstens einige Stunden tot*; warm und steif *gestorben vor maximal zwölf Stunden*; kalt und steif *gestorben vor 12 bis 48 Stun-*

den; kalt und nicht steif *bereits mehr als zwei Tage tot*. Bei Brandes war der *rigor mortis* abgeklungen – er war flexibel; der *algor mortis* vollendet – er bewies kaltes Blut; der *livor mortis* schließlich an den Beinen fixiert – er hatte tiefblaue Flecken, die sich bereits wieder aufzulösen begannen. Goercke und ich fanden außer der beginnenden Grünfärbung beim Wurmfortsatz weiter noch keine äußerlich sichtbaren Leichenveränderungen. An der Luft zersetzt sich ein Körper ja gewöhnlich am schnellsten, im Wasser etwas langsamer. Erde hemmt die Zersetzung am längsten.«

Langustier fragte:

»Roch Brandes nach Brand? Das könnte bedeuten, dass das Feuer von dem entfacht wurde, der ihn hier hinhängte.«

»Die Kleidung hatte keinen rußigen Geruch. In den Lungenflügeln waren keine aspirierten Aschepartikel, die hätten wir bemerkt. Das Feuer muss also bereits gelöscht gewesen sein, als er an den Baum kam.«

»Es könnte auch von gestern Nacht oder heute früh stammen«, sinnierte Langustier. Sie blickten beide auf die Asche, die sehr pappig aussah, und schüttelten einmütig den Kopf. Die konnte gut und gerne eine Woche alt sein. Sie beschlossen, die Umgebung abzusuchen.

Drei Seiten der Umwallung, welche sich zwanzig Fuß vom Boden erhoben, waren mit geräumigen Eingängen versehen, von denen zwei dem Wasser, der dritte dem Lande zugewandt lagen. Die vierte Seite des Walles, augenscheinlich eine von der Natur gebildete Hügelwand, fiel aus einer Höhe von wenigstens fünfzig Fuß steil zum Seeufer ab. Langustier begann in spiralförmiger Linie das Plateau innerhalb des noch zehn Fuß hohen Walles abzuschreiten, den Blick fest an den Boden geheftet. Ab und zu bückte er sich, leicht ächzend, hob etwas auf und besah es, um es wieder hinzulegen. Heim war auf den Wall geklettert und umrundete in ähnlicher Beschäftigung die An-

lage. Eine weitere gemeinsame Strecke am Berghang schloss sich an.
»Einen Augenblick, lieber Doktor. Schauen Sie einmal hierher mit Ihren Argusaugen. Sehen Sie, was ich sehe?«
Langustier deutete auf ein Etwas im Laub.
»Kaum zu glauben, das Drosselwerkzeug!«, staunte Heim und besah sich die dünne Schnur mit Holzgriffen an den Enden.
»Eine sauber vorbereitete Sache«, sagte Langustier. »Möglich, dass es an dieser Stelle geschah. Der Mörder begleitete sein Opfer auf dem Weg zum Opferstein, wenn wir ihn einmal so nennen wollen. Hier wurde der Hofpostamtssekretär gedrosselt bis zur Bewusstlosigkeit, dann den Weg hinaufgezerrt und zuletzt halb an den Baum gehängt. Weil der Täter den ohnmächtig Werdenden sogleich unterfassen und nicht erst vom Boden aufheben wollte, ließ er die Schlinge einfach fallen. Dass er sie später nicht mehr wiederfand, als er sie suchte, um sie mitzunehmen, könnte bedeuten, dass es zur Zeit der Tat völlig finster war.«
Sie setzten die Suche zum Wasser hin fort, wo sie etwas höchst Kurioses fanden: drei mit Stopfen verschlossene Probiergläschen eines vergesslichen Naturforschers, in denen sich allem Anschein nach Froschlaich befand. Sie lagen auf einem kleinen ledernen Futteral. *Amphorus Inflammarion* war mit Tusche auf die Lasche geschrieben.
»Ein Mann vom Range Georg Forsters bei der Arbeit?«, scherzte Heim und sah Langustier fragend an.
»Ein Steckenpferd des Herrn Brandes?«
Sie inspizierten abschließend noch den Uferstreifen. Eine breite Schneise aus niedergedrückten ältlichen Schilfhalmen zeigte an, dass sich hier ein Kahn hindurchbewegt hatte. Die Fähr-Müller-Jungs? Der Naturforscher? Das Opfer? Der Mörder?
Langustier umrundete mit Heim den Hügel bis zu dessen Kutsche, die etwas querab vom Wege im Wald stand. Sie fuhren

nach Sacrow. Vor dem gräflich Hordtschen Anwesen angekommen, hielt Langustier Heim kurz zurück.
»Hören Sie, sagen Sie von Hordt, dass Sie auf Ihrer Rundfahrt einen Abstecher nach Krampnitz gemacht haben, wo wir uns zufällig trafen, und dass uns die Idee der gemeinsamen Weiterfahrt spontan gekommen sei. Suchen Sie keineswegs herauszufinden, worum es bei der Streitsache geht, derentwegen Distel gestern eigentlich hier war!«, mahnte er. »Erwähnen Sie den Toten nicht. Wir wissen von gar nichts. Sie haben im Dorf, ja hier beim Pfarrer Maußhardt von der gräflichen Indisposition gehört und wollten nach dem Rechten sehen. Ich komme Ihnen gleich nach, ein harmloser Pensionär, der durch die Landschaft streicht.«
Heim ging, um Karl Gustav von Hordt als besorgter Kreisphysikus einen Krankenbesuch abzustatten, wohingegen Langustier sich in das von Efeu umrankte Pfarrhaus neben der kleinen Kirche begab. Er kannte Theodor Maußhardt aus der Dreiweltkugelloge. Er war schon in höhere Grade vorgedrungen als er. Vor vier Jahren hatte Maußhardt, wiewohl weiterhin am Grauen Kloster in Berlin seine Eleven unterrichtend, das Filial Sacrow erhalten. Nun war er drei Tage in der Woche in Berlin und den Rest auf dem Land, was ihm nicht schlecht bekam. Die Einheimischen nannten ihn bloß mit mildem Spott den *Reisepfarrer*.
Maußhardt, ein kleiner, schlanker Mann, dessen einst schwarzes Haar jetzt schon gehörig ergraut war, bat den alten Leibkoch des Königs herein. Er schien verwundert über den Besucher, doch keineswegs erstaunt genug, sein Lamento zu unterbrechen, das sich in protestantischer Schlichtheit gegen Tisch und Wände richtete. Gläser mit Eingemachtem standen auf dem Küchenschrank: Birnen, Mirabellen, Pflaumen und einige Glaskolben.
»Jetzt werden mich die Berliner Superintendenten mit dieser armen Seele in Konnex bringen und sagen, dass sich bei mir im

Filial die Menschen leichter umbringen können als anderswo, weil es noch immer ein heilloser dunkler, rückwärts gewandter Ort ist, ein Ort der Druiden und Zauberer, der heidnischen Altertümer, die ich nicht gehörig mit dem Waschwasser der Aufklärung beträufelt hätte. Ich sehe es kommen, dagegen wird das Geplärr über den neuen Katechismus, den die Hiesigen anzetteln, zum reinsten Honiglecken. Die Zeit aber, die alles löst, wird auch dieses aufdecken!«

Drohend und anklagend hatte er den Zeigefinger erhoben.

»Nicht die Zeit, geehrter Herr Maußhardt, die Königlich Preußische Polizei wird dieses schändliche Verbrechen aufdecken.«

Maußhardts Blässe war auffällig.

»Sagten Sie Verbrechen, Monsieur Langustier? Mir schien der Tote ein Aktuarius zu sein, der sich ums eigene öde und schwermütig machende Leben gebracht, wie man es neuerdings so oft vernimmt? Ein Opfer des allseits grassierenden Werther-Fiebers, wenn man so will.«

Langustier hätte sich ohrfeigen können für sein lockeres Mundwerk! Aber er konnte es hindrehen.

»Nun, Sie werden mir sicher zustimmen, Herr Pastor, dass es ein Verbrechen vor Gott und der Schöpfung genannt zu werden verdient, wenn sich ein Schaf oder ein Lamm Gottes mit eigenen Händen ermordet. Man kann darüber streiten, ob der Unglückselige dafür vor Gottes Richterstuhl treten muss oder die Peiniger, die ihn zu seiner Verzweiflungstat getrieben haben.«

Maußhardts Anspannung ließ nach. Er setzte den Krug mit Wein, den er gerade angehoben hatte, um sich etwas einzugießen, behutsam wieder ab. Er nahm ein zweites Glas, stellte es vor Langustier auf den Tisch und füllte beide.

»Das ist leider wahr. Kosten Sie einmal diesen Tropfen vom Weinmeister Reuter aus Krampnitz: *Krampnitzer Goldkreuzer*!

Langustier verabscheute zwar die Flüssigkeiten, welche in der

Region für Wein gehalten wurden, nahm dieses eine Glas jedoch für gegeben hin, da es der Wahrheitsfindung diente. Er blickte sich um und fragte:
»Sie waren auf Reisen?«
»Ergebenster Diener, Monsieur. Vor nicht ganz einer Stunde kam ich aus Prädikow im Barnim zurück, wo ich ein paar Tage meine werte Frau Schwester besuchte.«
Langustier blickte sich in der Stube um. Ein Topf mit angetrockneten Speiseresten verzierte die riesige schöne, alte Herdstelle. Noch anhand der filigranen Duftspuren konnte der Fachmann Pflaumen, Reis und einen Anhauch von Huhn identifizieren. Sogar ohne Notizbuch kam Langustier das verdammt bekannt vor. Maußhardt sagte:
»Madame Hupfuff, die Frau des Küsters, hat meine Erlaubnis, während meiner Abwesenheit die Kochstelle zu benutzen. Sie kocht auch für mich, wenn ich hier bin. In der Kate der Hupfuffs nebenan gibt es nur einen kleinen Herdofen. Dabei sind drei Kindermäuler zu stopfen. Leider gebricht es der geplagten Frau oft an Zeit, die Gebote der Reinlichkeit zu beachten. Aber es widerstrebt mir, sie dafür zu tadeln. Sie hat es schon schwer genug. Da kommt sie! Sie wird mich gehört haben.«
Die kleine, käferartige Frau schäumte über vor Freude, ihren Pfarrer wiederzuhaben. Langustier grüßte leutselig und fragte unverblümt:
»War Ihr Sonntagshuhn zäh?«
»*Unser* Huhn? Missjö belieben zu scherzen. Mein Mann brachte es vom jungen Herrn mit. Und auch nicht am Sonntag, sondern vor drei Tagen.«
»Hatte der junge Herr denn Gäste?«
»Er hatte eine Gesellschaft. Das passiert in letzter Zeit öfter, angeblich wegen des zu erwartenden Blutvergießens.«
»Sie meinen den Feldzug ... Eine Gesellschaft? Kannten Sie jemanden von den Herrschaften?«

»O Missjö, es waren bloß lauter feine Herren aus Berlin. Auch ein hoher Pastor war dabei, Waller, glaub ich, hieß der.«

Langustiers Blick streifte das rostige alte Schwert über dem Kamin. Er lachte. Wallner, der Kammerrat des Prinzen, war also auch dabei gewesen.

»Die kamen in vier Kutschen. Später ist noch eine extra gekommen, mit einer Krone am Türschlag.«

»Wann sind die Kutschen wieder weggefahren?«

»Na, als die noble …, wird gegen fünf am Nachmittag gewesen sein. Zwei der anderen folgten kurz vor sechs, und die letzte ist noch um achte da gewesen. Abgefahren ist sie noch später. Ich musste warten, ob nicht noch etwas gewünscht würde, so hatte es mir die Herrschaft befohlen. Ich habe daher am Fenster gesessen und alles genau beobachtet; wollte auch sehen, wie mein Mann zurück kam. Er trägt den Frack ja so selten. Er hat das Essen mitgebracht.«

»War Ihr Gatte etwa auch drüben?«

Der Pfarrer antwortete für sie:

»Er unterstützt die Bedienten beim Bewirten.«

»Wo ist Ihr werter Herr Gemahl jetzt?«, fragte Langustier.

Sie zuckte mit den Schultern und sah unsicher auf Maußhardt.

»Er ist in der Kirche und repariert den Glockenzug«, sagte der. »Ich sprach dort vor einer Viertelstunde mit ihm.«

»Wissen Sie, was die Herrn beim Sohn des Grafen wollten? Haben die Kutscher etwas gesagt?«

Neugierig war dieser alte Koch ja gar nicht, fand Madame Hupfuff.

»I wo, die hatten wohl Anweisung, den Mund zu halten. Die haben über alles geredet, über die Soldatenschwemme in Berlin und über das schöne ruhige Leben hier draußen. Kein Wort über die Herren. Es waren eben auch vornehme Kutscher, die reden nicht über ihre Herrschaft.«

Als sie gegangen war, wandte Langustier sich wieder an Maußhardt:
»Sie sagten vorhin Aktuarius – woher nehmen Sie diese Bezeichnung? Wer hat Ihnen vom Beruf des Mannes erzählt?«
Maußhardt überlegte kurz:
»Lüdicke. Der Diener des Grafen. Gleich nachdem ich ankam. Sind Sie eigentlich zufällig hier, Monsieur Langustier, oder kamen Sie aus Interesse an dieser Tragödie?«
Langustier trank versehentlich noch einen Schluck der *Wein* genannten Flüssigkeit.
»Rein zufällig. Ich wollte den Sohn des Grafen besuchen und ihn nach dem Stand der Dinge im königlichen Lager fragen. Letztes habe ich nun ganz vergessen – hat der Graf schon geschrieben?«
»Anfang letzter Woche kam ein Brief, erzählte Lüdicke. Es soll verheerende Krankheiten unter den Truppen geben. Die Ärzte haben alle Hände voll zu tun, obwohl bislang noch gar kein Kampf stattfand.«
»Wer weiß, vielleicht war der Mann ein Enrollierter, dem es tödlich vorm Militär gegraust hat und der keine andere Lösung sah, der Verwendung zu entkommen? So etwas ist ja nicht selten. Ich bin jedenfalls herzlich froh, dass ich vom König pensioniert wurde und nicht mehr den blauen Rock anziehen muss.«
»Vermissen Sie Ihren Beruf nicht?«, fragte der Geistliche.
»Das Kochen? Gott bewahre! Das Abenteuer des Krieges hin und wieder ein bisschen. Aber ich habe ja meine große Familie. Heute Abend werde ich sie alle wiedersehen, wenn wir feiern wie jedes Jahr. Haben Sie keine Lust, heute schon mit nach Berlin zu kommen? Das Essen wird vom Feinsten sein. Auch müssen Sie wieder einmal beigebracht bekommen, was man unter Wein genau versteht.«
Langustier setzte das noch fast volle Glas ab. Er blickte erst auf

die eklen Speisenreste, dann auf die Bücher auf dem kleinen Bücherbrett. Der Prediger fragte vorsichtig:
»Meinen Sie das im Ernst?«
Langustier nickte. Der kleine Mann im schwarzen Habit schien gewachsen vor Freude. Es musste ihm wahrlich schwer werden, das Predigerleben, in dieser geistfernen Exklave. Was für Bücher er sein Eigen nannte ... einige Gebetsbücher, der erwähnte neue Katechismus, den Maußhardt nach königlichen Erwägungen herausgebracht und der ihm bei der Landbevölkerung schadete. Ältliche Romane von Fenelon, Terrason und de Ramsay: *Télémaque*, *Cyrus*, *Sethos*. Dann etliches von Johann Amos Comenius, unter anderem die *Pansophiae prodomus* von 1639, und endlich *Die Leiden des jungen Werthers*! Langustier musste lächeln und ging hinzu, um sich die Ausgabe anzusehen. Maußhardt wurde rot. Und seine Verlegenheit wuchs ihm bis in die Ohrspitzen, als Langustier gar noch den seitlich davon stehenden Band aus der Reihe zog, willkürlich aufschlug und vorlas:
»*Ich beschwöre, rufe und befehle dir durch die Macht des fleischgewordenen Wortes, durch die Macht des ewigen Vaters wie auch durch die Kraft dieser Worte: Messias, Sother, Emmanuel, Sabbaoth, Adonai, Athanatos, Tetragrammaton, Heloin, Heloi, El, Sadai, Rugia, Jehova, Jesus alpha et omega, dass du mir gehorchest und beantwortest alle an dich gerichteten Fragen und Befehle ...*«
Langustier klappte das Buch zu, dass es staubte.
»Das hätte ich von Ihnen am allerwenigsten erwartet, Herr Pfarrer. Das ist doch schwarze Magie, und zwar die schwärzeste der schwarzen.« Zum Beweis las er Titel und Autor laut vor: *Magia innaturalis nigra* von Herpentil.
Der Prediger verteidigte sich mit leiser Stimme.
»Ich könnte sagen, ich machte mich mit dem Feinde vertraut, und dazu gehört freilich die landläufige Zauberei. Dies unselige

Büchlein da rührt aber noch von meinem Amtsvorgänger her, dem Pfarrer Rosenstiel, der zu Zeiten des Soldatenkönigs gewirkt und den Nachlass Kunkels von Löwenstein von der Kanincheninsel erworben hat. Graf Hordt hat diese Bücher vor meinem Amtsantritt in seine Schlossbibliothek überführen lassen. Hupfuff, der die Sachen schleppen musste, hat dieses Werk unterschlagen, um selbst einmal auszuprobieren, ob an der schwarzen Magie etwas dran ist. Er hat ein paar Beschwörungen angestellt, es dann aber mit der Angst bekommen, als plötzlich alle Katzen in der Gegend nach langwierigem Siechtum verendet sind. Ich denke freilich, dass die von einem Kadaver gefressen haben; der schwarze Kater der Küsterin wohl auch. Lüdicke war mit von der Partie, glaube ich. Es wäre ihm zuzutrauen. Ich hätte das Werk schon längst verbrennen sollen.«

»Wenn Sie wollen, gebe ich es dem jungen Herrn. Ich werde die Herkunft zu verschleiern wissen, und Sie sind eine Sorge los.«

»Den *Werther* können Sie gleich mitnehmen – den las ich tatsächlich, um mich zu informieren. Es ist ein ganz gotteslästerliches, unfrommes Zeug, eines aufrechten Christen unwürdig.«

Der Mann müsste einmal unter Leute.

»Ich meine es ernst mit der Einladung. Die Familie ist doch das Beste, was uns bleibt in dieser schweren Zeit. Begleiten Sie uns, den Heim und mich, nach Berlin. Schlagen Sie ein?«

Maußhardt nickte nach kurzem Nachdenken.

»So werde ich den Fahrlander Vikar ersuchen, mich dieses Wochenende zu vertreten, das tut ihm wohl, denn es hindert ihn am Müßiggang.«

»Ich würde mir das Problem mit dem Glockenzug gerne einmal ansehen, Mechanik war schon immer eine Schwäche von mir!«, sagte Langustier. Maußhardt zog die Stirn kraus und willigte nur widerstrebend in das sonderbare Ansinnen ein.

»Warum wollen Sie sich in diesen Gestank begeben? Was immer Hupfuff repariert, es geht nie ohne Qualm.«

Langustier kannte den Küster aus dem gleichen Grund wie den Pfarrer – er war ebenfalls Freimaurer und kam mit diesem wenigstens einmal im Monat zu den Logentreffen nach Berlin. Hupfuffs blonder Haarschopf war stets bestrebt, die graue Perücke abzuwerfen, und der Geruch, den er verströmte, hielt jedermann auf Distanz. Beim Öffnen der Kirchentür wurde deutlich, dass Maußhardt nicht auf des Küsters Tobakgenuss angespielt hatte. Es stank höllisch nach Teer und verbrannten Lumpen.

»Warten Sie hier! Ich muss nachsehen, was er da anstellt – irgendwann fackelt er noch die Kirche ab! Bruder Hupfuff! Was um des Allmächtigen Baumeisters der Welten willen machen Sie da oben?«

Maußhardt entschwand über die Treppe in den Turm. Langustiers Neugier hatte in der dicken Luft beträchtlich nachgelassen. Er wartete vor der Tür, bis der Küster hinter dem erzürnten Prediger heraustrat. Hupfuff lächelte linkisch, als er Langustier begrüßte.

»Mssjö. Da gibt's gar nicht viel zu sehen! Ich musste an ein paar Stellen das Tau mit Pech und alten Hadern stärken. Ist schon recht abgescheuert. Können da jetzt nicht hoch, würden sonst ersticken.«

»Ihnen macht das nichts aus?«, fragte Langustier.

»Bin dran gewöhnt. Hab schon immer ein gehöriges Quantum Rauch geschluckt. Mein Vater war Köhler, wie Sie wissen.«

Langustier wusste es, denn er hatte ihn noch gekannt. Hupfuff senior, inzwischen verstorben, war lange Königlicher Holzkohlenlieferant gewesen.

»Köhlern Sie nicht auch noch ab und zu?«, fragte Langustier. »Oder so etwas Ähnliches …«

Hupfuff blickte fragend zu Maußhardt.

»Was haben Sie Bruder Langustier über mich erzählt? Doch nicht etwa die Geschichte mit dem alten Teufelsbuch?«

Maußhardt schaute in den Himmel, als ob er von dort Verzeihung für seine Geschwätzigkeit herabflehen wollte.
»Verzeihen Sie mir meine Indiskretion«, sagte Langustier. »Es war nur ein belustigendes Moment in Bruder Maußhardts und meiner angelegentlichen Konversation. Was war denn das vor ein paar Tagen für eine Konferenz im Schlosse? Hörten Sie politische Direktiven, die von allgemeinem Interesse wären? Mein Enkel ist ja beim Militär, da frage ich mich freilich, ob es bald losgeht.«
Hupfuffs Miene verschloss sich wie eine Muschel.
»Es tut mir Leid, lieber Bruder, aber als bloßer Küchenhelfer sind mir derlei Dinge nicht zu Ohren gekommen.«
»Auch nicht beim Servieren?«
»Beim Ser… ach nein, auch nicht beim Servieren. Da ganz gewiss nicht. Ergebenster Diener!«
Hupfuff hatte es eilig, wieder in seine Räucherkammer zu kommen. Langustier verabschiedet sich von Maußhardt, seine Vorfreude auf den späteren gemeinsamen Festabend betonend, und ging zum Gutshaus.

Karl Gustav von Hordt begrüßte ihn herzlich. Heim stand neben ihm und hatte sich wohl gerade verabschieden wollen.
»Monsieur Langustier, was verschafft mir die Ehre? Möchten Sie für mich kochen?«
»Sie belieben zu scherzen, ich und kochen? Das hab ich längst verlernt, nein, ich hörte vom Pfarrer, Sie seien sterbenskrank, und wollte Ihnen ein letztes Mal die Aufwartung machen.«
Langustier blickte fragend zu Heim. Von Hordt erklärte:
»Wie Sie bemerken können, bin ich schon wieder leidlich über den Damm. Was wollten Sie denn um aller Welt mutterseelenallein in Krampnitz?«
Der blonde von Hordt, zwanzig Jahre jung und in einen Schlafrock gekleidet, für dessen Erlös die Küsterfamilie und der Pfar-

rer zwei Jahre lang in Saus und Braus hätte leben können, sah auf seine feinen Hände, die mit Sicherheit noch nie ohne Handschuhe einen rauen Stein berührt hatten.
»Untertänigster Diener, Monsieur! Ganz recht, in Krampnitz beim Weinmeister Reuter war ich. Wollte doch mal sehen, ob sich das Gesöff, welches er braut, Wein nennen und in Berlin teuer verkaufen lässt. Aber – ein elender Gallensaft ist es! Schauen Sie einmal, was mir der Reuter angedreht hat. Haben Sie als Sammler Interesse daran?«
Hordt nahm das rauchige, speckschwartenhaft glänzende kleine Seitenbündel in die Hand und roch daran.
»Kunkels verruchte Glasküche! Nun, danke, dass Sie Bruder Maußhardt den Weg abnehmen. Ich hatte den alten Knaben schon länger im Verdacht, eines der Alchemistenbücher unterschlagen zu haben.«
Langustier lächelte.
»Möchten Sie einen Blick auf die Bibliothek werfen, meine Herren?«
Im gewissermaßen zentralen Raum des Landhauses, eine geschwungene Treppe höher, mit einem schönen Rundbogenfenster, durch das man auf den Park in Richtung See hinaussah, waren in wundervollen alten Nussbaumvitrinen eine Vielzahl von gelehrten oder scheingelehrten Abhandlungen zur Schau gestellt. Unschwer erkannte man die Kunkel-Vitrine am strengen Laborgeruch.
Von Hordt stellte den Herpentil hinein. Langustier interessierte sich mehr für den Raum, dessen ovale Grundform, dessen schwere Stuckmarmorsäulen und goldene Rocaillen an Decken und Wänden ihn stark an den Marmorsaal von Sans Souci erinnerten.
»Der Marquis d'Argens hatte etwas Ähnliches mitten in Berlin am Markte der Gens d'Armes! Schwärmerisch, königlich! Eine ganz andere, glänzendere Zeit, finden Sie nicht?«

Heim pflichtete ihm bei. Von Hordt zuckte bloß die Achseln.
»Ein bisschen verstaubter Stil, würde ich sagen. Mein Vater ließ den Raum nach des Königs Potsdamer Tempel einrichten, und in Anbetracht der Tatsache, dass wir hier bisweilen zur Arbeit zusammenkommen, passt das ganz gut.«
Er hatte Langustier demonstrativ angesehen, und der hatte verstanden, dass hier freimaurerisch gearbeitet, sprich: Loge gehalten wurde.
Langustier fand es dringend geboten, kurz mit Karl Gustav von Hordt allein zu sprechen. Er blinzelte Heim zu und sagte:
»Wollen Sie bereits vorgehen, lieber Doktor, und Ihr Pferd noch etwas versorgen? Wir müssen uns sputen, ich folge sogleich.«
Der hatte diesen Wink mit dem Zaunpfahl verstanden. Der Sohn des Hausherrn bedankte sich bei Heim für seine Umsicht. Er fühle sich zwar noch etwas flau im Magen, aber die Indigestion werde bei den erhaltenen guten Ratschlägen sicher rasch weichen. Nachdem Heim die Treppe hinab war, sagte von Hordt mit veränderter Stimme:
»Welches Jahr schreiben wir, mein Herr?«
»Das Jahr 5778, denke ich!«
Von Hordt lächelte.
»Lieber Bruder, ich habe von Ihrer Erhöhung nur regestenhaft erfahren und beglückwünsche Sie herzlich! Sie sollten sich jedoch keine Mühe der Verstellung mir gegenüber geben. Mir sind höhere Grade der Einsicht verliehen, die mir gestatten, Ihre geheime Absicht restlos zu durchschauen!«
Langustier runzelte erstaunt die Stirn und zog die linke Augenbraue hoch, während sein Gegenüber fortfuhr:
»Wer Ihre Lebensgeschichte kennt, braucht kein *Eques professus* zu sein, um zu vermuten, dass Sie in Ihr altes Metier zurückdrängen. Sie wollen jetzt sicher von mir wissen, ob der Mann, dessen Leiche man gestern fand, vor drei Tagen lebendig hier im Hause war? In der Tat, Brandes war hier, und eine ganze Reihe

anderer Personen mit ihm. Sie hatten sich zum Zwecke einer geheimen Regimentsbesprechung eingefunden, auch der Regimentsherr, Prinz Heinrich, und sein Rentmeister, unser altschottischer Obermeister Wallner, waren zugegen. Die beiden kamen von Rheinsberg und übernachteten in Potsdam. Sie werden verstehen, dass ich Ihnen keine näheren Auskünfte über die bei dieser Zusammenkunft verhandelten Materien geben kann. Die Verschwiegenheit hat in diesem Falle ganz praktische, politische Gründe, während die Schweigepflicht, der wir beide als Maurer unterliegen, freilich höhere Dinge betrifft. Soviel möchte ich Ihnen erklären: Die Anwesenheit des Hofpostamtssekretärs stand im Konnex mit den zu bewältigenden großen Problemen einer ständigen Postverbindung zwischen den Heeresteilen und Berlin, welche in den zurückliegenden Kriegen nie so gut gelöst werden konnten, wie dies wünschbar gewesen wäre. Ich wage zu vermuten, dass eine gewisse Überlastung des Brandes vorlag, die möglicherweise mit der harschen Kritik zusammenhing, die er durch den Prinzen erfahren. Es mag sein, dass er sich den großen Problemen, die vor ihm lagen, nicht gewachsen fühlte und es deshalb vorzog, aus dem Leben zu scheiden. Es ist eine Frage der Ordenshierarchie, dass die unteren Grade die Oberen des Inneren Ordens nicht unbegrenzt zur Rede stellen oder Antwort erwarten dürfen, ganz gleich in welchen Dingen. Erwarten Sie bitte nicht von mir, dass ich Ihnen weitere Erklärungen über Einzelheiten des hier stattgefundenen Treffens gebe. Ich darf Sie daher bitten, lieber Bruder, dieses Thema jetzt als erledigt zu betrachten.«

Langustier sah sich gezwungen, diese Bitte zu ignorieren.

»Nur eines frage ich mich, lieber Bruder, dennoch und würde mir eine Antwort sehr wünschen: Wann verließ Brandes dieses Haus?«

»Lieber Bruder, das weiß ich nicht genau zu sagen. Sein Part bei der Konferenz war indes bereits erledigt. Er nahm an den letzten Beratungen nicht mehr teil. Daher wurde er auch nicht vermisst. Ich nehme an, zwischen sechs und sieben Uhr am Abend wird er von hier aufgebrochen sein.«

»Sehr lieber Bruder, ich danke Ihnen!«

Langustier wechselte in die normale Konversation, indem er sich mit den Worten verabschiedete:

»Monsieur, ich bitte sehr, meine Fragen zu entschuldigen. Sie kennen mich in der Tat gut und haben mit Ihrem Zweifel ganz Recht. Die Würde des Alters sollte es mir eigentlich verbieten, Polizeiassistent zu spielen. Betrachten Sie meinen Besuch als nur der nachbarschaftlichen Sorge um Ihr Wohlergehen geschuldet. Auf Wiedersehen, Monsieur!«

Wieder draußen, vor dem Gutshaus, war er reichlich aufgewühlt. Der Adjutant des Herzogs und Ordensheermeisters glaubte offenbar, nur weil er in den Höhen des Ordens der Strikten Observanz, den roten Logen, verkehrte und sich *Gelehrter Ritter* schimpfte, mit sterblichen Brüdern der blauen Logen, der normalen Johannismaurerei mit ihren drei Eingangsgraden, nichts mehr zu tun haben zu müssen. Ging die Geringschätzung der Unteren durch die Oberen, der Ohnmächtigen durch die Machthaber schon so weit? Ab sofort würde er bei Erwähnung der Hochgrade nur noch von *Strikter Ignoranz* sprechen! Bei dieser Formulierung verrauchte sein Zorn über die erfahrene Demütigung für den Moment. Als plötzlich das gräfliche Faktotum Lüdicke vor ihm stand, ein kleiner Mann mit den ersten grauen Strähnen im dunkelbraunen Haar, einem ansonsten feinen, schmalen Gesicht und einem Zug um die Mundwinkel, der ihn älter erschienen ließ, als er war – und neben ihm der junge Anselm Sello, Sohn von Friedemann August, dem mittleren Sello, aus der großen Potsdamer Gärtnerfamilie, der einen riesigen Strauß Schöllkraut in den Armen hielt wie eine Korngarbe, konnte er schon wieder lächeln. Der Junge grüßte ihn und erwiderte die Frage, ob ihn sein Großvater am Abend nach Berlin mitbrächte, mit einem freudigen Nicken. Er schleppte seine Last ins Haus, wohingegen Lüdicke stehen blieb.

»Monsieur Lüdicke – wie geht es Ihnen? Weiß man schon etwas von Sr. Gräflichen Durchlaucht Vorrücken im Feld? Gibt es Neuigkeiten vom König?«

Der Diener entgegnete mit der ganzen Würde seiner Fistelstimme:

»Untertänigster Diener, Monsieur! Danke vielmals der Nachfrage. Der gnädige Herr befindet sich wohl. Dem König scheint es mit der Zeit im Lager ungemütlich zu werden, das ist kein Wunder. Sein Bruder zaudert über Gebühr. Das kann nicht gut gehen. Der Anmarsch zieht sich zu sehr in die Länge.«

»Das sehe ich genauso! Sagen Sie einmal, war das hier vor drei Tagen eine geheime Regiments-Besprechung?«

»Ja, aber selbstverständlich! Sehr geheim sogar war sie! So geheim, dass man nicht davon sprechen darf!«

Langustier lachte.

»Wo will denn der Anselm mit diesem ganzen Grünzeugs hin?«

»Ach, das ist für den Schwanenapotheker Klaproth in Berlin. Der zahlt nicht schlecht dafür, denn in Berlin gibt es zu wenig davon, es wächst ja vor allem unter den Akazien. Hängt mit den Wurzeln zusammen, er hat es mir erklärt. Na ja, jedenfalls sammeln wir hier alle das Kraut. Besser gesagt, ich lasse es Sello sammeln und gebe ihm eine Beteiligung am Erlös dafür. So sind wir alle glücklich!«

»Sammeln Sie auch gelegentlich Akazienzweige im Auftrag?«

Lüdicke schüttelte den Kopf.

»Weshalb sollte ich?«

»Aber Akazien gibt es hier?«

»Wir haben einen ganzen Akazienwald! Der Graf hat heimlich einen Ableger gezogen, ich weiß nicht mehr wo. Deswegen, also wegen der vielen Akazien, wächst ja auch dieses Goldkraut hier wie Gras.«

»Haben Sie und Hupfuff gemeinsam versucht, ein Allheilmittel zu brauen?«

»Monsieur, ich weiß nicht, was Sie meinen?«

Lüdicke wirkte bleich.

»Sie sind doch schlau, Herr Lüdicke? Sie wüssten auch zu antworten, wenn man Sie fragte, ob der Tote auf dem Königswall, als er noch kein Toter war, gemeinsam mit den anderen Herren, die mit ihren Kutschen für alle im Dorf sichtbar hier an- und abfuhren, zum jungen Herrn kam? Oder früher? Ob er früher als die anderen wegfuhr? Und in welche Richtung?«

Lüdicke stand starr und stumm. Doch dann sagte er:

»Er kam mit den anderen, verließ das Haus aber, während die Konferenz noch im Gange war. Ich sah ihn in Richtung Krampnitz wandern. Es war merkwürdig, es sah aus, als wollte er jemanden besuchen. Er hatte eine Blendlaterne bei sich, die ich ihm für den Weg gegeben, denn es war gerade dämmrig geworden. Halb sieben, würde ich sagen, war es, als er losging. Die anderen waren alle noch hier. Ich sah ihn nicht zurückkommen, dachte mir aber nichts dabei. Es waren so viele Personen. Ich konnte sie nicht alle im Auge behalten.«

»Wieso glauben Sie, dass er jemanden besuchen wollte? Wie sieht denn einer aus, der fortgeht, um jemanden zu besuchen?«

»Er ging zielstrebig, er schlenderte nicht, als wollte er zu einem Spaziergang aufbrechen.«

Langustier bedankte sich, wandte sich ab und stieg zu Heim auf den Wagen.

»Haben Sie erfahren, um was für eine Streitsache es bei Distels und Palmers Besuch ging?«

»Angeblich um eine leidige Auseinandersetzung zwischen zwei Offizieren, die den jungen von Hordt zum Schlichter angerufen haben. Genauer habe ich nicht gefragt.«

Ihre Einspänner standen hintereinander auf der Wagenfähre zum Glienickschen Werder. Der ganz schwarze Hannoveraner und der Schimmel schnoberten unruhig. Diese Fähre verdankte Sacrow traurigerweise dem Tod der Gräfin Hordt, zu deren Überführung vor einem Jahr sie gebaut worden war.
»Was halten Sie von der Geschichte?«, fragte Heim.
Langustier sah zu Maußhardt in der Kutsche hinten, der sich in der Betrachtung der Wolken erging.
»Kein Selbstmord, sondern eine Hinrichtung; lauter schwer deutbare Zeichen. Wenn dieser Brandes nicht tot wäre, würde ich sagen, es war ein symbolischer Mord. Nehmen Sie nur diesen Löwenkopf und diesen gebrochenen Akazienzweig. Das könnte beides für den Tod selbst stehen, hat aber in einem Fall Bezug zur vorzeitlichen Stätte, im anderen, tja, wer weiß, wozu? Und diese Fläschchen, die wir gefunden haben, und dieser komische Name …« (er beugte sich zur Seite und griff in die kleine Stofftasche, die ihr geborgenes Beweismaterial enthielt) »… Amphorus Inflammarion. Was heißt das übersetzt?«
»Feuerfestes Gefäß, würde ich sagen.«
Langustier kratzte sich am Kopf.
»Das ist nicht eben stimmig: Eine geheime Konferenz im Hause eines Scheinkranken, zu der ein Prinz und ein Herzog zugegen sind. Ein Bediensteter mit einer Riesengarbe Schöllkraut – wenn ich König wäre, würde ich von einer Verschwörung ausgehen. Der Tote war ein Abtrünniger, der zuviel wusste und daher erledigt wurde.«
Nach einer halben Stunde Fahrt auf der Chaussee nach Berlin gelangten sie zum Neuen Krug am Wannsee, wo es Zeit war für eine kleine Stärkung. Julius Stimming, dem Wirt, bereitete es leider übergroße Schwierigkeiten, eine Beschreibung des Mannes zu geben, der am Montag gegen Mittag das Boot von ihm ausgeliehen hatte, als Langustier ihn vor der Weiterfahrt kurz unter vier Augen danach fragte.

»Klein, groß, dick, dünn – ich habe nicht die blasseste Ahnung! Wenn man vorher immer wüsste, worauf man im Nachhinein zu achten gehabt hätte. Immerhin habe ich 46 Boote auszuleihen, und an dem Tag waren die alle weg.«
Auf dem weiteren Weg bis Berlin schlief Langustier tief trotz der tiefen Löcher im Weg. Als ihn Heim wach rüttelte, stand das Gefährt wie von Zauberhand bewegt bereits vor dem Delikatesswarenladen seiner Tochter in der Berliner Roßstraße.
Sollte ich von Ihren weiteren Recherchen erfahren dürfen, würde ich mich glücklich schätzen«, sagte Heim und zog den Hut.
»Sie dürfen nicht glauben, dass ich Sie so einfach ziehen ließe!«, entgegnete Langustier. »Sie haben mich von der in Potsdam grassierenden Lethargie geheilt, einer ganz verheerenden Seuche, die mich wohl binnen kurzem dahingerafft hätte. Sie befällt vor allem Landjunker und Geheimräte, bevorzugt aber Küchenmeister in Rente. Mit einem Wort, mein lieber Freund, werden Sie jetzt brav den Wagen in unsere Remise stellen, so wie der Prediger es tut, ihr Pferd versorgen und heute Abend bei uns zu Gast sein. Es ist eine Gesellschaft, in der Sie sich nicht langweilen und ein paar gute Happen abbekommen werden.«
»Sie beschämen mich, Monsieur – ich bin auf eine Gesellschaft nicht vorbereitet. Sehen Sie nur mein Habit an.«
Langustier konnte ihn über diesen Punkt beruhigen.
»Keine Sorge. Mein Schwiegersohn ist genauso eine Sandspinne wie Sie. Wir finden schon was Passendes.«
In diesem Moment stürmten vier bildhübsche Fräuleins aus dem Haus und umringten die Kutsche: Langustiers Urenkelinnen Evelyn und Gerardine von Beeren sowie Madelaine und Simone von Simon. Überschwänglich wurde der leibhaftige Ahnherr begrüßt und genoss sichtlich die flüchtigen Küsse der jungen Schönheiten.
»Urgroßpapa! Was hast du uns denn für nette Gäste mitgebracht?«

Es bedurfte keiner Überredungskünste, um des Doktors Widerstand dahinschmelzen zu lassen. Langustier betrat bereits, inmitten von holder Weiblichkeit, das Haus. Heim und Maußhardt folgten, nachdem sie ihre Gefährte im vollen Wagenhof in letzte Lücken gezwängt hatten.

Alljährlich im Mai versammelten sich Honoré Langustiers Kindeskinder um ihn und seine Tochter, ihre Stamm-Mutter Marie, die ihn begleitet hatte, als er 1740 auf Geheiß des neuen Königs nach Berlin gekommen war. Zwei Kinder, Honoré und Heloise, entstammten ihrer ersten Ehe mit Adrian Graf von Beeren, zwei weitere, Emilia und Amadé, ihrer zweiten, jetzigen, mit Karl Alexander von Quandt. 1768 hatte sie noch einmal Zwillinge zur Welt gebracht – Marianne und Alexander, inzwischen auch schon zehn Jahre alt. Aus Honorés Ehe mit Helene von Au waren sieben und aus Heloises Verbindung mit Baron Eberhard Franz von Simon zu Inn- und Knyphausen indessen gar neun Kinder hervorgegangen.

Langustier, der mit Heim nun den Treppenabsatz des ersten Stockes erreicht hatte, wo ein wahrer Ballsaal aus vier zusammengelegten einstigen Wohnungen entstanden war, wischte sich den Schweiß von der Stirn, der so heftig floss, als hätte er alle diese Nachfahren selbst gebären müssen. Schmerzliche Gewissheit war, dass er die Namen seiner Urenkelkinder nicht mehr zusammen bekam. Bei den vier Damen und ihren etwa gleich alten Brüdern Pierre und Bertrand von Beeren, Jean-Jacques und Egmont von Simon zu Inn- und Knyphausen war es kein Problem; die waren alle zwischen 18 und 21. Aber wer waren noch mal gerade eben die acht kleineren? Zudem war zu bedenken, dass Bertrand, Jean-Jacques und Egmont bereits verheiratet waren. Resultat – bislang sieben Ururenkel. War das da ein Urenkel oder ein Ururenkel? Und das dort eine Ururenkelin? Oder gehörten die beiden gar nicht zur Familie? Wütete im Oberstübchen schon der Gehirnwurm? Er war froh über den Schaumwein, den er Clarissa Asselmeyer vom Tablett stibitzen konnte. Für einen Moment geisterte jenes belebende Glas weißen Champagners durch seinen Kopf, das er 1740 mit der verführerischen damaligen Hausbesitzerin und vormaligen Eignerin des Delikatess-Comptoirs geleert hatte. Wie hatte sie noch gleich geheißen? Verflixt. Auch das hatte er vergessen. Nein, doch nicht: Stolzenhagen. Emilie Stolzenhagen. Das war jetzt 38 Jahre her.

Alle hatten sie weitere Familienangehörige und zahllose Gäste mitgebracht, Berliner Freunde und Bekannte stellten sich von alleine ein. Selbst Nachbarn der von Quandts aus Caputh und einige leitende Angestellte aus Karl Alexanders dortiger Färberei für türkische Garne, der Stofffabrikant Braquemart junior, etliche Militärs aus dem Regiment des Enkels waren erschienen. Das viergeschossige Bürgerhaus wurde zu einem Domizil für an die zweihundert Personen.

Doktor Heim, dem Hausherrn Karl Alexander von Quandt an Körpergröße gleichend, wurde drei Stockwerke höher von drei Modistinnen umschwärmt. Von Quandt hatte freimütig seinen Garderobenschrank zur Plünderung freigegeben. Hinter einer spanischen Wand musste Heim nun anziehen, was immer die Damen ihm zudachten. Eine schwarze Kniehose, weiße Perlstrümpfe, ein Hemd mit *Engageantes* – langen, in Spitzenmanschetten endenden Ärmeln – und eine Leinenweste in einem dunklen, *écru* genannten Beige. Heim kam hinter der Abschirmung hervor und ließ sich von der bezaubernden Gerardine eine breite azurblaue *Écharpe* umlegen. Auch band er sich brav den Galanteriedegen an die Seite, der große goldene Bordelüren hatte und in einem roten Lederfutteral steckte. Seine Schnallenschuhe, sonst das Beste an seiner Garderobe, wurde strikt abgelehnt. Flugs waren zwei *Escarpins* zur Stelle, das einzige elegante Schuhwerk, das sie akzeptierten. Allein Heims Frisur wurde von den strengen Richterinnen für à la mode befunden und so belassen wie sie war: *En dos de l'âne* nannte sich die Kombination aus mäßig langem Rückenzopf und tief herabgezogenen Seitenlocken. Nachdem er in die seidene, eidechsengrüne Frackjacke geschlüpft war, die sie ausgesucht hatten, zogen ihn die Damen jubelnd zum Spiegel, beglückt von ihrer Komposition. Eine Veränderung zum Guten war es unzweifelhaft. Er lächelte erst das schillernde Insekt im Spiegel, dann die schöne Gerardine neben ihm an. Ihr Reifrock und der geraffte Manteau aus blutroter Atlasseide waren atemberaubend. Sein Blick erkletterte erst die aufgetürmte Coiffure ihres in warmem Rotbraun leuchtenden Haares, dann fiel er kurz in den abgründigen Ausschnitt. Bereitwillig hängte sie sich an seinen rechten Armwinkel und ließ sich in die Beletage hinunterführen, wo gerade eine kugelrunde Gestalt eintraf, die fast aussah wie der designierte Thronfolger, der *dicke Willem* …

»Honoré – schön, dass du kommen konntest!«

»Lass dich ans Herz drücken, Opa!«

Langustier sah sich seinem lachenden Spiegelbild gegenüber, dem Bild eines Honorés indes, der genau um die Hälfte und vier Jahre jünger war als er, außerdem in den königsblauen Uniformrock des Infanterie-Regiments No. 39, Prinz Heinrich, eingenäht, mit gelbem Kamisol und gelber Hose.

»Regiment Graf von Beeren!«, feixte Langustier, bevor sie sich umarmten.

»Na, ganz so weit, wie Papa einst war, bin ich noch nicht!«

»Gemach, gemach, kommt alles, glaub mir. Wenn ich dich so ansehe, dann wirst du noch auf diesem Feldzug avancieren! Sag, wann werdet ihr losziehen?«

»Lang kann's nicht mehr dauern. Von überall kommen die neugierigen Kundschafter, und alle wollen sie herauskriegen, was passieren wird, als wenn ihnen das einer sagen könnte. Heute ist der junge Weimarer Herzog eingetroffen, incognito, als Graf von Altenstein!«

Honoré lachte, und Langustier, der nachdenklich geworden war, stimmte mit ein, denn dieser Provinzpotentat, ein Neffe des Prinzen Heinrich, wie er sich zu erinnern glaubte, war dem Vernehmen nach eine markante Erscheinung.
»Sag, ist der Herzog allein da?«
»Nein, er hat zwei Kammerjunkers bei sich, die heißen von Wedell und von Gade.
»Von Gade? Nicht etwa der Geheime Legationsrat Göthe, der Verfasser des *Götz* und von *Werthers Leiden*?«
»Du weißt, ich hab es nicht so mit der deutschen Literatur. Da halte ich es mit meinem obersten Befehlsherr.«
»Die *Leiden des jungen Werthers* solltest du gelesen haben! Das ist starker Tobak. Sehr mitreißend. Am Ende erschießt er sich.«
»Ah, ich habe davon gehört! Das ist doch diese Historie vom bürgerlichen Schwermütigen, die von so vielen Schwachmatikern zur Nachahmung benutzt wurde?«
Für einen Augenblick erschien Langustier das Bücherregal des Pfarrers Maußhardt im Gedächtnis. Selbstmord schied eindeutig aus. Er hatte aber keine Lust, jetzt weiter des Sacrower Falles zu gedenken, und gab dem Gespräch eine heitere Wendung.
»Da siehst du einmal, dass die vom König so gehasste deutsche Literatur auch zu etwas nütze ist. Ein Bändchen Voltaire hätte so etwas nie zu Wege gebracht.«
Der junge Honoré lachte.
»Apropos starker Tobak: Das öffentliche Tobakrauchen ist ja doch verboten – was meinst du, wie der Polizei-Chef Philippi flucht! Prinz Heinrich hat, in Abwesenheit seines Bruders, den Tobak-Ausnahme-Zustand verhängt, weil ihm die Soldaten sonst durchdrehen. Berlin schmaucht momentan, was das Zeug hält ... Mensch, jetzt will ich aber doch mein Schwesterherz begrüßen! Wo ist Heloise?«

Langustier zuckte die Achseln. Wer außer Gerardine sollte hier den Überblick behalten? Wo war sie hin? Langustier suchte vergeblich nach ihrem Leuchtturm aus rotbraunem Haar. Wen er jedoch bemerkte, war der Königliche Hofgärtner Johann Samuel Sello, der für die Blumendekoration und für frische Früchte gesorgt hatte. Da Se. Majestät nicht in Potsdam weilten, konnten die Gewächshäuser einige Kilo Kirschen gut entbehren. Sie winkten einander. Mehr war im Gedränge momentan nicht möglich. Ob Sellos Enkel Anselm auch da war? Als er sich etwas reckte, sah er seine Gattin Rahel, die dem guten Bärbaum gegenüberstand. Mit energischer Stimme forderte nun Hans von Scholz, Sekretär von Quandts und Bräutigam von Maries vierter Tochter Simone, alle auf, sich zur Tafel zu begeben. Eine formidable Idee, fand Langustier. Beglückt strebte man den sternförmig angeordneten Bankettischen zu, die den großen Raum wie ein höchst plastisch ausgearbeiteter Adlerorden zierten.

Das Menü, zu Ehren Langustiers erdacht, war königlich, seine Tochter glänzte als Meisterin ihres Faches! Auch Maries Großvater und Urgroßvater mütterlicherseits waren Hofküchenmeister gewesen – beim Herzog von Sachsen-Meiningen. Zwei Suppen zur Wahl, eine klare Rindsbrühe und eine Spargelcremesuppe, dazu kleine gefüllte Wachteln und Wacholderdrosseln. Im zweiten Gang waren seine berühmten Kaninchen nach Art des Languedoc mit Prinzessinnenkartoffeln und einem Salat aus Kresse und Minze kombiniert. Auch Hirschbraten stand auf den Tafeln. Das Dessert, ein Apfelsinensoufflé, setzte dem Ganzen ein Glanzlicht auf. Langustier bedankte sich in einer kleinen Rede, in der er den Frühsommer farbenreich heraufbeschwor, ohne freilich das Thema Krieg mehr als anzutippen.

»Man darf bekanntlich über alles sprechen, meine Lieben, nur nicht über eine Stunde! Und damit wünschte ich Euch allen ein schönes Fest!«

Er gab den Musikern um den königlichen Violinisten Bagge das vereinbarte Zeichen. Die Herren waren froh darüber, in der momentanen Absencephase des Regenten auch einmal woanders zu spielen als immer nur in Schönhausen bei der Königin. Vergnügt schritt man zur Polonaise, zu Gavotte und Bourrée, bei der auch Langustier noch Schwung bewies: erst mit Rahel, dann mit Marie, mit Simone, mit Madelaine und zuletzt mit Gerardine, die nebenher alle Einzelheiten seines Tages aus ihm herausquetschte. Langustier konnte sich gut erinnern, dass sie bei den gelegentlichen Erzählungen aus seiner Vergangenheit die kriminalistischen Details besonders geschätzt und oft zu wiederholen verlangt hatte. Daher scheute er sich nicht, ihr die Wahrheit anzudeuten. Aber an diesem Abend schien ihm das eigentlich ganz und gar nicht zu passen. Er bat sie, sich wenigstens für den Moment mit lebhafteren Gedanken zu beschäftigen.
»Der liebe Heim hat alle Qualitäten eines guten Tänzers, das spüre ich! In die richtigen Schuhe für einen Ball *en escarpin* habt ihr ihn ja wohlweislich gesteckt. Ich für meinen Teil habe für den Rest des Abends nur noch die Qualitäten eines guten Chaiselongue-Besitzers!«
Und damit legte er ihre Hand in Heims, während er die Glückwünsche des alten Sello entgegennahm, der sich früh verabschiedete.
»Bleiben Sie doch bis morgen, wir haben sicher ein Plätzchen!«, sagte Langustier, und der Gärtner entgegnete erfreut:
»Das käme weiß Gott gelegen, denn ich habe noch eine andere Arbeit heute Nacht zu verrichten …«
Er hatte das Wort *Arbeit* deutlich betont. Sello war zwar im Club der Konkurrenz – der Großen Landesloge der Freimaurer unter Zinnendorf –, aber das tat ihrer Freundschaft keinen Abbruch. Langustier setzte sich im kleinen Erkerzimmer aufs Sofa, nur um kurz auszuruhen. Die stimmungsvolle Lärmkulisse

störte ihn nicht im Mindesten; sie wirkte im Gegenteil sehr beruhigend. Sello wollte nach seinem Enkel sehen, um ihm Lebewohl zu sagen. Er müsste bald aufbrechen, die Zinnendorfschen Ritter durfte er nicht warten lasen. Anselm Sello war nirgends zu entdecken. Sein Großvater hatte ihn im Tanzgewühl indes nur knapp verfehlt und suchte jetzt in völlig falscher Richtung.

Die Gedanken des jungen Sello waren im Augenblick meilenweit von aller Maurerei entfernt. Im Grunde hatte er jetzt nur einen einzigen Gedanken, und dieser Gedanke war weiblich. Er fühlte sich auf dem Familienfest der Delikatessen-Gräfin bislang nicht sonderlich wohl. Mit den jungen Damen des Hauses wollte er nicht tanzen, auch ihre Konversation sagte ihm nichts. Die Herren dagegen übersahen ihn einfach, für sie war er ein besserer Stallbursche. Nein, er war nur ihretwegen mitgekommen … Clarissa Asselmeyer trug zur Unterstützung der hauseigenen Servierkräfte unentwegt Getränke durch den großen Raum. Sein Herz schlug schneller, als sie sich ihm näherte. Ihr blondes Haar lugte unter der Haube hervor. Er sah sie in ihrem engen Mieder vor sich, mit dem tiefen runden Ausschnitt und den Spitzenvolants an den halben Ärmeln, das sie sicher auch jetzt unter ihrer züchtig geschlossenen weißen Arbeitskleidung trug. Der Gedanke an den Geruch ihrer Haut machte ihn schwindeln. Bei seinem Anblick erschrak sie, atmete tief und erstarrte. Er nahm sich so beiläufig wie möglich ein Glas Bourgogner vom Tablett und blickte sie mit perfekt gespielter Gleichgültigkeit an. Er tat so, als betrachte er flüchtig den prächtigen Stuck an der Decke, und sie folgte nur für den Bruchteil eines Moments seinem Blick, der sich sofort wieder auf sie gerichtet hatte. Er trank den Wein in einem Zug aus und setzte das Glas wieder auf ihr Tablett. Sie schlug die Augen nieder und nickte kurz, hoffentlich nur ihm merklich. Dann ging sie weiter, mit weitaus größerer Servilität als zuvor, und hatte schon bald alle Gläser unter die Leute gebracht. Auf dem Weg in die Küche kam ihr Rahel Langustier mit einem zweideutigen Lächeln entgegen und gab ihr einen aufmunternden Klaps mit ihrem Faltfächer. Die Mamsell in der Küche nahm seltsamerweise nur geringen Anstand daran, als sie um die Erlaubnis bat, sich kurz entfernen und ein paar Minuten ruhen zu dürfen, da sie sich allzu pressiert fühle und das Mieder kurz aufschnüren müsse. Die Hauptarbeit war getan, mit dem Abräumen und Spülen war man auf der Höhe und zum Ende des Festes wurden nicht mehr alle Serviererinnen gebraucht. So mochte sie denn hingehen. Clarissa schritt betont gemächlich die Treppe hinauf, um Anselm genügend Gelegenheit zu geben, sich unbemerkt aus dem Festsaal zu entfernen. Sie wartete lange an der Tür zu ihrer Bodenkammer, bis sie seine suchenden Schritte auf dem oberen unbeleuchteten Treppenabsatz hörte. Ein Flüstern brachte ihn auf den rechten Weg. Als sie sich umwandte, nach dem Betätigen des Riegels, spürte sie seine Hände überall, gleichzeitig, so schien es. Auf seinen Lippen schmeckte sie Wein und Apfelsinensoufflé. Sie wand sich, fasste seine Handgelenke und hielt sie fest.

»Was hast du?«, fragte er heiser. Er wollte in diesem schönen Wahnsinn, der ihn ergriffen hatte, keine Unterbrechung leiden. Sie duldete es, dass seine Hände ihre schmale Taille umschlangen und fest an ihn banden. Trotz des unbeschreiblichen Gefühls, das sie empfand, zwang sie sich zu sprechen:

»Die Söhne vom Fähr-Müller haben heute das Boot meines Herrn aus Sacrow zurückgebracht, und da hab ich sie gefragt, was drüben los sei, warum der Doktor Heim mit ihm dort gewesen ist …«

»Ja, und? Was soll sein?«

Ihre Frage ernüchterte ihn. Er klang gereizter, als er wollte.

»Was weißt du über die Sache bei euch in Sacrow? Den Toten, den es gegeben hat? Hat der Mann sich umgebracht? Du weißt, dass mein alter Herr sich mit so was auskennt. Warum war er mit dem Doktor da, wenn alles so einfach ist?«

Er wollte sich losmachen. Sie hielt seine Hände mit Mühe fest.

»Was geht's denn dich an, verflucht?«

»Du sollst nicht fluchen, wenn du bei mir bist!«

»Herrgott – …«

Fast hätte er nochmals geflucht, verdammt! Was wollte dieses Weibsbild bloß wieder? Da sahen sie sich einmal in ein paar Wochen und sie fing an zu reden. Musste er ihr also schnell was sagen. Töricht, es nicht zu tun, wenn sie sich ihm sonst verweigerte.

»Der hat sich nicht selber umgebracht. Und es hat vielleicht mit den Zusammenkünften zu tun, die ab und an bei unserer Herrschaft im Haus stattfinden. Ich weiß nicht, was für Treffen das sind, das verlang also nicht von mir zu wissen.«

»Du lügst! Sind deine Hände etwa so heiß vom Teufelszeug, das ihr dort treibt?«

Er fühlte ihre Haut und wollte ihr mit seinen rauhen Händen fast das Gewand zerreißen. Sie spürte seine Hitze. Aber sie lockerte ihren Griff nicht. Er antwortete unwirsch.

»Du phantasierst ja! Ich hab dir nichts erzählt, wenn einer fragt, hörst du? Ich sag dir gar nichts mehr, am End bist du hier nur am Spionieren für deinen dicken feinen Herrn!«

Er machte wieder einen Versuch loszukommen. Sie klammerte sich an ihn.

»Kein Selbstmord?«

Sie hatte es stoßweise mit leiser, hoher Stimme gefragt, und er konnte fühlen, wie ihr Körper vor Angst zusammenzuckte und sie ihm folgte, als er sich fortbewegte. Zitternd fragte sie weiter:

»Weißt du, wer es war?«

Mit sanfter Gewalt drückte er ihren Kopf an seine Brust.

»Natürlich nicht, du Dummes … Wenn ich etwas wüsste, hätte ich es dem Polizisten gesagt oder dem Sohn des Herrn Grafen.

Du denkst doch nicht etwa, dass ich etwas damit zu tun habe?«, fragte er.
»Die Müllersburschen haben etwas von einem Feuer vor Tagen an der alten Räuberschanz des Nachts gesagt. Sie sahen es von daheim aus und glauben, dass die Druiden dort Menschen opfern. Sie haben in jener Nacht vor einer Woche auch einen Druiden gesehen, er trug ein weißes Gewand mit einer weißen Kapuze. Er stand auf dem großen Stein, dort, wo wir uns ... wo du mich zum ersten Mal ... Herrgott, ich bitte dich, sag mir: Gehörst du zu ihnen? Bist du in diesem Orden?«
Er lachte.
»Du bist ja närrisch, wenn du das das blöde Geschwätz glaubst. Was die Knaben sich einbilden! Natürlich bin ich kein Druide, sonst hätte ich dich da oben doch gleich geopfert.«
Sie sträubte sich nur schwach noch gegen seinen Kuss.
»Und du hast keine Ahnung, was dort passiert? Du hast keine Schuld auf dich geladen?«
Sie bemühte sich verzweifelt, etwas in seinem dunklen Gesicht zu lesen. Es war nicht möglich, doch ein Licht anzünden, das kam nicht in Frage. Sie schämte sich im Hellen. Endlich, dachte er, war die Fragerei beendet. Das wollte er ihr schon noch austreiben.
»Nein und abermals nein!«, hauchte er und biss ihr zärtlich ins Ohrläppchen. In seinem blonden Haar roch sie den Duft der Kräuter aus den Sacrower Gärten.

»Haben Sie meinen Enkelsohn gesehen?«, fragte der alte Sello die bildhübsche Ehefrau seine Freundes Langustier.
»Nein, ich habe nicht die Spur einer Idee, wo er sein könnte!«
Sie versteckte ihr breites Lächeln hinter dem aufgeklappten Schildpattfächer, auf den Chodowiecki die Liebesszene aus Göthes *Werther* gemalt hatte. Sie wusste genau, was sich unterm Dach abspielte, denn sie hatte Clarissas Nicken beobachtet, mit

dem sie Anselm ihr Einverständnis gegeben. Der Mamsell hatte sie gesagt, dass die Kleine dringend der Ruhe bedürfte.

»Aber möglicherweise kann Ihnen Pfarrer Maußhardt helfen?« Mit der ernstesten Miene reichte sie ihn so mit seinem Problem an den Prediger weiter und entschuldigte sich, um ihren Gatten zu suchen. Dass Rahel Langustier eine große Dame war, bewies sie leicht durch die subtile Handhabung ihres Fächers, den sie nun zusammenklappen ließ.

»Sie haben nicht zufällig meinen Enkel Anselm gesehen?«, fragte Sello. Maußhardt schüttelte den Kopf.

»Nein, aber das liegt auch daran, dass ich vor Scham und Empörung kaum mehr den Blick heben mag. Ich muss Ihnen gestehen, dass es ein großer Fehler von mir war, mich in dieses Sündenbabel zu begeben. Der Berliner Schlendrian zehrt heute doch zu sehr an meinen Nerven. Das einzige, was ich momentan noch sehe, ist, wie hier die Taler verprasst werden, wohingegen andernorts Menschen darben. Wenn ich mir vor allem überlege, wie die Eleven in den feuchten, engen Katakomben der Lehranstalt, zu deren Lehrern auch ich mich zählen darf, im Grauen Kloster, das dereinst dem Bettelorden der Franziskaner gehörte, ihre Lektionen lernen müssen …«

»Was dann, mein Freund?«

»Dann weiß ich nicht, ob ich nicht eine Probe des Herrn darin sehen soll, hier ausharren zu müssen! Das heute vergeudete Geld hätte schon für eine bedeutende Verbesserung der Lernbedingungen ausgereicht, glauben Sie mir.«

»Sie harren allerdings erstaunlich lange aus. Hat Ihnen das sündhaft teure Essen am Ende gar gemundet?«

Maußhardt lächelte gequält über die Spitze.

»Seien Sie gnädig mit mir. Sie haben freilich Recht, wenn Sie mich des unbilligen Rigorismus' zeihen. Ich sollte dem lieben Langustier seine Familienfreuden nicht missgönnen. Doch ich weiß nicht, wie Gott solche Ungerechtigkeit in der Welt zulassen kann? Ich frage es mich, seit ich denken kann, und ich komme nicht dahinter.«

»Wir gehören dem gleichen Orden an, lieber Bruder, obwohl wir verschiedenen rituellen Richtungen nachstreben«, sagte Sello leise.

Maußhardt nickte.

»Die Arbeit in diesem Orden sollte uns über derlei Anfechtungen hinweghelfen. Sie sollte uns die Ungerechtigkeiten vorderhand gelassener ertragen helfen, dient sie doch dazu, sie zu beseitigen und die Menschen einander in allem gleich zu machen. Gleichheit in den Rechten und in der Teilhabe an den materiellen Gütern ist letztlich unser aller Ziel. Sie sollten diesen Gedanken, lieber Bruder, nicht außer Acht lassen, und so ihre begreifliche Wut im Zaume halten.«

Maußhardts Gesichtsausdruck entspannte sich.

»Sie haben Recht, lieber Bruder. Jene Ziele und die Gewissheit einer reinen Gemeinschaft aufrechter Männer mindern wohl die Widrigkeiten des Alltags. Doch sind leider im Orden auch schwarze Schafe. Wenn Sie genau betrachten, was sich unter der Oberfläche ereignet, so müssen Sie erschauern. Ich habe ein anderes Mittel gefunden, mich zu besänftigen, und es verleiht mir weit größere Genugtuung, das muss ich gestehen.«

»Und welches ist dies? Sie sind doch nicht etwa verliebt? Dann könnten Sie auch den Kochkünsten der Küsterin entraten.«

Maußhardt lachte.

»Gott bewahre. Die Keuschheit sollte des Templers höchstes Gut sein! Nein, es sind vielmehr die Aufschlüsse der geschichtlichen Forschung, die ich als lindernd erfahre. Im Archiv unseres Klosters sitzend, droben unterm Dach bei den Mausefallen und dem alten, ehrwürdigen Staub, werde ich beim Studium der Faszikel, beim Entziffern der humanistischen Minuskeln und Majuskeln zu einem Mönch der früheren Jahrhunderte. Der letzte der Franziskaner hat den großen Thurneißer noch erlebt,

und – so glaube ich sicher in Erfahrung gebracht zu haben – er hat auch in dessen Labor gearbeitet. Ja, ich werde mich auf der Stelle zu den geschichtlichen Dokumenten ins Gymnasial-Archiv des guten Schuldirektors Büsching begeben. Eine schöne Übersetzung aus dem Humanistenlatein scheint mir das einzige Mittel, das mir heute Abend noch den Glauben an die Menschheit retten kann!«
Der Prediger lächelte Sello zu, dann verbeugte und entfernte er sich.

Als die Standuhr ihn weckte, sah Langustier, dass er zwei Stunden auf dem bequemen Polstermöbel verschlafen haben musste.
»Kreuzverflucht!«
Die Verwünschung kam von seinem Enkel Honoré.
»Vorhin ist es mir gelungen, dieses verwünschte Schlagwerk auszuschalten, aber ein missgünstiges Familienmitglied muss es inzwischen wieder in Gang gesetzt haben.«
Langustier brummte etwas, dann setzte er sich auf.
»Wer immer das war, verdient meinen Dank. Wie komme ich auf die Idee, das Fest zu verschlafen. Bringst du mir ein Glas Champagner?«
Als der Enkel dies bereitwilligst erledigt hatte, wurde er auf den Stuhl neben der Uhr gebeten.
»Sag mir einmal, wie es der König hält, was die Gerichtsbarkeit während seiner Abwesenheit betrifft. Wird ihm alles gemeldet, was in Preußen vorfällt?«
»Er hat verfügt, dass die Prozesse ruhen und ihm nur in Ausnahmefällen etwas aus Berlin gemeldet wird, nämlich dann, wenn er die Meldung explizite anfordert. Ist denn etwas Schlimmes passiert? Ich bin so in die Marschvorbereitungen involviert, dass ich nichts mitbekomme.«
»In der Tat. Ein als Selbsttötung getarnter Mord ist verübt worden. Ich weiß noch nichts Genaueres zu sagen.«

»Oha! Und das erfahre ich von dir … Weißt du, wer die Untersuchung leitet?«
»Polizei-Kommissar Distel und Auditeur Palmer von den Gens d'Armes. Palmer schlichtete angeblich Streit zwischen zwei Offizieren und war deswegen beim Sohn des Generalleutnants von Hordt draußen in Sacrow. Weiß nicht, was für Streit. Und was dem jungen von Hordt fehlte, dass er nicht hier bei seinem Regiment sein konnte, so kurz vor dem Aufbruch, war nicht auszumachen. Doktor Heim hat nichts bei ihm gefunden.«
Honoré schüttelte den Kopf und sagte leise:
»Undurchsichtige Sache. Geht alles drunter und drüber hier momentan. Der Prinz ist auch ganz neben der Kappe. Verflucht, Opa, was hast du vor? Du willst dich doch nicht wieder in diese blutigen Schmutzaffären mischen? Überlass die Sache diesem Distelfink!«
»Vielleicht hast du Recht. Aber Distel könnte eine falsche Vermutung hegen. Und dann könnte der Spandauer Kommandant gleich seinen Sohn in die Veste sperren. Das wäre unpassend, finde ich.«
»Du denkst, Distel verdächtigt von Hordt? Welchen Grund gäbe es dafür? Was hatte der mit dem Ermordeten zu schaffen?«
»Das möchte ich herauskriegen. Vor allem würde mich interessieren, was für eine angebliche Streiterei da geschlichtet werden muss. Als Auditeur beim Regiment Gens d'Armes, mit Voruntersuchungen bei Militärstreitfällen befasst, ist dieser Palmer doch gar nicht für den Sohn von Hordts zuständig?«
»Kommt drauf an. Wenn der Kontrahent oder gar Klageführer von den Gens d'Armes ist … Da aber kommt ein Fachmann, der dir weiterhelfen kann. Grüß dich, lieber Großonkel Georg! Ich sehe, du bringst uns einen weiteren Gast. Seien Sie herzlich willkommen und nehmen Sie sich einen Stuhl! Ich werde dafür sorgen, dass die Herren nicht auf dem Trockenen sitzen!«
Georg Friedrich von Schönermark, der Bruder von Langustiers

Gattin, war Oberst beim Regiment Gens d'Armes und mochte durchaus wissen, worum es bei den Querelen ging. Langustier war indes zu sehr von dem Mann an seiner Seite fasziniert, um sogleich eine diesbezügliche Frage zu stellen. Auch war dies keine Angelegenheit, die man vor Unbeteiligten verhandelte.

»Ach, was für ein Tag. Überall in der Stadt zittern die Soldatenliebchen um die paar Schäferstunden, die ihnen und ihren Geliebten noch bleiben. Und ihr feiert hier, als ob nichts wäre, euer jährliches Familienfest.«

»Findest du das degoutant? Mich dünkt eher das Geschrei um diesen eventuellen Krieg fatal. Warum dauern die Vorbereitungen so lange? Wenn man die Geschütze ausfahren sieht, denkt man nicht, dass es in den Krieg geht – es sieht eher so aus, als würde eine Karawane mit Gütern für einen Wochenmarkt im nächsten Kirchsprengel abzockeln. Se. Majestät hat Dero Herrn Bruder schon wiederholt aufgefordert, endlich auszuziehen mit seiner Armeehälfte. Aber nichts passiert. Was ist denn da eigentlich los?«

Der steif wirkende Herr neben dem Oberst hüstelte trocken, ohne aber Farbe auf die weißen Backen zu bekommen. Von Schönermark sagte:

»Ich komme gerade aus dem Fürstenhaus, wo ich mich mit meinem Kameraden vom achten Infanterieregiment aus Stettin beredet habe. Auch die sind unglücklich über die dauernde Ungewissheit. Die träge Art und Weise, wie das hier beginnt, lässt das Schlimmste befürchten. Prinz Heinrich ist noch immer der Sieger von Freiberg, der militärische Held des Siebenjährigen Krieges, von dem sogar Se. Königliche Majestät gesagt hat, er sei der Einzige, der in diesem Krieg keinen Fehler gemacht habe – aber wenn er so fortfährt und bloß Noten mit Sr. Königlichen Majestät tauscht, statt endlich *medias in res* zu gehen, fährt der Schuss diesmal nach hinten los.«

Der bleiche Herr an seiner Seite schien den kratzigen Husten zu haben. Dankbar nahm er von Honoré ein Glas Champagner entgegen.

Langustier sinnierte:

»Moment mal. Dein so genannter Kamerad, das kann nur der Prinz Johann Georg von Anhalt-Dessau sein, wenn du vom Fürstenhaus sprichst. Ist dort heute auch ein kleiner, beleibter Herr mit zwei Gefolgsleuten aufgekreuzt?«

Von Schönermark grinste. Der Herr neben ihm war noch etwas leichenfarbener geworden.

»Ist, ja, ist. Beide waren gerade eben auch bei dem Prinzen Hans Georg. Einen hab ich dir hier mitgebracht, denn es pressiert ihn sehr, dich kennen zu lernen.«

Langustier schien innerlich große Beträge zusammenzurechnen und einem ungeheuerlichen Resultate näher zu rücken. Seine Augen weiteten sich. Der späte Gast, ein durchaus hübsch zu nennender junger Mann, der etwa in Heims Alter sein mochte, öffnete den schmalen Mund und sprach mit einem deutlich hessischen Einschlag.

»Gestatte Sie, Missjö: Gade ist mein Name. Ich begleite den Herrn Kammerjunker von Ahlefeld, der sich heute zum Bruder des Fürsten Leopold begab, wie Ihnen Herr von Schönermark ja schon berichtete.«

Langustier konnte ein Lächeln nicht zurückhalten. Das Versteckspiel und diese Förmlichkeit waren doch zu komisch. Schmunzelnd entgegnete er:

»Begleiten Sie nicht viel eher den Herrn von Altenstein? Heutzutage wechselt man ja die Incognitos schneller als die Fräcke!«

Auf den weißen Backen des vermeintlichen Herrn von Gade erschienen zwei blasse violette Verfärbungen. Auch die Ohrenspitzen zeigten diesen Effekt. Langustier nahm es als Bestätigung seiner Vermutung und beschloss, einen klärenden Vorstoß zu unternehmen, bevor man sich hier gegenseitig ganz nutzlos unverkäufliche Berge von Süßholz vorraspelte.

»Ich freue mich, lieber Herr von Göthe! Bitte lassen wir doch die Förmlichkeiten. Damit können Sie einen Kutscher oder einen Postwirt beeindrucken, aber mich führen Sie nicht hinters Licht. Von Gade – von Göthe, da hätten Sie sich schon ein bisschen mehr einfallen lassen müssen! Jedenfalls freut es mich außerordentlich, den Wirklichen Geheimen Legationsrat und Vertrauten des Herzogs von Weimar in der bescheidenen Heimstatt meiner Tochter begrüßen zu dürfen!«
Der Angeredete lächelte und protestierte:
»Nur Göthe, nicht von! Die Ehre ist ganz meinerseits.«
Langustier redete bestärkt weiter:
»Sind werden verständlicherweise überaus enttäuscht sein, Se. Königliche Majestät nicht zu Gesicht zu bekommen? Trotz seiner achtundsechzig Lenze ist der König noch ein rechter Wirbelwind. Und den anderen wieder einmal um etliche Meilen voraus. Immerhin haben Sie noch die Chance, Prinz Heinrich zu sehen.«
Der Herr mit dem zerstörten Incognito entgegnete recht kühl, die Worte förmlich entlang des Stockes, den er verschluckt hatte, herauswindend:
»Mein Herzog, der Herr von Wedell und ich sind für den kommenden Sonntag bei Sr. Königlichen Hoheit, dem Prinzen Heinrich, zur Mittagstafel geladen. Bitte bewahrn Sie Stillschweigen über unsere Anwesenheit in der Stadt, denn es würde meinem Fürsten nicht gefallen, wenn er erführe, dass ich mich selbst enttarnt habe. Dass man einen Mann Ihrer Erfahrung in Criminalen, dessen Erfolge sogar über die Grenzen Preußens hinaus bekannt geworden sind, und sich in allerlei Erzählungen im Volke verbreiten, nicht so einfach täuschen kann, hätt ich freilich voraussehen und vorsichtiger agieren müssen.«
Langustier sonnte sich im Lichte seiner offenbaren Berühmtheit. Schwager und Enkel grienten.
»O, keine Sorge, Monsieur! Heute Abend soll es schön unter

uns bleiben. Doch die nächsten Tage wird die Kunde zwangsläufig die Runde machen, da ich annehme, dass Sie nicht säumen werden, einige Freunde in Berlin zu besuchen?«

Der Geheime Legationsrat Göthe bejahte. Sein Redefluss schien schon wieder versiegt. Honoré und von Schönermark verschwanden auf einmal, von zwei Schönheiten – Schwester und Tochter – eingefangen, um zu tanzen. Langustier blickte auf die ministerielle Maske seines unverhofften Gastes. Was hatte ihn zu der Ehre dieses Höflichkeitsbesuches gebracht?

»Nun sagen Sie mir aber nicht, dass Sie, der Dichter der *Wanderer-Lieder*, der *Leiden des jungen Werthers*, des *Clavigo*, des *Götz*, mich etwa hier aufsuchen, weil Sie vorhaben, ein Drama über Friedrich den Einzigen zu verfassen oder mich zur Figur eines neuen Briefromans zu machen? Ich als Straßburger bewundere Sie natürlich vor allem wegen Ihres hübschen kleinen Schriftchens über den alten Dombaumeister Steinbach! Wie hieß es doch noch gleich … *Über die Bauhütten* …?«

»*Von Deutscher Baukunst*«, half ihm der Verfasser mit belegter Stimme. Er bemühte sich um hochsprachlichen Ausdruck.

Langustier war etwas enttäuscht über den Menschen, den er sich jung, lebendig, spritzig und witzig vorgestellt hatte. Mochte der Autor talentiert sein, der Mensch war eine Katastrophe! Man merkt doch, dachte Langustier, sehr stark die Enge und Kleinheit des Fürstentums, aus dem er kommt. Minister eines Provinzpotentaten zu sein, der als Zaungast dem wahren Weltgeschehen hinterherläuft, ist ärger als Koch bei dem größten lebenden König. Wenn man sich in die Winkel des Landlebens verzieht, wie soll dann der Geist des Großen, Bedeutenden über einen kommen? Langustier sagte:

»Ihre Schrift über die Baukunst der Mittelzeit schien mir zwar interessant, aber auch symptomatisch für eine zeitgenössische Verirrung zu sein. Man fängt an, Märchen zu sammeln und künstliche Ritterburgen zu bauen. Was die heutigen deutschen

Autoren und die Maler an dem Firlefanz der früheren Jahrhunderte finden, ist mir unbegreiflich. Als wäre alles Heil der Welt nicht in der Zukunft zu finden, sondern nur in den Ziehbrunnen der Vergangenheit, zerrt man sogar eine Vielzahl alter Gesellschaften und Bünde wieder ans Helle. Keines davon hat es recht eigentlich, in diesem Lichte dann genau besehen, auch nur im Geringsten verdient. Die Schwindelorden haben in der jüngsten Vergangenheit ja auch das Land Ihres Fürsten nicht verschont. Ich sage nur Johann Samuel Leuchte alias Georg Friedrich Baron von Johnsson oder kurz: *die Entgleisungen von Altenberga*!«

Göthe war hellhörig geworden.

»Das war zu von Fritschens Amtsperiode. Was wisse Sie dadrübbä?«

»Leuchte, dieser Schwindler und offenkundige Irre, hat während seiner preußischen Haft auf der Wartburg einiges zusammengeschrieben. Das Manuskript seiner *Erinnerungen* kursiert in vielen Abschriften. Auch unsere Loge, es ist die Loge des Königs, zu der ich seit 1740 gehöre, besitzt eine. Das meiste in diesen Erinnerungen ist gelogen. Aber gewisse Zweifel bleiben.«

»Könne Sie mir die Geschichte subsummiern?«

Langustier subsummierte:

»Erwähnte Schwindlergestalt hatte sich als *Großprior des höchsten, wahren und verborgenen Großkapitels der ganzen Welt* dem Heermeister der Strikten Observanz und mittlerweile verstorbenen Freiherrn von Hund und Altengrottkau genähert und ihm von ungeheuren Schätzen und militärischen Streitkräften erzählt, die dieser geheime oberste aller Orden angeblich besäße. Er stellte sich als das unglückliche Opfer der vorgeblichen Ränke und Tücke des preußischen Königs dar. Hund fiel darauf herein und berief 1763 im Namen Johnssons einen Freimaurerkonvent in Altenberga nahe Jena ein, den der falsche Baron

Johnsson zu einem glänzenden Fest zu gestalten wusste. An der Geschichte ist nicht viel zu beschönigen. Alle führenden Mitglieder der Strikten Observanz sind auf Johnsson hereingefallen. Um sich gegen königlich-preußische Nachstellungen zu sichern, ließ Leuchte etliche erhabene Ritter, die viel Geld für ihre Aufnahme in den Oberen Orden bezahlt hatten, mit gezücktem Schwerte vor seinem Schlafzimmer Aufstellung beziehen. Andere sandte er zu Pferde aus, in voller Rüstung, versteht sich, damit sie die preußischen Soldaten vertrieben, die seiner erleuchteten Ansicht nach dort versteckt lagen. Er verkündete großspurigst, die neuen Templerherren zu einem großen Aufstande gegen alle Tyrannen dieser Erde aufzustacheln. Täglich hielt er Musterung, bedrohte Widerspenstige mit schweren Strafen und spielte seine Rolle als Ordensgewaltiger nach jeder Richtung und mit Nachdruck. Dummerweise übertrieb er es darin und machte sich recht verhasst bei denen, die er zum Narren hielt. Schon bald, als keine seiner großen Prophezeiungen von Schätzen, Flotten oder Kriegsarmeen eintrafen, kassierte man ihn ein. Dass er es nicht vorausgesehen bei all seiner behaupteten Allmacht, war Zeichen genug dafür, dass er nur eine kleine Leuchte war, ein Scharlatan.«
Langustier musste grinsen, wenn er an die gesetzten Herrn und ihre klapprigen Rüstungen dachte, die sich so hatten ins Bockshorn jagen lassen.
»Unser König hat nicht schlecht gestaunt, als er hörte, dass von Sachsen-Weimar aus beinahe eine Armee von Geharnischten mit Spießen gegen ihn losmarschiert wäre! Was für ein Glück für uns alle, dass der Wahnsinnige vor drei Jahren in preußischer Schutzhaft verstarb. Mancher fragt sich allerdings noch heute, ob es in Altenberga eine Verschwörung gegen unseren König gegeben hat, die noch nachwirkt!«
Göthe erwiderte pikiert:
»Momentan habe es der Herzog und ich mit jüngeren Schwind-

lern zu tun, mit der Generation der von Johnssen verrückt gemachten Templer. Es wäre schön, die Bibliotheksbestände der Akademie nutzen oder sich in der Bibliothek Ihrer hiesigen Großloge einmal umsehen zu können. In Weimar lagert vorzugsweise Aktenmulm der Ahnherrn des Herzogs, ein Augiasstall ist nix dagegen. Keiner weiß, wozu der Plunder dauche soll.«

»Tauchen?«, fragte Langustier.

»Pardong – taugen.«

»Die Akademie-Bibliothek steht Ihnen offen. Die Bücher der Loge stünden Ihnen freilich nur zu Diensten, wenn Sie schon in den Maurerorden aufgenommen wären.«

Langustier sah ihn prüfend an, doch Göthe sagte resigniert:

»Der Herzog hält es momentan nicht für gerate, in die Amalia, unsere Freimäurerloge in Weimar, einzutrete. Mir habe arge Probleme mit den Studentenorden in Jena. Da derf mer sich net als Mitglied diverser Geheimer Conseils auch noch in de Höhle der Löwe herumtreibe.

»Nun ja, eine verdeckte Teilnahme an einer gedeckten Gesellschaft bedarf ziemlicher Beherztheit. Da dürften Sie sich nicht so einfach enttarnen lassen. Die Probleme, von denen Sie sprechen, haben mit den berüchtigten Amicisten zu tun, stimmt's?«

»Ganz recht. Es gibt einige Beziehungen zur *Strengen Obödienz* – …«

(»*Strikten Obser*vanz«, verbesserte Langustier)

»… die uns aus verschiedenen Gründen ebenfalls interessiern. Sie werden, wenn Sie sich an den Konvent von Wiesbaden 1776 erinnern und sich vor Augen führen, dass gerade eine höchst dubiose Figur in Berlin eingetroffen ist, verstehen, warum.«

Langustier sagte enerviert:

»Hören wir auf, in Rätseln zu sprechen! Hinter wem sind Sie her?«

Göthe blickte aus der Tür in den Ballsaal, in dem es hoch herging. Keiner interessierte sich offenbar für ihr Gespräch im Separee. Er schloss dennoch die Tür und erklärte:
»Der Herzog ist sehr besorgt über die Verbindungen der Jenaer Studenten zu einem Herrn, der sich brüstet, eine neue Form der Maurerei unter dem Namen *Egyptische Bauhütte* zu betreiben. Wir haben Grund zu der Annahme, dass es derselbe Mann ist, der auf dem Konvent von Wiesbaden verkündete, im Besitz hoch geheimer Kenntnisse zu sein: der Freiherr Gottlieb von Gugomos. Allein der Ordensname, mit dem er ins Licht der Bruderschaft trat – *Eques ab Cygno triumphante* – hätte schon zu denken geben müssen. *Ritter vom triumphierenden Schwan* signalisiert nicht eben Bescheidenheit. Dieser Schwanenritter plusterte sein kleines Ego noch weiter auf als Johnsson und triumphierte wenigstens über die fünfhundert Männer, die ihr Hab und Gut zu Geld machten und ihm den Ertrag einhändigten – für wertlose Ritualgegenstände, Orden und dubiose Schriften. Er ist nun schon seit zwei Jahren flüchtig, doch scheint sein Geschäft fortzublühen. Zuletzt hielt er im Geheimgang der Ruine im Wörlitzer Park seine Einweihungen ab, die den Initianden für viel Geld stets ein viel an Garnichts erbrachten. Es geschah gerade, während wir vor Ort waren, und die Klagen des Fürsten Leopold fielen sehr heftig aus, denn es waren einige seiner fähigsten Männer, die sich derart übertölpeln ließen. Mein Herzog gedenkt ihn nun zu fangen, um so Ihren König wegen der Affäre Johnsson gnädig zu stimmen.«
Langustier staunte. Was ihn daran besonders interessierte, war jedoch der Umstand, der den Herzog und seinen Geheimen Legationsrat zu ihm geführt hatten.
»Das ist interessant. Aber sagen Sie mir noch, wer Sie, was die Mäurerfragen betrifft, auf mich verwiesen hat?«
Göthe lächelte, und es war das erste Mal, dass er dies tat, seitdem er in Berlin war, und sagte:

»Der Hofgärtner Sello in Potsdam. Als wir uns den Weinberg des Königs ansahe, fuhrwerkte dieser Mann an den Pflanzen herum, und ich geriet mit ihm ins Gespräch, weil mich die Botanik neuerdings stark zu beschäftigen beginnt. Wir kamen auf die herrliche Anlage dieses Schlosses, und er verriet mir, dass am Plane des Baues viel auf den Umstand hindeute, dass der König zugleich der oberste Mäurer des Landes sei. Das war wie Wasser auf meine Mühlen und ich ließ durchblicke, dass ich mich sehr für die Materie der Freimäurerei vor allem mit ihrem tempelritterlichen Einschlage interessiere. Der Sello sagte, er und alle erwachsene Männer in seinem Hause seien ebenfalls Mitglieder dieses löblichen Ordens, der momentan leider einige Auswüchse triebe – interessant, wie dies im Munde eines Gärtners klang! Nun, jedenfalls sei seine Potsdamer Loge, die *Minerva*, vom strikten Hochgradgemäuer, für das ich mich begeisterte, nicht betroffe, sondern gehöre zur Großen Landesloge unter Zinnendorf. Wenn ich mich aber dafür interessierte, so gäbe es keinen besseren Gesprächspartner als *den einstigen Koch des Königs, den alten Langustier*, wie er wortwörtlich sagte, und wenn ich sowieso nach Berlin reiste, so würde ich Sie heute hier finde. Dass ich vorhin mit von Schönermark bekannt wurde, der sich als der Bruder Ihrer Gattin entpuppte, kam erleichternd hinzu. Letzterer hat mir natürlich von Ihre frühere kriminalistische Unternehmunge berichtet, so dass ich wohlpräpariert bei Ihne eintraf.«

Langustier war enttäuscht. So stand es also mit seiner angeblichen Berühmtheit im Land: In Wahrheit war er bloß eine Randnote im Geschwätz des alten Krauters Sello.

»Hm, ich könnte Ihnen möglicherweise behilflich sein, indem ich mich mit dem Geheimen Kriegsrat Koeppen austausche, der sich von den hiesigen Mäurern abgespalten und seit Jahren eine Spezialart der gehobeneren Winkelmaurerei betreibt, welche er die *Afrikanische* nennt. Er kennt wohl seine noch üblere Konkurrenz, etwa den Herrn, dem Sie auf den Fersen sind. Die Lage ist unübersichtlich. Die Zahl der Orden und ihrer zugehörigen Geheimen Oberen ist Legion. Wollen Sie mich, wenn ich bei Koeppen gewesen bin, morgen Abend etwa, in der literarischen Soiree bei Madame Susette von Schönermark, noch einmal sprechen? Bis dahin könnte ich versuchen, etwas über Ihren Mann, den verdächtigen Ordensschwindler, in den Unterlagen der Loge ausfindig zu machen. Wer weiß, was es da gibt.«

Langustier machte die Tür wieder auf, und die Tanzmusik drang zu ihnen herein.

»Meine Urenkelin ist eine große Verehrerin von Ihnen. Sie ist morgen Abend natürlich ebenfalls anwesend«, sagte Langustier. Göthe blickte interessiert zu Gerardine hin, die sich jetzt von Heim löste, als sie ihres Uropas Gestalt im Türrahmen ansichtig wurde. Sie stürmte in den Erkerraum, dass ihr das bauschige Kleid durch die kleine Tür wie eine Woge durch eine Lücke in der Hafenmauer folgte.

»Meine Herren, das ist nicht fein von Ihnen, sich so zu separieren«, bemerkte sie tadelnd mit einem gleichgültigen Seitenblick zu Göthe. »Dies gilt vor allem jetzt, wo die Kapelle zum Ende hin noch einmal auftrumpft. Komm, Urgroßpapa, schenk mir noch einen letzten Tanz, dann schlummerst du seliger!«

Wenn auch manch anderer 76-Jähriger da hätte mögen – Langustier zumindest mochte es nicht.

Sonnabend, 16. Mai 1778

Heim war kurz nach dem Hellwerden bereits zu seiner täglichen Krankenbesuchstour ins Havelland aufgebrochen. Gerardine konnte die Enttäuschung darüber, ihn nicht mehr anzutreffen, an der langen Frühstückstafel in Marie und Karls Wohnung schwer verbergen. Viele Neckereien der Großeltern, Geschwister, Cousins und Cousinen musste sie aushalten, die sich allesamt nur auf ihre angebliche *Affinität* zu dem jungen Doktor bezogen. Garstig und gemein fand sie das, vollkommen unzutreffend und gänzlich grob. Als Cousine Madeleine sie gar *Mutter Heim* nannte, hätte ein bereits belegtes Brötchen beinahe einen hässlichen rächenden Flug getan. Langustiers und Rahels Erscheinen verhinderte es in letzter Sekunde. Das Brötchen landete etwas hart auf Gerardines eigenem Teller, und das Gespräch nahm eine andere Richtung. Nun galten die Scherzworte dem blassen Menschen, mit dem sich Langustier so eingehend unterhalten hatte.

»Wer war denn dieser seltsame Vogel? Steif wie eine Vogelscheuche. Er sah aus wie der leibhaftige Tod, nachdem du mit ihm gesprochen – nein, eher, als sei ihm jener über den Weg gelaufen.«

Gerardine hatte dies gesagt, doch Evelyn bemerkte sofort:

»Ich fand ihn höchst interessant und hätte gerne mit ihm getanzt, doch der Mensch schien mir plötzlich ganz holzig geworden und stelzte aus dem Saal wie nicht ganz bei sich, nachdem Gerardine dich aus der Kammer herausgelockt. Was hast du mit ihm angestellt, Urgroßväterchen?«

Langustier war noch nicht ganz wach und empfand plötzlich, wie abgeschieden und beschaulich Rahel und er die letzten Monate verlebt hatten. So viele Menschen, so laute Menschen, lauter laute Menschen um sich her, die auch noch zu ihm sprachen, das musste erst einmal verdaut werden.

»Hm nja.«

Er schnappte sich Gerardines Brötchen mit dem guten englischen Räucherschinken und verschlang es, bevor er der Verdutzten unterm Gelächter der übrigen mit noch halb vollem Munde antwortete:

»Mal sehen, ob du errätst, wer er ist, wenn du heute des Nachmittags deiner Tante und ihrem literarischen Zirkel die Ehre erweist. So ich ihn richtig einschätze, wird er bis dahin seine Scheu vor uns Großstädtern überwinden und angesichts dieser toll gewordenen Stadt den *Friedrichstädtischen Seelenthymian* wie lindernden Balsam empfinden. Dies wird umso notwendiger geschehen, sobald ihm dein Onkel Georg gesagt haben wird, dass dies der geeignete Ort ist, um Nicolai, Chodowiecki, Mendelssohn oder der Karsch zu begegnen. Oder den Gelehrten: Bernoulli, Klaproth, Bode. Er ist ein rechtes Landei, aber eines von Gottes unerforschlichen Gnaden. Da muss man über die mangelnde Weltläufigkeit der Sitten vergebend hinwegsehen.«

»Von Gottes Gnaden? Doch nicht etwa ein incognito reisender Fürst?«, fragte Evelyn.

»Ach was!«, meinte Gerardine verächtlich. »Wenn das ein Fürst sein soll, bin ich die Kaiserin von China! Da hat noch jeder preußische Krautjunker größere Grandezza. Es ist also, der Beschreibung nach, ein Mann der Literatur. Eventuell steht er in Diensten bei einem ländlichen Fürsten, also einem, der über einen eher etwas abgelegenen Hof gebietet ... hm, tja, da kommt ja eigentlich nur einer in Frage.«

»Sag schon, wer ist's?«

Evelyn verzehrte sich nach der Antwort, doch Gerardine biss tapfer schweigend in ein frisches Brötchen.
Die Türglocke wurde mehrmals heftig angeschlagen. Wenig später brachte das Hausmädchen Elfriede ein Billet und reichte es dem Familienältesten. Langustiers Gesicht entflammte, als er das Siegel sah, mit dem das Papier verschlossen war. Er brach das Siegel auf und las die wenigen Worte der Nachricht. Verwirrt, als habe ein Donner die Stube gerührt, ein Blitz das Haus getroffen, blickte er auf die Seinen.
»Nun sag schon, was los ist!«, munterte Rahel ihn auf, die in seiner Miene las, dass er schon nicht mehr ganz bei ihnen war.
»Se. Königliche Hoheit, der Prinz Heinrich, hat mich zu sich befohlen!«
Er gab Rahel einen Kuss und verabschiedete sich von den anderen. Gerardine bestand darauf, ihn zu begleiten, um wenigstens einmal in ihrem Leben das Palais des Prinzen zu besehen. Ihre Mutter Helene untersagte es erst kategorisch, nach weiterem Drängen halbherzig, um schließlich als letztes Mittel den Großvater ihres Mannes um Beistand zu bitten. Langustier fand jedoch nichts dawider einzuwenden, denn er wollte sich nicht mit kräftezehrenden Abwehrgefechten aufhalten, so dass es schließlich mütterlicherseits bewilligt wurde. Triumphierend rannte Gerardine davon, um sich »königlich chic« zu machen.
Als das ungleiche Paar in Maries Einspänner über den Cöllnischen Fischmarkt und die Breite Straße durch das soldatenstrotzende Berlin fuhr, wurde Langustier erst richtig bewusst, dass es sein König fertig gebracht hatte, abermals einen Krieg loszutreten. Gerardine spannte ein zierliches Sonnenschirmchen auf. Sie musste es der Frisur halber sehr in die Höhe recken.
»Kannst du mir erklären, worum es eigentlich geht? Dass der Kurfürst Max von Bayern gestorben ist, habe ich begriffen. Aber wer streitet sich jetzt und weshalb?«, fragte sie Langustier,

als sie am Königlichen Marstall vorbei auf den Schlossplatz kamen.

»Der Kaiser, der zweite Joseph von Österreich, will wegen uralten Rechten Bayern erben. Dem Karl Theodor von Pfalz-Zweibrücken, dem es eigentlich zusteht, dem gönnt er es nicht. Joseph verlangt ganz Nieder- und halb Oberbayern. Ich versteh ja nicht, warum er so bescheiden ist – entweder ganz oder … na ja, auf alle Fälle …«

Er musste den ungebärdigen Rappen zügeln, sonst hätte er den Wagen beim Abbiegen in die Schlossfreiheit umgeworfen, was Gerardine die Gelegenheit gab, sich halb zu erheben und nach dem Menschengewimmel unter den Arkaden der Stechbahn zu sehen; verrückt, was da an neuester Mode in den Schaufenstern zu besichtigen wäre.

»Auf alle Fälle will unser weitblickender König den Untergang des Kurfürstentums Bayern verhindern. Wenn es verschwände, rückte Österreich unangenehm nahe an Preußen heran. Deshalb will der König lieber Krieg führen, als die lieben Bayern den bösen Österreichern zu überlassen.«

Sie waren auf dem staubigen Paradeplatz angelangt, wo Unmassen von Soldaten lagerten, die sich die Zeit mit Rauchen, Kartenspielen und Maulaffenfeilhalten vertrieben, sofern sie nicht exerzierten oder ihre Gewehrläufe putzten, bis diese so dünn geworden waren, dass sie nur noch dekorativen Wert besaßen und im Falle des Abfeuerns zerbarsten. Langustier beeilte sich, da nicht wenige der wüsten Kerle ihn und Gerardine mit zotigen Bemerkungen bedachten, rasch über die Hundebrücke zu kommen. Zwischen Zeughaus und Prinzenpalais reichte der freie Platz gerade noch für ein vorsichtiges Durchfahren mit dem kleinen Wagen. Die Posten an der unansehnlichen Artillerie-Wache vor der Neu-Tor-Brücke über den Festungsgraben beachteten das Gefährt kaum. Gerardine genoss trotz der sie einschüchternden Militärs den Anblick der gewaltigen Oper.

Auch der Platz dahinter war voll von lagernden Uniformierten, ebenso die Umgebung des Großen Stalles am Beginn der Linden. Langustier dirigierte das Pferd in Richtung Prinz-Heinrich-Palais und hielt am Eingangstor des halbrund geschwungenen Gatters. Halb acht war es mittlerweile. Nachdem die Einbestellung durch den Prinzen begutachtet, tatsächlich für gut befunden und auch seine Urenkelin für überaus passabel erachtet worden war, rollten sie über den Vorhof zwischen den beiden Gebäudeflügeln bis zu dessen Eingang. Im Erdgeschoss der Flügel wohnten Hofchargen und Bedienstete. Vom Vestibül des Corps de Logis führten Treppenläufe zu den getrennten Appartements des Prinzen Heinrich und der Prinzessin Wilhelmine. Im repräsentativen Hauptgeschoss lag auf der Gartenseite als räumlicher Mittelpunkt der große Fest- und Audienzsaal. Westlich davon befanden sich die Wohn- und Gesellschaftsräume Wilhelmines.

Der Hofmarschall, Herr Frese, erschien und geleitete die beiden hinein. Gerardine hegte großes Interesse, ein paar der Räumlichkeiten des eigentümlichen Palais zu besehen, und würde Frese sogleich deshalb zu becircen suchen – sobald ihr Urgroßvater außer Sichtweite wäre. Major Christian von Kaphengst, der Adjutant des Prinzen, kam ihr ungewollt zu Hilfe, indem er Langustier begrüßte und ihn unverzüglich die drei rechtwinklig aufeinander folgenden Treppen zum großen Audienzsaal hinaufführte. Zahlreiche Offiziere warteten hier auf eine Besprechung über neue Einzelheiten, den Abmarsch ihrer Regimenter und die Bewegung des Trosses betreffend.

Langustier erkannte Karl Gustav von Hordt, dem es wieder leidlich gut zu gehen schien; ebenso seinen Enkel Honoré, der gerade mit von Schönermark plauderte. Zur nicht geringen Verwunderung aller Herren wurde der alte Zivilist Langustier durch von Kaphengst jetzt schnurstracks in den kleineren Raum für Privataudienzen beim Prinzen geführt. Schrie der König nach

seinem Koch? Ließ er ihn über den Bruder dringlichst einbestellen? Das konnte bedeuten, dass es ihm drunten in Schlesien, in diesem abseits gelegenen Ort nahe Frankenstein, so langweilig war, dass er an besseres Essen dachte. Ging es also bald los mit der Kampagne? Sie wussten ihre Gedanken immer auf dieses eine interessante Faktum zu lenken.
Langustier trat in den kleinen Raum und wurde bereits vom Prinzen erwartet. In seiner aktiven Zeit hatte er nie auf besonders vertrautem Fuß mit diesem hohen Herrn gestanden, obwohl er viele Mahlzeiten für ihn zubereitet. Dass der Prinz nur Männer liebte und sich zu annähernd gleichen Teilen mit rohen Schönlingen und schönen Rohlingen umgeben hatte, spielte dabei keine Rolle, eher schon die stets distanzierte, schwierige Beziehung zwischen dem König und seinem Bruder. Seine äußere Erscheinung, vor allem sein schmales, schiefes Gesicht und seine schnarrende, näselnde Kopfstimme, waren wenig geeignet, Vorschüsse der Sympathie einzufordern. Jetzt im Alter war er noch hässlicher geworden, befand Langustier und diagnostizierte in Sonderheit, dass das eklatante prinzliche Schielen für Kriegsaktionen nicht eben als Empfehlung gelten konnte.
»Untertänigster Diener, Königliche Hoheit! Königliche Hoheit hatten das Bedürfnis, mich zu sprechen? Womit kann ich Königliche Hoheit dienen?«
Der Prinz winkte leicht enerviert ab.
»Thümnjä, verzichten wir, mein werter Herr, mal für den Augenblick auf das Gehoheite, es hält uns auf. Kaphengst, tjä, es ist gut, bitte lassen Sie uns allein.«
Nachdem der Major hinausgegangen war, richtete der Prinz seinen Silberblick auf Langustier und gebot ihm mit der Hand, in einem bequemen Lehnstuhl Platz zu nehmen. Er selbst spazierte unruhig im Zimmer auf und ab, trat kurz an das Fenster zu den rückwärtigen Gärten, die noch in der Anlage waren, um wieder umzukehren. Schließlich ließ er sich ebenfalls nieder und seufzte

hörbar. Langustier hütete sich, den Mund aufzumachen. Ein Bürgerlicher durfte hier nur das Wort ergreifen, wenn es ihm angeboten wurde.

»Bitte verzeihen, dass ich Sie, mnjä, rufen ließ. Hörte von dem schönen und sicher auch höchst strapaziösen Feste im Hause Ihrer Tochter, der gewesenen Gräfin von Beeren, jetzigen Madame von Quandt, die aufrichtig zu grüßen bitte. Tjamnjä. Werden noch etwas abgespannt sein, jäjä? Möchten eine Erfrischung?«

»Zuviel der Ehre, Hoheit. Ich fühle mich frisch und wohl.«

»Ist nicht Ihre Enkelin mit einem Knyphausen verehelicht?«

»In der Tat, mit Baron Eberhard Franz von Simon zu Inn- und Knyphausen.«

»Mein schöner Knyphausen ist seit vorgestern flüchtig, und da dachte ich, der Schwiegersohn Ihrer Tochter könnte vermitteln und ihn zu einer gütlichen Einigung mit seinem Widersacher Eliot bewegen? Njä?«

Schweigen. Langustier wusste nicht, wovon die Rede war.

»Aber lassen wir das, das ist nebensächlich. Habe Sie aus einem anderen Grund hergebeten. Sie waren mit dem Kreisphysikus Heim gestern, tjä, am Fundort einer Leiche? Mnjä?«

Langustier horchte auf.

»Jawohl, Königliche Hoheit!«

Das Gehoheite saß einfach zu tief.

»Sie haben meinem Bruder oft in derlei Dingen, solcherart Kriminalismen, Fällen für Kriminalgerichte … hümnjä, nun jä, wie soll ich mich ausdrücken … in Polizeimaterien glücklich assistiert?«

»Jawohl, Königliche Hoheit!«

»Nun, mjä, fürchte, da gibt es wieder so was. Gerade jetzt, wo mich dieser unselige Casus belli und die Eskapaden meines schönen Knyphausen umtreiben. Gerne würde mich derber Worte bedienen, indes kann nicht. Hmjä. Zu gute Erziehung.«

Langustier blickte verstohlen und kurz auf das von der Seite fast bübisch wirkende Prinzen-Profil. Humor war das Letzte, was er bei ihm vermutete. Es musste folglich unfreiwillige Komik sein.

»Um nun aber à point zu kommen, Monsieur, mnjä: Polizei-Direktor Philippi ist ja zwar ein guter Mann, aber hier kommt er nicht weiter. Er hat nur den Polizei-Kommissar Distel. Der Auditeur Palmer hat sich auf Regimentssachen zu konzentrieren.«

Er machte eine Pause. Langustier wartete gespannt auf Enthüllungen.

»Der Tote, den der Kreisphysikus Heim begutachtet hat, war nicht der erste dieser Art. Es scheint sich gerade eine mörderische Sequenz zu ereignen. Gab bereits einen ähnlichen Toten, mjä, der sekretiert werden konnte. Auch Sacrow liegt zum Glück weit ab vom Schusse, tjä. Alle diese Ereignisse scheinen momentan die Peripherie zu betreffen.«

Langustier begriff. Deshalb waren der Polizei-Kommissar Distel und der Auditeur Palmer so seltsam zielstrebig vorgegangen. Sie wussten mehr, als sie Heim gesagt hatten.

»Sehe die Frage auf Ihrer Zunge, hmnjä – bitte nur freiweg heraus!«, forderte der Prinz.

»Mir scheint es seltsam, dass dieses Kommando in Sacrow gerade in dem Moment aufkreuzte, da Kinder die Leiche gefunden. Auch würde ich gerne wissen, was Distel und Palmer für einen Regimentsstreit zu schlichten haben und welche Rolle von Hordt dabei spielt.«

»Nun, Monsieur, njä. Ums kurz zu machen: Vergessen Sie diese beiden Geschichten. Von Hordt und der Bruder Lüdicke waren es, die jenen Unglücklichen fanden, als sie vor zwei Tagen morgens an der Schanze waren. Haben dort wohl botanisiert. Was der Polizei-Kommissar erzählte, waren bloß Fabeln. Tjäjä.«

Langustier machte große Augen und resümierte:

»Es gab gar keinen Streitfall? Keine Kinder, die den Toten fanden? Und der junge von Hordt war überhaupt nicht krank, sondern bloß schockiert von seinem Fund und daher beurlaubt? Aber der Pfarrer wusste es doch, und im Dorf wusste man es auch, dass einer gefunden worden ist?«
»So ist es. Jä. Man gab die Kunde vom Selbstmörder aus. Die Doktores Heim und Goercke haben ja die Spuren des Mordwerkzeuges gefunden. Distel und Palmer hatten schon unmittelbar nach ihrer Besichtigung der Leiche am Tatort den Verdacht einer Tötung. Tjä. Das lag freilich auch daran, dass sie von dem ersten Falle Kenntnis besaßen.«
Langustier scheute sich, die Sacrower Konferenz zu erwähnen, bei der Prinz Heinrich dem Vernehmen nach in eigener Person zugegen gewesen war. Aber anders ging es nicht.
»Hoheit müssen verzeihen, wenn ich es anspreche: Am Tag von Brandes' Tod fand in Sacrow ein Zusammentreffen statt, an dem der später Ermordete noch lebendig teilnahm. Man erzählte mir von Eurer Hoheit Anwesenheit bei dieser – wie es heißt – höchst geheimen militärischen Besprechung. Können Sie mir darüber dennoch etwas sagen?«
Der Prinz war sichtlich überrascht.
»Respekt, Monsieur! Hmnjä. Sind ganz ohne höhere Intention, welche Sie dazu legitimierte, bereits zu den Mysterien des fraglichen Dienstags vorgedrungen! In diesem Falle ist es nun so, wie man sagt, mjä: Details dürfen nicht interessieren, denn es wurden Militärangelegenheiten besprochen. Einzig der Umstand ist hervorzuheben, dass Brandes etwa um halb sieben abends die Runde verließ. Dies darf als gesichert und von Anwesenden bezeugt gelten!«
»Nun, das genügt mir vollkommen, um in diesem Punkte klar zu sehen. Es ist somit nur zu fragen, wann die anderen Teilnehmer das Anwesen verlassen haben.«
»Ich selbst fuhr um fünf Uhr in Richtung Potsdam ab. Für die

übrigen kann ich nicht mehr sprechen. Wallner, njä, folgte auch später.«
Langustier war noch an etwas ganz anderem interessiert:
»Könnten Hoheit mir sagen, von woher die Nachricht kam, dass Heim und ich am Tatort waren?«
»Hmjä. Sie erreichte mich durch von Hordt, der heute wieder hier anwesend ist.«
»Sie sprachen von einem ersten Fall? Würden Sie mir Genaueres darüber mitteilen?«
»Wird Distel tun, hmjm. Indessen tjäjä …«
Der Prinz nahm Langustier in die Schere seines Blickes.
»Indessen kam heute morgen die Kunde eines weiteren Verbrechens. Ein Adjunkt der Feldartillerie ist bei Prötzel tot aufgefunden worden. Habe mich daher entschieden, mjä, Monsieur, tnjä, Sie zu Rate zu ziehen. Sie sind der einzige Mann mit Erfahrung, auf den Berlin zurückgreifen kann, da seine Polizei erklärtermaßen, tjäjä, am Ende ist. Wenn ich mir wünschte, Sie in dieser prekären Lage zur Seite zu haben, was würden Sie mir antworten? Hümnjä?«
Langustier straffte sich wie sonst nur beim Anlegen seines altrosa Frackes.
»Königliche Hoheit, Ihr Wunsch wäre mir Befehl!«
Der Prinz erhob sich und Langustier tat es ihm gleich.
»Exzellent! Mjäjä! Hatte auf diese Antwort gehofft, wie Ihnen eingestehen muss. Distel wird Ihnen alles genau schildern. Müssen ihn schnellstmöglichst im Schloss des Grafen Kamecke in Prötzel treffen, njä, wohin er vor einer Stunde abgegangen ist. Ist gehalten, auf Sie zu warten und dafür zu sorgen, dass bis zu Ihrem Eintreffen am Tatort nichts angerührt wird. Kutsche wartet draußen bereits, die Ihnen bei ihren Recherchen zur Verfügung stehen soll. Määh. Mit Distels Abgang ist ein Eilkurier losgeschickt worden, um den Doktor Heim von seinen momentanen Geschäften abzuziehen. Wird bei Ihrer Arbeit nützlich

sein, mjä. Weitere Instruktionen von mir empfangen Sie bei Bedarf über Distel. Hier ist ein von mir unterzeichnetes Schreiben, mit dem Sie sich im Bedarfsfalle gegen Außenstehende als Amtsperson mit besonderen Aufgaben legitimieren können. Tjä.«

Langustier verbeugte sich und wollte sich bereits entfernen, doch der Prinz hielt ihn mit einer Handbewegung zurück.

»Mag Ihnen als eine dreiste Zumutung erscheinen, wo Sie in Rente sind, geht leider nicht anders, njä, als auch in einer weit einfacheren Hinsicht, mhjä, Ihre Mithilfe zu erbitten. Da die Hofküchenmeister sämtlich in Schlesien beim König weilen und mein guter Hammelmann mit der Krätze geschlagen ist, dass ihm die Schuppen wie Salz in die Speisen rasseln, tjä, muss ich Sie ersuchen, bei einem kleinen Diner, dass ich am kommenden Sonntag für einige Kavaliere und drei durchreisende hochgestellte Persönlichkeiten zu geben verpflichtet bin, mjä, hinsichtlich der Perfektionierung der Speisen, ja, wenn Sie es einrichten könnten, auch in betreffs der Komposition einer gefälligen und adäquaten Speisenfolge die künstlerische Leitung zu übernehmen. Wenn mir Ihre Dispositionen morgen früh einreichen könnten, hümnjä, wäre Ihnen sehr verbunden. Dann ließen sich auch erste Erkenntnisse über die obskuren Tötungsfälle besprechen, hnjä?«

Langustier verneigte sich diesmal nur schwach und sagte, unter Aufbietung aller Selbstverleugnung, da ihm dieser zusätzliche Auftrag sofort sauer aufstieß:

»Es wird mir eine große Freude und Ehre sein, Königliche Hoheit!«

Der Prinz erschien ganz ausgetauscht. Eine schwere Last war ihm von den Schultern genommen und entzerrte sogar die Sehstrahlen, so kam es Langustier zumindest vor, denn das Schielen hatte deutlich nachgelassen.

»Guten Tag, Monsieur, mjä. Und viel Glück bei Ihrer Arbeit!«

Gerardine war voll des Lobes über das, was sie vom Palais gesehen. Die Galerie mit der umfangreichen Sammlung russischer Mineralien hatte sie enthusiasmiert. Aufgeregt berichtete sie Langustier, dass sie gar durch ein Fenster im anderen Flügel des Palais die Prinzessin Heinrich, das heißt: Prinzessin Wilhelmine, des Prinzen lebenslänglich angetraute Gattin, gesehen hatte. Seit ihrer Affäre mit dem Ex-Adjutanten von Kalkreuth lebte sie in Verbannung in ihrem eigenen Flügel des Gebäudes. Der Prinz hatte jeglichen Kontakt mit ihr abgebrochen. Langustier hörte nur mit einem halben Ohre zu, als sie ihm Aufschluss über den gerade akuten Knyphausen-Skandal gab.

»Der schöne Knyphausen hat ja, wie jedermann weiß, dem scheidenden englischen Gesandten die Frau ausgespannt. Er nutzte Eliots Abwesenheit, der in Kopenhagen ein Haus für sich und seine Familie erwarb. Als Eliot Frau und Tochter brieflich bat nachzukommen, erhielt er nur eine ausweichende Antwort. Über die Nichtigkeit der Gründe konnte er sich als erfahrener Diplomat nicht hinwegtäuschen. Die Antwort seiner Frau war lang und wohlüberlegt geschrieben, was ihn misstrauisch machte. Der Brief war viel zu gut und logisch, als dass er von ihr hätte stammen können. Eliot reiste sofort hierher zurück. Während seine Frau bei einem Picknick im Tiergarten weilte, ging er in die Wohnung, brach ihren Schreibtisch auf und fand darin den Entwurf des Briefs. Die ihm bekannte Handschrift war die eines Vetters seiner Frau, des schönen Knyphausen. Eliot entführte daraufhin sein kleines Töchterchen samt Amme und reiste noch in derselben Nacht wieder nach Kopenhagen. Ein wackerer Mann, oder nicht?«

Gerardine schien diese Abenteuergeschichte zu gefallen. Langustier bejahte. Soweit war diese leidige kleine Affäre ja allseits bekannt.

»Was ist aber jetzt mit Knyphausen? Der Prinz sagte etwas von davongelaufen?«

»Davongejagt hat er ihn! Vorgestern kam der Prinz aus Rheinsberg zurück, wo er mit Knyphausen eine folgenschwere Unterredung hatte. Der schöne Mann ist sehr frech geworden, hat alle Fürsten Tyrannen geschimpft und sich gar so weit vergessen, den Prinzen zu fragen, mit welchem Rechte er sich in Sachen mischte, die ihn nichts angingen. Darauf ward er auf sein Zimmer geschickt und ihm dorthin sogleich bestellt, dass er seines Dienstes enthoben sei und noch im Lauf des Tages das Schloss zu verlassen habe. Kaum war Knyphausen aus Rheinsberg verschwunden, sah man den Gesandten Eliot aus Kopenhagen dort ankommen. Er forschte nach dem Weg des Abgängigen und scheint ihn jetzt in Richtung Mecklenburg zu verfolgen. Mehr weiß man noch nicht. Ist das nicht toll?«

»Beileibe!«, entgegnete Langustier, mit Mühe das Pferd dirigierend, welches im Meer der Soldaten, in dem sie jetzt zur Roßstraße schwammen, immer wieder zu scheuen und durchzugehen drohte. Die Dienstkutsche zur späteren Weiterfahrt folgte dem luftigen Einspänner so unauffällig, wie eine vierspännige Berline mit königlichem Wappen dies nur eben konnte. Meine Güte, warum hatte er sie nicht vorweg fahren lassen?

Als die königliche Kutsche aus dem Landsberger Tor rollte, war es beinahe elf. Weder hatte Marie sie davon abhalten können, noch war es ihrem Urgroßvater gegeben, ihr den Wunsch abzuschlagen. Daher saß Gerardine mit glühenden Wangen neben Langustier in der Kutsche und ward von einem wahrhaftigen Polizei-Fieber ergriffen. Beim Anblick der Culottes, die sie trug, konnte er ein Lächeln nicht vermeiden. Auch war ihre Frisur in zu einem unmodischen flachen Knoten zusammengeschnurrt. Bei herrlichstem Sonnenschein ging es über Land. Langustier freute sich über Gerardines geradezu naturwissenschaftliches Interesse, mit dem sie nach den Fundumständen des Sacrower Toten fragte. Eine Handbreit vom Horizont noch

war die Sonne entfernt, als sie vor dem herrlichen Schloss Prötzel hielten, vor dem ein riesiger Springbrunnen sein Wasser bis in die Wipfelhöhe der Robinien warf.
Der Hausherr, Graf Friedrich Paul von Kamecke, war bei seinem Regiment in Böhmen. So wurden die Ankömmlinge von Alexander Friedrich, dem jüngsten Sohn, begrüßt, einem schlanken, hochgewachsenen Jüngling mit dunkelbraunem Haar, in dessen blaue Augen ein Leuchten kam, als ihm Gerardine vorgestellt wurde. Mit einer Mischung aus Belustigung, Respekt und spontaner Verzückung schaute er auf dieses Frauenzimmer in Männerkleidern. So etwas hatte er noch nie gesehen, dabei war er schon weit herumgekommen in der Welt, bis zum ehemaligen Sitz des Templerordens auf Cypern. Ihre knappe Soldatenjacke faszinierte ihn, obwohl er der Einzige in der Familie war, der sein Streben nicht auf den Militärdienst gerichtet hatte. Ihr rotes Haar erinnerte ihn an ein Gemälde Tizians, das er in Venedig gesehen, auf der Kavaliersreise, ganz im Stile vergangener Zeiten unternommen, um sich in den Wissenschaften und Künsten auszubilden. Jetzt hatte er in Berlin bei André Kompositionsunterricht. Auch Malerei wäre eine mögliche Profession. Offiziell indes musste er das Predigtamt anstreben und Theologie zu seinem Fache erklären, da ihm der König niemals schöngeistige Berufsabsichten erlauben würde. Was für ein seltsamer König, der keinen Deut aus seiner eigenen Biografie gelernt zu haben schien. Gab es nicht einmal eine Zeit, da er Fahnenflucht begehen wollte? Da ihm der Vater das Flötenspiel, die Komposition und die philosophische Lektüre untersagt hatte?
»Wie sonderbar, dass erst ein Mord geschehen muss, damit die schönste und resoluteste Berlinerin den Weg hier heraus findet!«, scherzte von Kamecke, in Anspielung auf Gerardines Bekleidung.
»Ach, ich bitte Sie, mein Herr – was sollte einer Berlinerin hier

draußen wohl sonst gefallen?«, respondierte sie mit einer hauptstädtischen Keck- und Unverfrorenheit, die ihn für den Augenblick mundtot machte. Dabei fand sie die Landschaft und das Schloss durchaus hübsch. Während er sie seinen Schwestern zuführte, die sie sogleich mit Beschlag belegten, hatte sich Langustier mit dem Polizei-Comissarius Distel bekannt gemacht. Dieser erklärte ihm unumwunden, dass er ihm die Fundumstände der anderen Fälle später erläutern würde. Jetzt müsse man das Tageslicht ausnutzen, denn der Fundort läge weit draußen im Wald. Er machte eine Pause, um hinzuzusetzen:
»Im Blumenthal-Wald …«
Seltsame Koinzidenz, dachte Langustier, dem sofort ein Artikel von Neuhof einfiel. Hatte der Gute etwa über alle Orte des Verbrechens Abhandlungen verfasst? Neuhofs gewagte und keineswegs immer handfest belegte Theorie über angebliche semnonische Kultstätten war von Bernoulli kritisiert und verworfen worden. In phantasiebegabten Teilen der Fachwelt galt sie dennoch als bedenkenswert. Wo war Gerardine? Man musste eilen, das Licht schwand bald. Die Herren wurden unruhig. Langustier rief nach ihr. Sie schaffte es mit dem Mut der Verzweiflung endlich, sich von den Landpomeranzen loszueisen, als sie die Stimme des Urgroßvaters hörte. Ob die Mademoiselles nicht auch in den Wald mitkommen wollten? Die Frage war wirksam. Hosen hätten sie vielleicht noch gefunden, aber den zugehörigen Mut nicht. Man verabschiedete sich. Gerardines Herz schlug höher, als sie den Doktor Heim erblickte, der gerade vorfuhr. Er sah sie sofort und lächelte ihr zu. Er neigte sich über Gerardines Hand zum symbolischen Handkuss und fragte erstaunt:
»Was tun Sie hier in diesem Räubernest? Sie wollen doch nicht etwa Anführerin spielen? Die Beinkleider stehen Ihnen nicht übel an – wenn Sie mir diese Bemerkung gestatten.«
»Weshalb sollte ich nicht?«, fragte sie, ehrlich verärgert. In sei-

nem braunen Anzug gefiel er ihr bedeutend weniger als gestern Abend, als sie vergeblich versucht hatte, ihm Einzelheiten über den Toten von Sacrow zu entlocken. Zumindest hätte er begreifen können, dass ihr Interesse an der Kriminalwissenschaft ungespielt war. Mochte es in naher Zukunft weibliche Polizisten geben, so würde sie, das hatte sie sich geschworen, ganz gewiss unter den Ersten sein. Langustier, der sich die endlosen Vorwürfe vorstellte, unter denen er sein Leben kläglich aushauchen würde, wenn er sich Gerardines seligsten Wünschen jetzt widersetzte, erklärte kurzerhand:

»Mademoiselle von Beeren ist nicht nur meine Urenkelin, sondern auch meine Assistentin in diesem Fall. Ich bin, was Ihnen nicht entgangen sein dürfte, zwar noch in den besten Jahren …«

(Gelächter)

»… doch bestimmte Sinne bedürfen der jugendlichen Ergänzung, namentlich Gesicht und Gehör. Diese junge Dame ist zudem mein zweites Gedächtnis, da ich schon lange die Schrift in meinem Notizbuch nicht mehr entziffern kann. Lassen Sie uns keine weitere Minute mehr verschwenden, meine Herren!«

Sie setzten sich in Bewegung. Auf dem Weg zur Kutsche ging der Blick über die Grasterrassen mit einer Unmenge von Christrosen zum See hinab, wo eine Fontäne aufsprang, welche die vor dem Schlosse noch um einiges an Höhe übertraf. Ein ebenfalls künstlich hervorgebrachter Wasserfall rauschte gewaltig. Pfauen schrien und erhoben sich mit schwerfällig klatschendem Flügelrudern, um sich auf ihre Schlafplätze emporzuarbeiten. Das Familienmausoleum wurde gerade frisch getüncht und auch innen völlig neu angelegt, wie der junge Herr von Kamecke im Vorbeigehen erklärte. Er hatte ein Dutzend Männer des Dorfes mit Blendlaternen ausgestattet, die man spätestens auf dem Rückweg benötigen würde. Sie bestiegen einen Viehwagen, Distel, Heim sowie Kamecke nahmen bei Gerardine und Langustier in der königlichen Kutsche Platz.

Während Distel davon sprach, dass der im Wald wohnende Förster des Grafen am frühen Morgen die Entdeckung gemacht habe, der sie ihre Anwesenheit zu verdanken hätten, blickte Gerardine sehnsüchtig aus der Fensteröffnung. So licht und freundlich schien ihr alles, dass sie sich an diesen Naturschönheiten nicht satt sehen wollte. Ein Teich, nur einer von vielen, an denen sie vorüberkamen, blinkte durch das maigrüne Laub. Von West nach Ost durchzog der Blumenthal-Wald den Hohen Barnim und ward nur von der nach Wriezen führenden Straße durchschnitten. An offenen Stellen, die sich breit in den Wald hineindehnten, würzten Rapsfelder die Luft; Blühdorn, Hagerosen und Faulbaum belebten die Waldlichtungen, an denen sie vorbeifuhren. Dabei herrschte ein unerklärlicher Reichtum an Hölzern, wie ihn die märkischen Wälder kaum sonst zeigten: Eiche, Edeltanne und Kiefer, Buche und Lärche lösten sich mit den zahlenmäßig überwiegenden Birken ab. Etwa eine Viertelstunde waren sie gerollt, als Distel zu halten befahl. Sie hatten ein Vorwerk erreicht, dessen Stall- und Wirtschaftsgebäude bis hart an die Chaussee traten. Jenseits derselben war wieder Wald. »Unweit von hier ist die Stelle«, sagte von Kamecke beim Aussteigen. Die Laternenträger standen schon bereit. Gemeinsam schritten sie über den Hof, was ihnen der vom Wagenlärm auf den Plan gerufene Landmann ungefragt gestattete, samt Familie untertänigst vor dem jungen Herrn katzbuckelnd. Sie traten in die halb bebauten, halb brachliegenden Felder hinaus. Gerardine hielt beim sich anschließenden Marsch mühelos mit den Männern Schritt. Neben ihrer männlichen Bekleidung half ihr der Umstand, dass sie keinen schweren Knüppel und keine sonstigen Waffen mit sich schleppte. Was hatte es mit dieser Gegend auf sich, dass beherzte Mannsbilder sich nicht getrauten, unbewaffnet hier spazieren zu gehen? Einige hundert Schritte weiter abwärts, vor einem feuchten Wiesengelände hielten sie an. Eine grüne Gestalt, der gräfliche Förster, erhob sich von einem

Mauerrest, auf dem er wartend gesessen. Distel fragte nach seinen Männern und erhielt die zufriedenstellende Antwort, dass sie an Ort und Stelle wachten.

»Das Feldstück, das hier beginnt, ist das *Elysium*«, erklärte von Kamecke. »Den Landleuten gilt es als unheimlich. Wie es Seen gibt, wo die Fischer nicht fischen, weil sie fürchten, dass eine Hand aus der Tiefe fahren und sie hernieder zerren wird, so geht selbst die Jagd um den Fleck herum, so tief sitzt der Aberglaube.«

»Auch das edlere Wild bleibt aus!«, ergänzte mit allem Ernst in der Stimme der Förster, der offenbar beherzter war als die anderen, da er schließlich gefunden hatte, was nun ihr Interesse erregte.

»Hier am Pfuhl, diesem ausgedehnten Sumpflandstück aus moderndem Eichenlaub und sickerndem Quellwasser, kommen die Wildschweinherden aus dem ganzen Blumenthal zusammen. Wenn sie dann in Mondscheinnächten ihre Feste feiern, klingt ihr unheimliches Gebrüll bis weit in den Wald hinein. Sie wissen, dass keiner sie hier stören wird.«

»Ich finde es schön hier!«, ließ sich Gerardine unbeeindruckt vernehmen. Von Kamecke setzte im Gehen seinen Fachvortrag fort:

»Letztes Jahr war Bernoulli hier, um Forschungen anzustellen. Er hat, wie schon der Bürgermeister Grüvel aus Kremmen vor fast einhundert Jahren, die mannshohen Mauerreste, die wir hinter dem Pfuhl gleich sehen werden, zu Überbleibseln einer alten Stadt erklärt. Vor einigen Jahren sind von den Waldarbeitern mehrere Werkzeuge, Hämmer, Sporen und dergleichen, gefunden worden, die, den Kindern zum Spielen gegeben, leider wieder verloren gingen. Die Stadt könnte etwa von den Hussiten auf ihrem Zuge nach Bernau zerstört worden sein. Andere Gelehrte meinen freilich, vor allem Bernoullis Kontrahent Neuhof, dass die Zerstörung viel älter sei. Der große platte Stein, der

Mark- oder Marktstein, zu dem wir gerade auf dem Weg sind, ist wohl ein Denkmal aus heidnischer Zeit. Es könnte hier mitten im Urwalde ein Volksversammlungsplatz oder eine Opferstätte gegeben haben. Die Städtebauer einer späteren Epoche ließen den Opferstein einfach wo er war, weil es unmöglich wäre, ihn fortzuschaffen. Dieser Stein wird hier noch liegen, wenn von den Feldsteinmauern ringsumher längst die letzte Spur verschwunden ist.«

Nach Osten hin erstreckte sich ein wellenförmiges Stück Land, das hie und da von aufgetürmten, sehr niedrigen Steinmauern eingefasst, an anderen Stellen wie mit großen Feldsteinen beträufelt war. Das Rot am Horizont versank zusehends. Schon hatte der abnehmende Mond der Heidebrache seinen blinden Spiegel zugewandt. Die Abendluft wehte feuchtkühl und frisch. Der Förster führte sie an ein Gebüsch aus Brombeeren und sagte dann, auf eine Steinlinie zeigend, die kaum fußhoch aus der Erde ragte: »Das war die Kirche. Hier können Sie noch den Kalk des Mauerwerks sehen.«

Langustier war von der These einer jüngeren Wüstung überzeugt. Sein Blick fiel auf niedergetretenes krüppeliges Buschwerk hinter dem Mauerstück. Zwischen den gebrochenen Stämmchen lag etwas Fremdartiges. Er hob es auf. Gerardine war sofort neben ihm, ebenso Distel und der Doktor. Was Langustier in den Händen hielt, war ein seltsamer kleiner Orden: ein goldenes Dreieck auf einen silbernen Kreis gelötet, der sich bei genauerem Hinsehen als eine Schlange herausstellte, die sich in den eigenen Schwanz biss. Oben an der Aufhängung, bei der Dreiecksspitze, sowie links und rechts davon waren drei linsenförmige Scheibchen zu sehen, die von zwei kreuzförmig verlaufenden Bändern überzogen wurden: Globen. In der Mitte indes, das ebenfalls aus schmalen Bändern gezeichnete Dreieck an sieben Stellen berührend und überschreitend, jedoch innerhalb des umlaufenden Schlangenleibes verbleibend, prangte ein aus acht ihrerseits achtteiligen Strahlenbündeln bestehender Stern. Dessen innerste Mitte und mithin die Mitte des gesamten Zeichens bildend, blickte ein als Relief dargestelltes Auge den Betrachter an. Sogar die Regenbogenhaut und die Pupille waren angedeutet.

»Das ist das Bijou der Großen National-Mutterloge *Zu den drei Weltkugeln*«, sagte Langustier, indem er es Distel zur Sicherung überließ.

»Von Ihnen kann es keinem gehören«, sagte Langustier und sah von Kamecke, Distel, den Förster und Heim an. »Und auch von Ihren Leuten ist wohl keiner Mitglied?«

Alexander Friedrich von Kamecke und der Polizei-Kommissar verneinten.

»Also sollte man meinen, dass es entweder dem Mörder oder dem Toten zugehört. Wenn Letzteres, so ist zu fragen, warum er es hier draußen trug?«

Gerardine besah sich die niedergetretenen Äste und versuchte sich vorzustellen, welchen Weg derjenige genommen hatte, der querfeldein gelaufen war. Sie gingen weiter in Richtung auf einen großen Baum. Die drei Distelschen Polizei-Wachtmeister kamen aus der Deckung einer gewaltigen Eiche. Ihr Chef begrüßte sie. Die Männer des jungen Herrn von Kamecke entzünden ihre Laternen. Eine Fledermaus bog um die Eichenkrone und flatterte in wildem Zickzack durch das Dämmerlicht über dem *Elysium*. Der Schein der Laternen vereinigte sich mit einem Mal. Unwillkürlich krallte Gerardine sich am Ärmel ihres Urgroßvaters fest. Langustier legte die Hand beruhigend auf die ihre. Nachtfalter kamen und taumelten durch das unnatürliche Licht. Teilweise wurde ihr Gaukelflug von den Gläsern der Laternen unsanft gestoppt. Flügelschwirrend zappelten sie auf der Leiche und dem Markstein. Die Augen des Mannes in der Uniform, der vor ihnen halb an einem starken Eichenaste hing, halb auf dem riesigen Steine lag, waren offen. Das Abendrot sahen sie jedoch nicht mehr. Seine Schuhe wiesen in nordwestliche Richtung. Auf dem Stein war deutlich eingeritzt: *Cuculus*. Dort, wo sein Kopf in etwa zu liegen gekommen wäre, wenn man ihn in einer Linie ausgestreckt hätte, fand sich ein geknickter Akazienzweig.

»Wissen Sie, was das heißt, mein lieber Heim?«

»Bedaure, nein, etwas Medizinisches ist es jedenfalls nicht. Höchstens ein falsch geschriebenes *ulcus* – Geschwür – fällt mir dazu ein.«

»Der Tote heißt Johann Friedrich Heinrich Scheel. Er war in Köpenick bei der Feldartillerie«, erläuterte Distel.

Heims Gesicht drückte Erstaunen aus. Er sah Langustier an, der fragend zurückblickte. Heim sagte:

»Scheel war der Hochzeiter, bei dem mein Freund Goercke den Brandes getroffen hat.«

»Würdest du dir bitte alle diese Dinge genauestens einprägen, meine Liebe?«, flüsterte Langustier Gerardine zu, die sich längst wieder gefasst hatte und Heim bei seinem Tun an der Leiche beobachtete.

»Selbstverständlich. Ich habe sicherheitshalber sogar ein Taschenbuch dabei. Hier zog sie ein in rotes, mit goldenen Ranken bedrucktes, in Leder eingeschlagenes Büchlein hervor, in das sie jetzt im Schein der Lampen mit feinem Crayon zu schreiben begann. Heim und der Förster nahmen den Toten aus der etwas gelockerten Schlinge und ließen ihn behutsam auf die Steinplatte nieder. Sie mussten ihn seitlich hinlegen, denn er bildete einen stumpfen Winkel und war steif wie ein Brett.

»Kalt und steif bedeutet, 12 bis 48 Stunden tot!«, sagte Heim. Gerardine notierte es gleich und beschrieb ausgiebig die Tatortszenerie.

»Waren die Augen des Toten von Sacrow auch geöffnet, als man ihn fand?«, fragte sie Distel, welcher gestisch bejahte und mit leiser Stimme sagte:

»Bitte, Mademoiselle, lassen Sie uns über Details der anderen Vorfälle später sprechen ... Ich möchte, dass wir uns momentan ganz auf das beschränken, was wir hier zu Gesicht bekommen.«
Das war vernünftig, aber die Zurechtweisung stach sie dennoch. Daher fragte sie den Förster:
»Was haben Sie eigentlich am frühen Morgen hier gemacht?«
Der Grüne antwortete unbeeindruckt, nachdem er einen Schluck aus einer flachen Flasche genommen hatte, die er nun flugs wieder in einer geräumigen Tasche seiner schmucken Uniform verschwinden ließ:
»Hier treibt sich seit ein paar Wochen ein Wolf herum. Er reißt das Rotwild und die Sauen; vor einer Woche hat er, scheint's, des Annes Katze totgebissen und den Hofhund übel zugerichtet. Dem zur Feindschaft sitz ich hier schon seit Tagen an. Von morgens, wenn's hell wird, gegen vier, bis etwa jetzt, gegen neun. Heut haben wir die Gegend schön unsicher gemacht. Hoffentlich vertreibt's ihn ja, den räudigen Blutwolf, dieses Monstrum! Wär besser für ihn, das Morden einzustellen, bevor ich ihm eins in den Pelz brenne!«
»Wie jagen Sie den Wolf?«
»Ich sitze hier auf der Eiche und warte. Vom Bauern leih ich mir ein Hühnchen aus, das binde ich hier auf dem Stein fest. Als Köder, Mademoiselle. Wenn's gehörig gackert, weiß er, dass der Tisch gedeckt ist. Ich krieg ihn noch, den Isegrimm!«
Sein Fläschchen trat in Funktion. Gerardine wandte sich ab. Ein lebender Köder, wie viehisch. Langustier starrte auf den Marktstein, der in der Tat eine Sehenswürdigkeit genannt zu werden verdiente. Etwa acht Fuß maß er im Quadrat, ging über vierzehn Fuß in die Tiefe – was Neuhof durch eine seitliche Grabung herausgefunden hatte – und ragte doch nur wenig aus dem Erdreich hervor. Schwer zu glauben, dass Menschenhände diesen Stein dorthin gelegt hatten, und die Annahme, dass er ein Opferstein der hiesigen Ureinwohner war, schien nichts Gezwunge-

nes zu haben. Für den Augenblick, während er die Motten und anderen nachaktiven Flattertiere im Kegel der Lampen herumfliegen sah, kam er sich wie ein Naturforscher vor, der im Dschungel dem Wirken eines geheimnisvollen Kultes gegenüberstand. Der Tote lag auf der Steinplatte, als ob er schliefe, in seiner ebenso unheimlichen wie unnatürlichen Blässe und seiner durch die Starre bedingten, seltsam abgewinkelten Haltung.

»Kein Würgemal und keine Strangmarke«, konstatierte der Doktor. Langustier wusste, was das bedeutete: Menschenhände hatten Scheel auf die Platte gewuchtet. Weder erdrosselt war er worden noch erhängt. Heim untersuchte den Kopf der Leiche. Er entfernte die Perücke. Den Hinterkopf im Lichte einer nahe hinzugehaltenen Laterne besehend, diktierte er Distel und Gerardine den Befund:

»Haarbeschädigungen und Kopfhautverletzungen deuten auf Schlageinwirkung hin. Borkenstückchen. Wahrscheinlich gezielter Treffer mit einem Ast. Der Mann hatte die Perücke abgenommen, als ihn der Schlag traf. Der Täter hat sie ihm wieder aufgesetzt, um ihn hier zur Schau zu stellen.«

Gerardine bat von Kamecke um eine Laterne. Sie wollte sich an der Fundstelle des Logenmedaillons umsehen. Er ließ es nicht zu, sie im Dunkeln alleine zu lassen, und bot seine Begleitung an, was sie dankbar akzeptierte, auch wenn sie den Zärtling, von seiner überragenden Größe abgesehen, kaum sympathisch fand. Er hatte etwas Unreifes an sich gegenüber Heim, an den sie unwillkürlich denken musste. Seine unerschrockene Professionalität, den Toten zu untersuchen, hatte sie sehr beeindruckt.

Das Zirpen erster Grillen war zu hören. Die Nachtfrische sank spürbar auf Wald und Feld herab. Doch nicht nur deshalb fröstelte sie. Schweigend erklomm sie neben von Kamecke eine kleine Anhöhe. Im letzten trüben Tageslicht stieg die einstige Siedlung wieder vor ihnen auf. Deutlich sahen sie die Mauern, die Tore, die Hauptstraße, die Kirche, die einzelnen Häuser und Gehöfte.

»Kannten Sie den Mann auf dem Stein?«

Alexander Friedrich von Kamecke ging voran und bestrahlte den Pfad.

»Nein. Ich sah sein Gesicht heute zum ersten Mal. Es ist allerdings erschreckend, wie stark die Uniform unsere Sinne vom Wesentlichen ablenkt. Ich glaube nicht, dass ich einen Soldaten wiedererkennen würde, wenn er mir im Frack begegnete.«

Sie kamen an die Stelle, wo das Gebüsch niedergetreten war, und folgten vorsichtig und langsam, um nichts zu übersehen, einer erkennbaren Trittspur – der des Mörders oder des Opfers? Hier war ein platt getretenes Grasbüschel, dort sah man einen halben Stiefelabdruck. Die Spuren ließen sich bis vor ein Dickicht aus Schlehen- und Weißdornbüschen verfolgen, wo abgebrochene, am Bast herunterbaumelnde Astspitzen vom mühsamen Passieren eines großen, beleibten Menschen kündeten, oder von der Passage eines Mannes, der einen zweiten Mann trug.

»Lassen Sie uns umkehren«, sagte von Kamecke. »Hier geht es nicht weiter. Da kommen wir nicht durch.«

Gerardine sah ihn verständnislos an und nahm ihm die Laterne ab. Unerschrocken schritt sie ins verschlungene Strauchwerk.

»Auch wenn Sie die Hosen anhaben, Mademoiselle, so möchte ich Ihnen doch sehr anheimstellen, sich zu überlegen, was die Dornen mit Ihrer Jacke anstellen werden«, rief von Kamecke hinter ihr. »Ich lasse das Flurstück morgen von dem Förster noch einmal gründlich visitieren, seien Sie bitte vernünftig!«

Den Teufel hätte sie getan, jetzt kehrt zu machen, und sei es nur, um ihren Begleiter zu schockieren. Sie musste sich die Hand vors Gesicht und den Kopf gesenkt halten, um einige Meter mit geschlossenen Augen vorzudringen. Um ihre Feldjacke hatte sie keinerlei Sorge. Dafür war der Fetzen gemacht, dass er ihr die Schlehdornen vom Leibe hielt. Der Widerstand wurde wieder geringer und sie stand auf einer kleinen Lichtung; aber lichtlos wie im Innenhof eines großen Berliner Stadthauses sah es da aus. Sie hielt die Laterne hoch. Eine Eiche beschirmte den verfallenden Rest eines Backhauses, in dem der gemauerte Ofen noch erkennbar war. Sie schritt durchs kühle Gras und leuchtete in die Höhlung der Ruine. Ihr gellender Aufschrei ärgerte sie selbst im Moment seines unwillkürlichen Entstehens. Sicher hatte man ihn meilenweit hören können. Als Kamecke sich durchs Gestrüpp gekämpft hatte, laut rufend und sich einen Toren scheltend, sie gehen gelassen zu haben, fand er sie angesichts eines Totenschädels, der auf der alten Backstelle lag.

»Sie haben mir Angst gemacht! Mein Gott, was ist denn das?«

Neben dem Schädel sah man den Rest einer völlig niedergebrannten Kerze. Hätte Gerardine bemerkt, mit welcher schwer deutbaren Verzückung von Kamecke sie betrachtete, wäre ihre Ruhe sicher geringer gewesen. Ihre Aufmerksamkeit war jedoch gänzlich von dem Papier beansprucht, das, mit einem faustgroßen Stein beschwert, zuoberst auf der bröckeligen Ofenmauer lag. Ein umgestürztes Tintenfass und ein schwarzer Fleck ließen vermuten, dass Scheel hier des Nachts bei Kerzenschein gestanden und wie an einem Stehpult geschrieben hatte, just als ihn des Mörders Schlag von hinten traf. Gerardine nahm das Schriftstück an sich. Offenbar handelte der Text von Logenmaterien. Sie betrachtete sein Ende, wo sich ein halb verwischter Fleck befand. Ketten kleiner Tintenspritzer stoben sternförmig in alle Richtungen. Ein weiter Fleck und Riss an der Seite markierte die Stelle, wo der fallende Oberkörper offensichtlich die Feder ins Blatt getrieben hatte. Gerardine leuchtete auf den Boden und fand einen in ein schmales Schilfrohr gesteckten Gänsekiel. Sie skizzierte die Lage aller Dinge, damit nichts unberücksichtigt bliebe, rollte das Papier auf, legte die Schreibfeder daran und umschlang beides mit dem Band, das bislang ihr Haar gesichert hatte. Sie nahm auch das Tintenfläschchen und drehte sich dann zu von Kamecke um. Er konnte nichts anderes tun, als ebenfalls zu wenden, um vor ihr her den Weg zurück zu gehen. Der Anblick ihrer rotbraunen Locken hatte sich ihm tief eingebrannt.

»Moment, Monsieur!«, erklärte sie mit sachlichem, bestimmendem Tone: »Bitte nehmen Sie sich des Totenkopfes an! Ich habe leider keine Hand mehr frei.«

Schweigend bahnten sie sich den Rückweg und trafen auf die dort eben vorbeiziehende Prozession. Langustier, Distel und Heim schritten hinter dem in ein Tuch gewickelten Leichnam her, der von den Soldaten getragen wurde. Die Männer aus dem Ort gingen mit ihren Leuchten seitlich der Träger, angeführt vom Förster. Überrascht hielt man an. Die beiden waren schon vermisst worden. Langustiers Gesicht hellte sich auf, als Gerardine ihm ihre Funde präsentierte. Er war sehr stolz auf sie. Im Lichte einer Lampe und in Gegenwart des Schreibers, der dies nicht mehr selbst bewerkstelligen konnte, las Langustier unter Zuhilfenahme seines Stielglases vor, was auf dem Blatt stand. Interessiert lehnten die Zuhörer auf einigen höheren Mauerresten. Die Branntweinflasche des Försters machte die Runde, und da ihr Urgroßvater sie nicht beobachtete, nahm auch Gerardine einen Schluck.

Was ist eine Loge?

Du unbekannter Oberer, der du mich prüfest mit dieser Frage – ich bekenne es dir ohne jede Furcht, die meine Einweihung unmöglich erscheinen ließe –: eine Loge ist der ehrwürdigste Ort, der sich gedenken lässet! Sie ist ein der ewigen Wahrheit geweihter und geheiligter Tempel, im Namen des Allmächtigen Baumeisters der Welten ward sie geöffnet. Ihre Sinnbilder bezeichnen die wichtigsten Gegenstände, die auch vom Seraph Erfurcht erfordern. Die ganze denkende Welt neiget sich in Scham und Schweigen nun vollends vor den tiefen Geheimnissen, über die du und die deinen, mächtiger Uralter, der du mich prüfest, gebieten – indes muss dieser Schauer vor dem Erhabenen schon bei einer gewöhnlichen Loge deren noch im Staub sich windende niederen Brüder Mitglieder erfassen und bestimmen. O gewaltiger Oberer! Ich kann bei dem großen Gedanken der Hierarchie, die nun durch dich an mich sich wägend wendet, um mich bei positivem Urteile zu erheben und mir den Aufstieg auf ihrer glorreichen Stufenleiter zu gewähren, so ich den Anforderungen jenes hohen Ordens und seiner kosmischen Glorie entsprechen sollte, kaum unerschüttert bleiben! Wenn Engel ihr Antlitz verhüllen, wenn gar die ganze Schöpfung staunet vor dem Glanze seiner Erscheinung, des erhabensten Baumeister des Weltenrunds – was bleibt da mir Sterblichem zu tun? Zu armselig ist Menschensprache, jene Empfindungen meiner Seele auszudrücken, die sich in mir bemerkbar machen, wenn ich die großen Hieroglyphen auf dem Umhange betrachte, in den du, o Meister, gehüllt bist. O Hüter der größten Geheimnisse, Pförtner der höheren Sphären, Beherrscher des Windes und der geheimen Wege im Untergrunde, Befahrer der Vergangenheit und Zukunft, Gebieter über die Metalle und ihre endlose Umwandlung, Besitzer des Allheilmittels und Steines der altobersten Weltweisen! O Meister des zehnten und obersten Grades, altehrwürdiger Besitzer der elfenbeinernen Schulter des Pelops, höchster Tempelritter des Berges der Winde, Chevalier de St. Ventoux-Alban, Oberster Großmeister der Epyptischen Maurerei: – – –

so fälle nun dein Urteil über mich, den dir ergebenen mutigen Bruder, der an die Pforten der höheren Wahrnehmungen klopft, um die Weihen zu jenen Sphären zu erhalten, in die kein gewöhnlicher Sterblicher je gel---

Was sollte man dazu sagen? Das Publikum sprach lieber dem Branntwein zu. Der Verfasser dieser Schrift schien von allen guten Geistern verlassen worden zu sein. Dass er recht geistlos unter ihnen lag, bestätigte das. Man rüstete sich zur Rückfahrt. Alexander Friedrich von Kamecke musste diesmal zu seinem Tross auf den Leiterkarren mit der Leiche steigen. Den Toten gedachte Heim später in seiner Kutsche nach Berlin zu bringen. Die Berittenen der Polizei würden ihn begleiteten.

Langustier, Gerardine, Heim und Distel begaben sich zum Gehöft und ließen Bauer und Bäuerin von der zurückliegenden Nacht berichten. Unruhig geschlafen hatte man, weil das kleine Töchterchen, die Anne, den Wolf wollte heulen gehört haben und darüber wach geworden sei. Gerardine hatte das Mädchen gleich ins Herz geschlossen. Als sie dem Kind sagte, wie sehr es ihr um den Kater Leid tue, den der Wolf totgebissen, sprudelte Anne heraus:

»Ich hab auch am Fenster den Mann vorbeireiten sehen. Das war sicher auch einer, der den bösen Wolf jagt wie der Förster.«

»Kind, warum hast du uns das nicht erzählt?«, fragte die Mutter ängstlich.

»Weißt du noch, wie der Jäger ausgesehen hat? War es der Förster?«

»Nein, der geht ja zu Fuß zum Wolfjagen!«

»Also, wie sah der Reiter aus?«

Aber aus Anne war nichts mehr herauszubringen. Das Mädchen krallte sich in den weiten blauen Arbeitsrock der Mutter und wich zurück, bis es ganz darin verschwunden war.

»Ein neues Kätzchen haben wir freilich für dich – das ist so hell

wie das Pferd von deinem Reiter«, sagte Langustier. Hinterhältig, dachte Gerardine. Schon wuschte Annes kleiner Lockenkopf wieder aus dem Rock der Mutter.
»Das war ein ganz schwarzer Rappe, und die Katze soll auch so schwarz sein und zwei weiße Vorderpfoten haben soll sie, anders wie der!«
»War denn der Reiter auch schwarz?«
»Nein, vor dem hätte ich ja sonst Angst! Der hatte einen braunen Kittel an und war blond. Wie unser Knecht, der Fritz. Der war es aber nicht.«
Langustier tätschelte ihr den Kopf.
»Dein neues Kätzchen kommt bestimmt, aber es kann noch etwas dauern, weil es sich erst die Pfoten sauber anmalen muss.«
An die Eltern gewendet fragte er: »Wann hat Ihre Tochter Sie denn geweckt?«
»Es war um die hohe Mitternachtsstund ...«

Auf der Rückfahrt nach Schloss Prötzel wurde Distel endlich auskunftsfreudiger, was den ersten Toten betraf, einen Mann namens Ascheborn, der eine Woche zuvor bei der Kirche auf dem Rittergute Tempelhof gefunden worden war. Dort hatte sein Oberleib, ganz ähnlich wie in den beiden übrigen Fällen, am krummen Ast einer alten Rüster gehangen, während die Füße einen alten, abgewetzten Grabstein berührten.
»Mit einem Schwert getötet wurde er. Ein Ausdruck der Überraschung hat ihm noch auf dem Gesicht gestanden!« Den Akazienzweig, den Langustier als schmückendes Beiwerk an den Tatorten auch hier einforderte, hatten Palmer und er nicht bemerkt, musste Distel eingestehen. Selbst die Inschrift des Grabes wäre schon abgewittert gewesen.
»Eine Bibel? Ein Schädel? Papiere?«
»Nichts dergleichen. Aber eine schwarze tote Katze.«

Gerardine liebte Katzen. Jetzt gleich von so vielen hören zu müssen, die gestorben waren, bedrückte sie fast mehr als die Trauer um die menschlichen Opfer.

»Wie heißt der momentane Besitzer des Rittergutes?«, fragte Langustier.

»Teyle.«

»Und er hat nichts bemerkt?«

»Nein. Es muss mitten in der Nacht passiert sein. Nicht einmal der Hofhund schlug an. Der Mörder war umsichtig und der Ermordete möglicherweise zu überrascht, um zu schreien. Die Katze stammte nicht vom Hof, der Mörder muss sie also mitgebracht haben. Der Kirchhof befindet sich auf der vom Gut abgewandten Seite des Gotteshauses, Kirche und Rittergutshof liegen außerhalb des Dorfes. Bei einiger Ortskenntnis brauchte der Täter keine Überraschung zu fürchten. Dies ist in allen drei Fällen zu konstatieren. Der Täter ist auf Ungestörtheit bei seinen Zeremonien bedacht.«

»Was können Sie uns über das erste Opfer berichten?«

»Gottlieb Friedrich Ascheborn war Apothekergehilfe; er betrieb lange Zeit selbständig die Kronenapotheke, bis er vor drei Jahren Mitarbeiter von Martin Klaproth wurde, dem Schwanenapotheker. Es heißt, er sei zu sehr mit Goldmacherei beschäftigt gewesen und habe sein Geschäft durchgebracht. Daher hätte er sich als Gehilfe verdingen müssen. Er wohnte zur Untermiete bei dem Stall-Kommissar Kosack am Kleinen Stallhof.«

»Was war das für eine Katze – Katze oder Kater?«

»Glauben Sie, das spielt eine Rolle?«

»Man weiß nie. Mich würde es interessieren.«

»Es war ein Kater.«

»Zeigen Sie einmal die Skizze.«

Langustier besah sich das Blatt im Lichte der Laterne über dem Tor. Es war, wie er vermutet hatte: Die Beine des Toten zeigten nach Nordwesten.

»Waren Ascheborn und Brandes ebenfalls Freimaurer?«
»Ja. Brandes gehörte zur *Eintracht* und Ascheborn zu den *Drei Seraphim*. Scheel war als Militär in der Loge zum *Flammenden Stern* unter dem Meister von Bieberstein.«
Der Mann hatte recht gut recherchiert, gemessen an der Kürze der Zeit.
Sie erreichten Schloss Prötzel, wo der vorausgefahrene Tross der Landmänner sich nach Entlohnung und Dank durch den jungen Herrn bereits zerstreut hatte. Von Kamecke verabschiedete sich nun mit sichtlichem Bedauern von Gerardine. Seine Hand hielt die ihre deutlich zu fest und sein angedeuteter Handkuss währte so lange, dass sie schon fürchtete, er könnte in dieser unbequemen Haltung das Bewusstsein verloren haben. Mit heimlichem Grimm sah er, wie sie zu Heim blickte, kaum dass sie sich umgewendet hatte und an dessen klapprigen Einspänner trat. Langustier und Gerardine stiegen in ihre Kutsche, Distel und seine Mannen ritten langsam davon. Heim folgte mit dem Toten. Mochte sie beide der Teufel holen, dachte Kamecke mit ihm selbst unverständlichem Zorn. Sollte die eingebildete Gans doch diesem Armenarzt nachlaufen, was hatte ihn das zu scheren? Es scherte ihn aber doch.

In Friedrichsfelde reichte Langustier dem Kastellan eine dringliche Einladung an Ordensbruder Bärbaum für den Nachmittag des folgenden Tages ein. Wer wusste, ob der Prinzen-Erzieher überhaupt nach Berlin kommen konnte? Aber einen Lateiner bräuchte er, und jemanden, der ihn über gewisse Logengepflogenheiten aufklärte – Bärbaum war das eine und konnte das andere.
Als sie spät in der Nacht Berlin erreichten, dachte Gerardine noch immer an Heim, wie schon die ganze Rückfahrt über, und ihr Herz klopfte schneller. Ob er sein Versprechen wahr machen und sich des Morgens bei ihnen einstellen würde? In der

Roßstraße brannte noch Licht. Die Familie hatte aus Sorge die Rückkunft von Gerardine und Langustier abgewartet. Aufgeregt referierte Evelyn das für sie bedeutsamste Ereignis des Tages: Der geheimnisvolle Gast des vergangenen Abends war tatsächlich in Tante Susettes Salon aufgetaucht, hatte sich angeregt mit Chodowiecki unterhalten, dann aber völlig unhöflich und plötzlich wieder verabschiedet. Chodowiecki habe dann alle anderen mit der ungeheuerlichen Mitteilung schockiert, dass es Göthe gewesen sei!

»Die Tante schwimmt nun in Tränen, dass sie ihn nicht erkannt und gebührend begrüßt, und sieht darin den sicheren Grund für seine Reserviertheit und sein rasches Verschwinden!«

Langustier lachte, und Gerardine sagte:

»Ich hab es mir gleich gedacht, und auch, was für ein eingebildeter Patron er wäre, wenn man den Versuch machte, ihm näher zu treten.«

So gingen alle ohne Aufklärung über die dunklen Geheimnisse ihrer Welt, aber in der zumindest für den Augenblick höchst tröstlichen Gewissheit, noch die ihnen liebwertesten Nächsten zu besitzen, todmüde zu Bett.

Sonntag, 17. Mai 1778

Prospect zu einem Diner à dix personnes
bei der Tafel SKH, Prinz Heinrich von Preußen,
untertänigst unterbreitet vom
2. Hofküchenmeister SKM i. R.,
H. Langustier

1. Gang zu zwei Schüsseln:
Klare Bouillon mit Perlgraupen und Lauchjuliennes
oder *Soup à la volaille avec Croutons*
Granate von Zander und Sauce Italienne
oder *Zanderpastetchen mit Austernsauce*

2. Gang zu zwei Schüsseln:
Zuckerschoten und Mohrrüben mit
Grenadines von Kalb- und glacierter Rinderzunge
oder *Grüne Bohnen mit Brissoles und Saucisses*
Filets von Kasuaren mit Ragout à la financiere
oder *Rehrücken à la Keith mit Croquets und Sauce Verte*

Dessert:
Orangenkuchen und Mandeltorte mit
Schlagsahne-Crême
oder *Gelée aux fleurs d'orange*

Der Prinz wählte sachkundig und lobte Langustiers aus der Not geborene Vorschläge über den grünen Klee. Der Maitre schwitzte beim Gedanken an die Strapazen. War er nicht schon ziemlich aus der Übung? Noch nie hatte er mit der Küchenbrigade des Prinzen zusammengearbeitet. Würde die verbleibende Zeit zum Erreichen der notwendigen Qualität hinreichen?

Der Prinz ahnte nichts von diesen handwerklichen Sorgen und examinierte seinen Aushilfsküchenmeister eine geschlagene weitere Viertelstunde auf gänzlich sachfremdem Terrain. Ob er schon etwas vermute? Ob es einen Konnex zwischen den Ermordeten gäbe? Ob es sicher der gleiche Mörder sei? Ob man noch weitere Verbrechen zu gewärtigen habe? Ob die Sache wohl mit geheimen Kulten und falschen Orden zu tun habe? Ob sie gar vom Kriegsgegner inszeniert sei, um die zweite preußische Hauptarmee zu verunsichern? Wenigstens in diesem Punkte glaubte Langustier, Entwarnung geben zu dürfen, denn man hatte es schließlich nicht gerade mit Toten zu tun, die auch nur den entferntesten Anspruch auf populäre Bekanntheit anmeldeten. Die Schauplätze lagen fernab vom Getriebe der Mobilmachung. Er berichtete von Fundumständen und auffälligen Opferbeigaben.

»Ich sehe leider noch nicht den Zusammenhang von alledem. Es fällt mir auch schwer, aufgrund des Bisherigen Vorhersagen auf Zukünftiges zu machen. Philosophen und Mathematiker halten sich in diesem Punkte ohnehin bewusst bedeckt. Sobald ich mit der Arbeit für Eurer Hoheit Mittagstafel fertig bin, werde ich mich jedoch zu konzentrierteren Erkundungen aufmachen.«

Der Fingerzeig kam nicht an. Se. Königliche Hoheit waren in der Stimmung, Vermutungen anzustellen. Es ging auf halb sieben! Langustier überlegte, ob der Rehrücken, den er mitgebracht hatte, für zehn Portionen auch genügte. Er ging die prinzliche Speisenauswahl durch und überschlug erneut den

Zeitplan. Der Prinz sprach, in dieser Hinsicht gänzlich unbesorgt:
»Es sind viele falsche Ordensmänner beim Proselytenmachen! Auch in Berlin redet man viel von ihnen und noch mehr von den reinen Schwindelorden. Sollte man nicht die Gasthöfe von hier bis Potsdam durchkämmen und alle verdächtigen Subjekte festnehmen?«
Der Prinz nahm eine resolute, herausfordernde Haltung ein.
»Dazu würde ich nicht raten!«, warnte Langustier und zählte innerlich unwillkürlich die in Frage kommenden Örtlichkeiten. Ein wenig tat er es auch, um sich zu beruhigen: *König von Portugal*, *König Wilhelm von Oranien*, *Hamburger Wappen*, *Stadt Amsterdam*, *Hof von Holland*, *Drei Lilien*, *Goldener Schlüssel*, *Starker Mann*, *Walfisch*, *Markgraf von Bayreuth*, *Weißer Schwan*, *Roter Engel*, *Grüner Baum*, *Roter Adler*; allein diese gab es in Berlin. Auf dem Weg nach Potsdam kamen dazu mindestens fünf *Dorfkrüge*, das *Goldene Lamm* in Wilmersdorf; auch wären die *Dorfkrüge* in Tempelhof, Mariendorf und Marienfelde mit einzubeziehen sowie der *Rollkrug* in Rixdorf. Zu Razzien in Potsdam war ohnedies nicht zu raten, es sei denn man wollte eine Übung im Fouragieren für den Feldzug veranstalten, denn dort wären zu durchforsten: *Einsiedler*, *Weiße Taube*, *Weißes Ross*, *Braunes Ross*, *Schwarzes Ross*, *Goldener Stern*, *Schwarzer Bär*, *Stadt Mailand*, *Drei Linden*, *Drei Kronen*, *Schützenkrug*, *Brauner Hirsch*, zwei *Goldene Hirsche* (einer in der Teltower Vorstadt), *Weißer Schwan*, *Feigenbaum*, *Stadt Florenz*, *Stadt Konstantinopel*, *Goldene Sonne*, *Schwarzer Adler*, *Kornblume*, *Holzkiste*, *Waage*, *Goldene Traube*. Hatte er einen vergessen? Ach ja, die *Goldene Weintraube* in der Kirchstraße, beim Markt. Und die vielen privaten Absteigen? Gar nicht zu bewältigen.
»Monsieur, mnjäh?«
Der Prinz tippte ihm leicht auf die Schulter, um sich zu ver-

gewissern, dass er noch lebte. Langustier schrak zusammen und stammelte zur Entschuldigung:
»Ich bitte um Verzeihung, Hoheit, wenn ich nicht ganz bei der Sache war. Die Zeit, Hoheit verstehen? Sie läuft mir einfach davon. Ein eingelegter Rehrücken will fünf Stunden ziehen. Mal sehen, ob ich ihn dazu bringe, dies auch in dreieinhalb zu tun. Denn er muss erst noch herbeigeschafft werden.«
Diesmal hatten Hoheit verstanden und verabschiedeten ihn gnädigst. Es war fast sieben. Was Langustier verschwiegen hatte, war, dass er in weiser Voraussicht den Rehrücken bereits vor seiner Herfahrt mit Salz und Kräutern eingerieben und in eine Marinade gelegt hatte. Die Grüne Sauce Frankfurter Art war fertig und zog schon seit gestern Abend. Er hatte alle nötigen weiteren Zutaten für sämtliche zur Auswahl stehenden Speisen inklusive der fertigen Torten und Kuchen schon in Wurmbs Wagen herangekarrt. Ganz klar war es gewesen, dass der Prinz den Rehrücken wählen würde, denn es war sein vielfach erklärtes Leibgericht. Kein Grund zur Panik also, nur mehr Zeit fürs Nachdenken und einen kleinen Besuch in der Nachbarschaft.
Der Prinz sah Langustier vom Fenster aus nach, als er über den Vorplatz in Wurmbs Kutsche eilte und mit diesem hinausfuhr, wohl um seine Besorgungen für das Essen zu machen. Ein tapferer alter Mann, er musste schon weit über die Siebzig sein, machte aber den Eindruck eines Endfünfzigers. Er seufzte und nahm das Blatt vom Tisch, das dort während ihrer Unterredung gelegen hatte. Auf Französisch stand darauf:

FR

Ich gestehe Ihnen, lieber Bruder, dass ich erstaunt bin über die dunklen Reflexionen, die Sie zu einer Zeit anstellen, wo ich nicht sehe, dass wir etwas zu fürchten haben. Der Mensch ist geschaffen zu handeln, und wie handelten wir jemals nützlicher, als wenn wir das tyrannische Joch brechen, das die Österreicher Deutschland auferlegen wollen? Bei Gelegenheiten wie dieser muss man sich selbst vergessen und nur an das Wohl des Vaterlandes denken, und sich nicht mehr mit Dingen schmeicheln, die nicht mehr drin sind, wie dem Frieden. Ich bin mit allermöglichster Zärtlichkeit, lieber Bruder, Euer treuer Bruder und Diener

Federic.

(Anbei das Eingeständnis meiner Niederlage)

Der Prinz fühlte sich alt und zögerlich. Sein draufgängerischer Bruder würde wohl selbst beim Sterben noch ungeduldig werden, wenn es nicht schnell genug ging. Herrgott – warum dauerte es auch so lange! Immerhin hatte er gerade hundert Flaschen Ungarwein von diesem unsterblichen König gewonnen – bei der Wette über die Frage, ob wohl die Österreicher vor dem 14. April ins Feld marschieren würden. Sie hatten es nicht getan. Gestern war der Wein angekommen. Er konnte sich aber über seine schale Rechthaberei nicht freuen. Der Bruder hielt ihn für einen Zauderer.

In der Früh um sechs Uhr waren sie über den Rondellplatz durchs Hallische Tor in des Doktors Sandspinne hinausgefahren. Die Luft war noch lau, und Gerardine trug eine wunderschöne Jacke aus blaugrauem Chinchilla gegen die Morgenkälte. Wie viele dieser südamerikanischen kaninchenartigen Geschöpfe hatten wohl für dieses hübsche Kleidungsstück ihr Leben lassen müssen? Sie trug keine Hosen mehr, was er etwas bedauerte. Der blaue Reifrock ließ von ihren hübschen langen Beinen nur die schwarzen Schnürstiefeletten sehen. Der Friedrichstädtische

Kirchhof und Ephraims Mühle flogen vorbei, dann strich der Blick über die Felder und das Heidegelände des Upstalles, wo das Vieh von der großen Schlächterhütung, der Viehweide, die sich bis zum Rollkrug bei den Rollbergen hinzog, nachts zwischen die Birken und Holderbüsche getrieben wurde. Hinter dieser Nachthütung erhob sich wie ein riesiger Sandhaufen der Tempelhofer Berg. Die obersten, blanken Körner glitzerten im Sonnenlicht. Gerardine ruhte nicht, bis Heim in eine Bergbesteigung einwilligte. Musste man sich nicht eingehend über den Fall austauschen, den man nun so plötzlich gemeinsam bearbeitete? Der Urgroßpapa war ja bis zum Mittag außer Gefecht gesetzt. Die Kutsche wurde im dunklen Hohlweg abgestellt, wo links noch alte Weinbergskeller vor sich hin bröckelten, in denen der Sekretär Sartorius um 1720 gehaust hatte, um der ihn krank machenden großen Stadt zu entfliehen.

Gerardine war zwar bestrebt, diese aufregende Ausfahrt zu genießen, doch in Heims Gegenwart fühlte sie sich plötzlich seltsam befangen. Kaum ein Wort kam über ihre Lippen. Was hatte sie eben noch gefaselt vom Besprechen der Fälle? Sie schalt sich eine Törin, aber es wurde nicht besser. Heim ließ zum Glück keine Stille aufkommen. Er fand Gefallen daran, neben ihr zu gehen, und warf ihr, wenn sie es nicht sehen konnte, lange und aufmerksame Blicke zu.

»Wissen Sie, dass der Teltowische Kreis wieder einen Einsiedler hat, nach Art des vormaligen Alten vom Dusteren Keller hier drüben?«, fragte er sie, die mit stummer Verzückung über die schöne Natur den steilen Bergpfad erklomm. Immerhin gelang es ihr zu erwidern:

»Tatsächlich? Ich dachte, Eremiten gäbe es nur in Märchen oder im *Simplizissimus*?«

Meine Güte, war dieser Satz lang gewesen.

»O nein, es gibt sie. Ein lustiger Geselle ist es, ich versorgte ihn kürzlich, als ich meinen hiesigen Kollegen unterstützte. Er heißt

Rohde und gehört also zu den beiden einzigen Tempelhofer Familien, die nach der letzten Pest im fünfzehnten Jahrhundert übrig geblieben sind.«
»Ach, und wie heißt die andere?«
Wieder so ein Satzkoloss.
»Teyle, wir werden eines ihrer Mitglieder treffen, nämlich den jetzigen Verwalter des Ritterguts. Das fast kreisrunde Wasser, an dem dagegen Rohde, der neue Robinson, lebt, heißt übrigens der Blankenheller Pfuhl. Scherzbolde sagen auch die Blanke Hölle dazu, meinen aber wohl mehr die Unordnung, in der nach ihren Maßstäben der Kauz dort haust. Der alte Name geht freilich auf die Reinheit des Teichs zurück, den man schlicht so blank wie einen Heller nannte.«
»Liegt die Hölle auf unserem Weg?«, fragte Gerardine, während sie sich zu ihm umdrehte und ihn vieldeutig ansah. Dieser sonnengebräunte blonde junge Doktor – was er nur alles herzuplappern wusste! Manches kam etwas zu gelehrt und staubig heraus, fand sie zu bemäkeln, aber immerhin allerwegs komisch genug, um es interessant zu finden.
»Ich denke doch«, meinte er, »dass wir fürs Paradies bestimmt sind, Mademoiselle? Oder haben Sie vor, auf Ihrem Erdenweg künftig größere Sünden zu begehen?«
Er schritt er an ihr vorbei und nahm sie bei der Hand, um ihr die letzten Meter des Aufstiegs zu erleichtern. Was, wenn sie sich einfach fallen ließe und ihn mit sich risse? Sie tat es natürlich nicht. Bevor sie wusste, was sie weiter denken sollte, hatte er ihre Hand schon wieder losgelassen. Sie waren oben. Wehmütig kamen die gedehnten Gesänge der Goldammern aus den Ginsterbüschen. Lerchen stiegen zwitschernd auf. Mit geröteten Wangen sah sie neben ihm auf Berlin. So verwirrt wie sie selbst stand es weit dort hinten in der Morgensonne, die hier ein Dach blitzen ließ, dort eine Kirchturmspitze anstrahlte.
»Es ist schön anzusehen, nicht wahr?«, sagte Heim und atmete

tief ein. Er schien ihre Verwirrung gar nicht bemerkt zu haben. Mochte er also denken, dass die lächerliche Kletterei sie angestrengt und so erhitzt hätte.

»So lassen Sie uns in Gottes Namen nachher Ihren Einsiedler besehen!«, entschied sie, um nur irgendetwas zu bemerken.

»Es ist kein großer Umweg!«, tröstete er sie.

Mein Gott, als wenn das von Übel wäre, dachte sie. Wenn er doch ruhig eine Woche dauerte, dieser Umweg! Besser zwei.

Nachdem sie mit dem Gefährt die Hochebene erreicht hatten und Berlin tatsächlich von der Bildfläche verschwunden war, führte sie die Pappelallee schnurstracks auf Tempelhof zu, ein Dorf von zweihundert Einwohnern. Zum Schnobern des Pferdes und Rasseln des Geschirrs rauschte unablässig im seichten Winde das Blattwerk, und die Rauchschwalben schossen schwarz befrackt und schwätzend über die junge Saat auf den Feldern ringsum.

Geradine schaute verzaubert auf die hohen, schönen, dicht bewipfelten Linden, die vor den moosbewachsenen Schilfdächern der Häuser an der Dorfgasse aufragten. Im Hof von Langens Tabagie saßen zur frühen Stunde bereits einige Ausflügler auf den dunkelgrünen Bänken unterm Ahornbaum, der im Gegensatz zu den Sitzmöbeln noch ganz helles, zartes Grün trug. Am Dorfrand stand rechts die wehrhaft wirkende Kirche aus rohen Granitquadern inmitten des umfriedeten Kirchhofs. Über den Klaren See hinweg sah man die hinter dem Kirchlein stehenden Gutsgebäude. Sie bogen ab und fuhren auf den großen Hof mit seinen Kopfsteinen. Kühe muhten zum Wagengeräusch, Pferde wieherten, als sie ihren Artgenossen witterten. Die jüngst angekommenen Störche standen auf ihrem Nest. Weiter draußen auf dem Feld sah man eine späte Reisegruppe Kraniche. Justus Teyle, der Rittergutsbesitzer, begrüßte sie. Gerardine fand hier nun endlich wieder ihre Sprache und erklärte ihm, munter extemporierend, dass sie gekommen seien, um sich von der weithin gerühmten Güte der Tempelhofer Agrarproduktion zu überzeugen. Teyle merkte auf. Der Name von Beeren verhieß gute Geschäfte. Um zu zeigen, dass er sehr wohl um Gerardines verwandtschaftliche Beziehungen wusste, erkundigte er sich nach dem Wohlergehen ihres Urgroßvaters. Sein angeregter Gesichtsausdruck erlitt auch keine Schlappe, als er vernehmen musste, dass der alte Meister vom König in seinem Hauptamte verabschiedet worden war.

»Nun, ich denke, es mangelt ihm auch so nicht an Beschäftigung! Ich habe ihn stets tätig und geistig rege erlebt! Und wie geht es Ihrer Großmutter?«

Gerardine konnte ihn beruhigen, und der Doktor begann sich nun in Sonderheit für die vielen Heilkräuter im schönen Bauerngarten zu interessieren, denn er gedächte – erklärte er – in Zusammenarbeit mit der Gräfin von Beeren und dem Apotheker Klaproth einen Vertrieb erstklassiger Heiltees und Salben aufzubauen. Man beabsichtige überhaupt, so sprang ihm Gerardine fabulierend bei, eine vermehrte Anzahl von Spezereien aus dem näheren Umland im Berliner Laden feilzubieten, was größere Frische und besseren Geschmack garantiere.

»Was brauchen wir Braunschweiger Würste und englischen Schinken, wenn das Gut Tempelhof vergleichbare Qualität liefert?«

Teyle konnte diesen Ideen nur beipflichten und führte sie durch alle Ställe, um ihnen dann auf dem einfachen Holztisch an der Mauer über dem Klaren See eine so köstliche Auswahl eigener Käse- und Wurstsorten aufzutischen, dass ihnen die Idee einer geschäftlichen Verbindung überhaupt nicht absurd vorkam. Das weiße Gewölbe eines in voller Blüte stehenden Kirschbaumes überspannte den Gabentisch wie frisches Linnen. Die Blutwurst zum frisch gebackenen weißen Landbrot war phantastisch; getragen von der frischen gelben Butter war auch die harte Rotwurst ein Gedicht; der Presskopf entfaltete mit dem kräftigen

Mostrich sein unleugbares Genie und die Sülze zeigte sich über jeden Zweifel erhaben! Das hauseigene Bier hatte noch gefehlt. Ein Knecht trug eine Kanne heran und schon ergoss es sich gülden in die Becher. Die Ausflügler gaben dem stolzen Teyle Bescheid. Dass Tempelhof für die Berliner das willkommenste Ausflugsziel war, konnten Heim und Gerardine verstehen.

»Jetzt müssen wir Ihre Kirche anschauen und ein Dankgebet sprechen!«, sagte Heim inbrünstig. Gerardine und Teyle lachten dazu.

»Ohne Scherz«, beharrte Heim. »Führen Sie uns noch kurz zum Kirchhof hinüber? Ein Vorfahr von mir hat hier seine letzte Ruhe gefunden. Ich wollte schon lange einmal die Gelegenheit wahrnehmen, seinen Grabstein zu suchen.«

Sie traten durch eine kleine Tür und standen vor der trutzigen Feldsteinkirche. Vier Augen observierten gespannt die Bäume. Ein Ahorn, eine Kiefer, ein paar Birken. Gerardine lief um den Bau herum und erspähte endlich die Ulme.

»Was für eine schöne Rüster!«, rief sie und ergänzte:

»Und was für ein seltsames Grab, das sie beschattet! Ist das Ihr Urahn, Doktor?«

Heim war herangekommen, während Teyle sich an einer Begehung wenig interessiert zeigte und sich beklommen im Hintergrund hielt. Der Stein war tief eingesunken und seine Ränder wurden vom Erdboden verdeckt, der ihn gänzlich zu vereinnahmen trachtete. Er war rechteckig, länglich und völlig plan. In der Tat war keine Inschrift zu sehen. Eine dünne sandige Schicht Erde hatte sich, vom letzten Regen herangewaschen, in die Vertiefungen gelegt. Gerardine kratze ein bisschen an der Oberfläche, dann fuhr sie mit der Hand über den Stein.

»Sehen Sie das auch?«

»Schwach, aber deutlich! Lassen Sie uns meinen Ahnherrn suchen, sonst fallen wir auf. Ich fürchte, der gute Teyle hat schon Lunte gerochen und ahnt, weshalb wir wirklich hier sind. Da liegt der vermisste Akazienzweig. Etwas anderes sehe ich hier aber nicht. Auch am Baum hängt nichts Verdächtiges.«

Sie wandten sich ab. Eine ganze Reihe ähnlicher, länglicher Steine harrte noch der Entdeckung. Überall fehlte die Inschrift. Deutlicher jedoch als beim Stein unter der Ulme, an der Apotheker Ascheborn hängend gefunden worden war, stand auf allen das gleiche schlichte graphische Symbol, tief eingekerbt als unauslöschliches Zeichen: das Schwert!

»Was für merkwürdige Grabsteine sind das?«, fragte Gerardine. Der Herr Doktor war doch nicht allwissend, denn er zuckte mit den Achseln. Sie suchten noch eine Weile, um den Schein zu wahren, während Teyle, statt sich zu beteiligen, hartnäckig an der Türe zu seinem Gut stehen blieb. Plötzlich schrie Heim auf: »Hier ist er!«

Gerardine kam ungläubig näher und las: *Valentin Athanasius Heim, Apotheker, geb. 1637, gest. 1708.*

»Athanasius! Ich wusste nicht, dass du es warst, von dem ich diesen verwünschten Namen habe!«, rief Heim theatralisch genug aus, um Teyle von seinem Interesse an Ahnengräbern vollends zu überzeugen. Eilig kam der Rittergutsbesitzer jetzt heran und freute sich über diesen unverhofft wieder hergestellten Kontakt zu den Vorvätern.

»Darauf noch ein Gläschen, mein lieber Doktor!«, sagte Teyle erleichtert, und zu Gerardine: »In der Zwischenzeit werde ich Ihnen ein Probierpaket für Ihre Frau Großmutter schnüren!«

Teyle eilte voraus, während Gerardine und Heim sich Zeit ließen mit dem Nachkommen. Die Füße des untypisch Erhängten hatten auf einem Stein geruht, welchen der kaum noch sichtbare Umriss eines vorzeitlichen Schwertes zierte. Wenn das kein Zeichen war? Die Blickrichtung des Toten war: Nordwest.

»Q.e.d.«, konstatierte Heim.

»Wie bitte?«, fragte Gerardine.

»Quod erat demonstrandum – wie zu beweisen war!«
Er war und blieb ein Klosterschüler. Klosterschüler fand sie äußerst anziehend.
»Heißen Sie tatsächlich Athanasius?«
»Gott bewahre – wer immer dieser alte Knochen war, verwandt bin ich mit dem Pillendreher dort nicht. Aber einen hübschen Gefallen hat er uns erwiesen, dass er da so schön unschuldig lag.«
Wenig später fuhren sie auf der Allee in Richtung Lankwitz. Kaum waren sie an der Schäferei vorbei, holperten sie vor einem eingezäunten Baumstück auf einen kaum erkennbaren Weg. Da dieser nach einer Viertelmeile versandete, hielten sie an und gingen das letzte Stück zu Fuß.
Gerardine presste sich die Hand auf den Mund, um nicht zu lachen, denn der Eremit badete gerade. Folglich war er, als er die beiden erblickte, in einiger einsiedlerischer Verlegenheit. Die Zivilisation hielt ihn immerhin noch fest genug in ihren Klauen, dass er antirousseauische Scham empfand. Heim bot ihm mit der eigenen Jacke etwas Schutz, damit er vor der Dame aus dem Wasser steigen konnte.
Wie sich bald herausstellte, waren Eremiten sehr gesprächig. Sie hatten zur Unterhaltung eben zu wenig Gelegenheit. Nach kurzer Zeit kannten sie die Familiengeschichte der Rhodes und wussten auch, dass der berühmte Maler *nicht* in die Ahnenreihe von Carl Philipp Rhode, so des Einsiedlers bürgerlicher Name, gehörte.
»Warum leben Sie hier?«, fragte Gerardine interessiert.
»Weil es mir in der Stadt, ja selbst im Dorfe meiner Väter zu eng wird. Dort bekomme ich Herzbeklemmungen. Hier draußen ist es gut. Ich helfe den Bauern auf den Feldern und verdiene mir so mein Brot. Manchmal bedenken mich vorbeikommende Wanderer mit etwas Tabak. Mehr brauche ich nicht.«
»Und sind nie einsam? Haben keine Furcht?«

»Nein, einsam bin ich hier nicht. Sehen Sie die Bäume? Die Vögel? Auch kommen viele Tiere an den Pfuhl und trinken sein Wasser. Manchmal geht es zu wie unter den Linden in Berlin. Wenn gar keines da ist und die Bäume stumm, so genügt mir eine Wolke, die vorüberzieht, um mich an Gottes Gegenwart zu erinnern. Ich bin ein guter reformierter Christ, nicht dass Sie mich für einen Heiden halten. Ich gehe sogar an den hohen Festen zur Kirche. Was ich dann an Menschen sehe, genügt mir wieder für eine Weile. Angst brauche ich vor keinem zu haben, denn was sollte man mir nehmen außer dem nackten Leben, und das will niemand, denn es erscheint ja den meisten gar nichts wert.«

Als sie ihm, vor seiner kleinen Kate sitzend, die im Wesentlichen aus ein paar Brettern bestand, die sich an einen abgestorbenen Baum duckten, von dem Toten an der Tempelhofer Kirche erzählten, wurde er hellhörig.

»Wann war das, sagten Sie, Sonnabend? Also am neunten des Monats?«

Hatte er als Eremit denn überhaupt Vorstellungen von Zeit und Raum? Er zeigte ihnen seinen eingeritzten Baumkalender zum Beleg dafür und erklärte der interessiert lauschenden Gerardine:

»Hier draußen erlebe ich die Zeit viel bewusster, als wenn ich mein Leben auf dem Markt der Gens d'Armes verbringen würde. Den Mond und die Sterne habe ich früher nie wahrgenommen. Jetzt rede ich mit ihnen fast wie mit Brüdern und weiß stets, wie es um sie und um den Kalender bestellt ist. Daher kann ich Ihnen auch sagen, dass am Abend des neunten, zwei Tage, bevor Luna sich rundete, ein merkwürdiger Fremder vorbeizog. Viele Reiter oder Wanderer, die von Zehlendorf über Steglitz kommen und nach Tempelhof wollen, biegen ja, sobald sie den Steglitzer Fichtenberg hinter sich haben, vom Weg ab. Viel zu lange würde dieser sie erst in Richtung Mariendorf führen. Lieber ziehen sie am Krummen Pfuhl entlang hier vorüber zur Schäferei. Die Abkürzung spart gewiss eine halbe Stunde. So langte an jenem Sonnabend jener besagte Mann hier an und ließ sein Pferd vom Pfuhlwasser trinken. Er fühlte sich unbeobachtet und war daher wohl so fremd hier, dass er um mein landläufig bekanntes Dasein nicht wusste. Ich erstaunte über die sonderbare Kostümierung, die er plötzlich ins Werk setzte. Sicher, es war dunkle Nacht, doch weil dem Vollmond nicht mehr viel fehlte, sah ich genau den merkwürdigen Mantel, den er aus seiner Satteltasche holte und anlegte. Ich schloss aus den Anstalten, die er traf, dass er als Ritter zu einem späten Maskenball unterwegs sei, doch beim näheren Hinsehen schien er mir dann doch nicht edel genug gewandet für einen Ritter. Er sah eher nach einem Knappen oder niederen Edelmann aus.«

»Was ließ Sie überhaupt an derlei vorzeitliche Chargen denken?«, fragte Gerardine.

»Er trug einen weißen, weit fallenden Umhang mit einem seltsamen roten Kreuz auf der Brust, mit acht Spitzen, so wie ein Malteserkreuz, nur länger. Aber was mich an einen Ritter gemahnte – abgesehen von dem Pferd natürlich, das er nun mit einer weißen Satteldecke drapierte, die ein ebensolches rotes Kreuz aufwies –, war das Schwert, das er aus dem Gepäck zog und sich zum Beschluss der Vorstellung umgürtete. Es war spät, und ein unbeherzteres Gemüt hätte an ein Gespenst gedacht, aber dazu war das Pferd zu durstig und der Reiter zu sehr auf seine Sicherheit bedacht. Ich hütete mich, aus meinem Baumverhau zu kommen, auch wenn ich es gern getan und ihn nach dem Grund für all dies gefragt hätte. Doch fürchtete ich ein wenig, dies muss ich nun doch, einschränkend zu dem vorhin Gesagten, anmerken, das Schwert. Es war alt, ja wie aus dem gotischen Jahrhundert. Ich weiß es, da wir früher zu Hause in der Halle ein ebensolches an der Wand hängen hatten. Es war ein Tempelritterschwert!«

Heim und Gerardine sahen einander bedeutsam an.
»Können Sie den Mann beschreiben, seine Größe, seine Gesichtszüge?«
»Was sein Gesicht betrifft, so muss ich Sie enttäuschen, denn er war recht weit entfernt und es war zwar mondhell, aber doch nicht eben Tag. Sein Haar oder seine Perücke, wenn er denn eine trug, war dunkel. Sonderlich groß war er nicht, in der Tat, jedenfalls nicht höher aufgeschossen als ich.«
»Und sein Pferd? Können Sie sich an sein Pferd erinnern?«, vergewisserte sich Gerardine, die ihr kleines Notizbuch gezückt hatte und munter mitschrieb, was ihm über die Lippen sprang.
»Ein Hannöversches, tät ich sagen, ein Rappe, mit zwei weißen Fußfesseln vorn.«
»Und er ritt in seiner Ritter-Montur nach Tempelhof?«
»Genau querfeldein in Richtung auf das Rittergut des Justus Teyle. So war ich Rohde heiße!«
Sie dankten ihm und entledigten sich beim Abschied des mitgeführten Pakets, in dem er, als sie bereits in einiger Entfernung waren, die herrlichen Tempelhofer Waren fand. Es gab einen barmherzigen Gott, das wusste er ja bereits, war jedoch für diesen neuerlichen handgreiflichen Beleg dem gütigen Himmel überaus dankbar.

Nachdem sich Langustier vergewissert hatte, dass die Gehilfen in der Küche mit den Vorbereitungen begonnen hatten, war er ein Gebäude weiter ins Anatomische Theater gegangen, wo er das Glück hatte, gleich auf den Mann zu stoßen, den er suchte. Er wurde, wie es sich fürs Theater gehörte, mit den sehr pathetisch ausgerufenen Worten empfangen:
»Weiche von mir, du Angehöriger des Großkapitels von Jerusalem!«
Der Generalfeldstabsmedikus von Zinnendorf schlug demonstrativ ein abwehrendes Kreuz in die Luft über den leeren un-

tersten Rängen, als er Langustier die steile Treppe des Rundtheaters hinabsteigen und auf sich zukommen sah.
»Aber Monsieur!«, entgegnete der Ankömmling lächelnd. »Ich bin doch nicht der Teufel, sondern nur ein kleiner Freimaurermeister!«
»Das gilt dem Papst für einerlei!«, respondierte der Arzt.
Langustier zeigte Zinnendorf die Note des Prinzen, die jedem, den er befragte, Bereitwilligkeit und Mithilfe anbefahl.
»Folgen Sie mir bitte in mein Zimmer. Zur hiesigen Vorstellung kommt heute sowieso keiner mehr. Alles zieht in den Krieg, da sind Forschung und Lehre nicht mehr gefragt.«
Während sie die Treppen hochstiegen und durch die leeren Flure in das Studierkabinett gingen, sagte Zinnendorf, der Chef des Preußischen Sanitätswesens:
»Ich kann Ihnen vorab schon bestätigen, was Heim und Goercke in den Fällen zwei und drei und Kollege Theden im ersten Fall gefunden haben.«
»Was macht Theden? Wo ist er?«, fragte Langustier mit Anteilnahme, denn Theden war einer seiner Ordensbrüder.
»Er ist in Breslau und kämpft neben Schmucker gegen den Ausbruch einer Fleckfieber-Epidemie. Ziemlich hoffnungslos bei dem uniformierten Läusepack.«
»Und Sie? Müssen Sie nicht auch mit?«
Sie waren in Zinnendorfs Zimmer angekommen.
»Selbstredend. Aber erst darf ich noch des Ersten Generalchirurgus Schmuckers neueste Erfindung ausprobieren: ein Pulver zur Truppenverpflegung im Feld. Man braucht es nur in kochendes Wasser zu werfen und hat eine vollwertige Mahlzeit. Ich füttere seit vierzehn Tagen einen Leutnant und drei Gemeine von der Garde – vom ersten Bataillon des Infanterieregiments 15 – mit dem Zeug. Sie leben noch, klagen aber über …« (er nahm eine Kladde mit Einträgen und las ab:) »*Obstruktion!*«

»Genial!«, fand Langustier. »Wenn das Pulver perfektioniert und allgemein verträglich geworden ist, sind Küchenmeister überflüssig! Dann braucht ein jeder bloß noch Tüten voller Pulver zu kaufen, und schon ist er ein Suppenkoch!«

»Machen Sie keine Witze, Langustier! Der Schuss wird, Obstruktion hin, Obstruktion her, in der Röhre krepieren. Ich glaube, dass Schmucker einfach getrocknetes Fleisch klein gemahlen hat, so wie der entstehende Brei riecht. Daher wird sein Wunderpulver beim Transport in den Holzfässern Wasser ziehen und verfaulen. Aber der König hat schon angeordnet, wenn keiner der Probanden stirbt, Pulver für 60 000 Portionen produzieren zu lassen und nach dem Felde zu befördern. Na egal, ich habe meine Bedenken in einer Denkschrift niedergelegt. Da sie aber, einer Ordre unserer erlauchten Majestät zufolge, momentan nicht an den obersten Befehlshaber im Felde weitergeleitet werden darf, wird das Zeug also den Gang alles Irdischen gehen. Sei's drum. Kommen wir zu Ihrem Anliegen.«

»Haben Sie eine Ahnung, warum man Sie bei den polizeilich notwendigen Obduktionen übergangen hat?«

Zinnendorf nickte.

»Das ist doch sonnenklar: Des Königs warmer Bruder und der Polizeichef Philippi sind Tempelritter. Ich dagegen bin bloß der zwielichtige Schwede von der *schlaffen Observanz*. Die trauen mir ganz einfach nicht. Oder sie trauen mir im Gegenteil alles zu und denken am Ende gar, dass ich hinter den Morden steckte! Es ist immerhin auffällig, dass es nur strikt-observante Mitglieder der Dreiweltkugelloge getroffen hat, bisher.«

»In der Tat«, pflichtete Langustier ihm bei. »Es ist ja kein Geheimnis, dass sich Ihre, die Zinnendorfsche Maurerei, sprich: die Große Landesloge mit der *Strikten Observanz*, will sagen: der *Großen National-Mutterloge in den preußischen Staaten*, einen regelrechten Glaubenskrieg liefert.«

Zinnendorf seufzte und entgegnete:

»Lieber Bruder – auch wenn Sie zu den Wallnerianern gehören, nenne ich Sie so, denn ich halte nichts von einer Denkungsweise, die uns in Lager spaltet –, wir Maurer sind doch keine religiösen Sektierer! Als ich noch der Dreiweltkugelloge als Großmeister vorstand, hoffte ich, dass es mir gelingen würde, alles in Ordnung zu bringen und unseren Logen den Ruhm zu verschaffen, Vorbilder wahrer und vollkommener Maurer zu sein. Aber ach, wie bald sah ich mich getäuscht. Jeder Bruder tat, was ihm gut schien, jeder wollte befehlen und Regeln aufstellen, ohne selbst zu wissen, was Maurerei ist. Da habe ich mich abgesetzt und versucht, so viele Brüder wie möglich vom Abgrund des Hierosolymatischen oder Jerusalemer Großkapitels zu bewahren, wie die Templer ihre Chose nennen. Die Ritterspiele in den Logen sind dem König verhasst, das weiß ein jeder, denn er hat den Begründer des ganzen Zinnobers, den Freiherrn von Hund und Altengrottkau, wiederholt bei Strafe ermahnt, keine ernsthafte Sache daraus zu machen und die bei den Hochgraden üblichen Rittertituli zu haben oder zu vergeben. Jetzt ist der Hund schon seit anderthalb Jahren tot. Wallner führt sein Werk in eine engstirnige Direktion mit weit mehr Zielstrebigkeit und Effizienz fort, als stünden bald wieder Kreuzzüge bevor. Und die endlose Kette der Scharlatane, sich anreihend an die Johnsson, Starck, Gugomos, Schrepfer, Cagliostro, Saint Germain, die sich bis in die höchsten Ränge der Freimaurerei vorarbeiten und zahlende Anhänger für ihren Humbug finden, reißt nicht ab. Es muss jedem honetten Maurer einleuchten, gleich welcher Observanz er angehört, dass es gerade mir und den Meinen, die wir die repressive Praxis der Templer – der himmlischen Heerscharen Ihres göttlichen Wallner – strikt ablehnen. Das ist das einzig Strikte an uns. Auch dürfen Sie nicht vergessen, dass wir einen offiziellen Friedensvertrag mit den Logen der Strikten Observanz geschlossen haben!«

Langustier sagte unbeeindruckt:
»Dessen Bestimmungen werden aber höchst selten befolgt. Wann hat sich ein Bruder je um das Recht zu einem Besuch bei der anderen Seite bemüht? Das wechselseitige Besuchsrecht existiert als Paragraph, doch in der Realität bewirkt es keine größere Toleranz.«
Zinnendorf holte noch einmal tief Luft.
»Wollen Sie mir, dem lammfrömmsten unter den Logenführern, unterstellen, ich würde zum heiligen Krieg unter den widerstreitenden Systemen aufrufen? Das ist absurd, mein lieber Bruder, und das wissen Sie selbst. Den Mörder bei uns zu suchen, halte ich für Zeitverschwendung. Dann schon eher bei den Engländern, denn denen ist bald alle Anhängerschaft davongelaufen.«
»Sie meinen die Loge *Royal York de l'Amitié*, die sich nach der Aufnahme des Herzogs von York aus unserer Tochterloge *Zur Freundschaft* abgespalten hat?«
Zinnendorf schien erboster als zuvor, er brauste auf:
»Jetzt reden Sie auch schon von uns und denen! Ich bin das kleinzänkische Gehabe unter den Maurern leid! Wozu vertun wir unsere kostbare Zeit mit derartigem Geplänkel? Die Ansprüche der alten Begründer des Ordens gehen verloren. Wo sind Brüderlichkeit und Toleranz geblieben? Nur noch die Grade und die Lehrarten sind wichtig. Es ist eine Schande, die Maurerei geht vor die Hunde! Humanitas, wo bist du?«
Langustier wandte zaghaft ein:
»Ihnen, lieber Bruder, hat aber schließlich auch nicht gereicht, was Ihre einstige Mutterloge an Graden bot, als Sie den Vorsitz niederlegten. Sie hätten sich von der templerischen Richtung ja ruhig zur einfachsten dreistufigen Johannismaurerei zurückbegeben können. Warum haben Sie die schwedische Variante mit ihren zehn Graden gewählt? Das sind ja sogar noch drei Grade mehr, als die Wallnerschen Ritter haben. Und vom

siebten Grad an sind es bei Ihnen ja auch Ritter: *Ritter des Ostens*, *Ritter des Westens* usw. Von *Ritterkomturen* mit einem roten Templerkreuz habe ich reden hören. Gibt es in Ihrem schwedischen System eigentlich auch einen *Ritter des Nordwestens*?«

Zinnendorf schlug mit der Kladde auf den Tisch, dass es staubte.

»Liebster Bruder! Auch wenn dies hier die Kladde mit den schwedischen Akten wäre, so sind das alles doch nur Worte, nur symbolische Grade. Ich würde sie ohne Zögern ins Feuer werfen, wenn ich die Maurerei wieder zu einem Bündnis von aufrechten Männern gegen die Intoleranz, gegen die Tyrannei, gegen die Ungleichheit in der Welt dem machen könnte, was sie nach den englischen *Constitutionen* von 1723 sein sollte. Wenn wir uns auch Rüstungen anziehen oder Mäntel mit Kreuzen umwerfen, so ist dies alles nur ein Zeichenspiel, das uns die hehren Traditionen bewusst machen soll, in denen wir stehen. Wir weigern uns indessen strikt ... ach, dieses Wort. Ich weigere mich ganz schlicht, eine Regel zu befolgen, deren Sinn jeder Maurerei widerspricht. Dass die Höheren den Niederen befehlen sollen, dass es Geheime Obere gibt, denen man zu gehorchen hat – das ist nicht Maurerei, das ist Bandenwesen. Ich erinnere Sie an die Lehrsprüche und Eidesformeln des Verrückten Schwanenritters Gugomos, die er als gedruckte Anleitungen für die Meditation der ersten Nacht verteilte. *Wir müssen uns des Dolches gegen die Denunzianten bedienen!* Die Offizialen und Bedienten mussten den Eid der Verschwiegenheit leisten und eine Bittschrift in lateinischer Sprache an die Oberen um Zulassung richten, in der sie auch versprachen, sich den Befehlen des Heiligen Stuhls bedingungslos zu unterwerfen. Der reinste Irrsinn.«

»Da haben Sie Recht«, stimmte Langustier ihm zu. Zinnendorf hatte sich wieder beruhigt und sagte:

»*Ritter des Nordwestens* gibt es bei uns nicht, denn das wäre

ja wohl auch weidlicher Unsinn. Im Nordwesten herrscht dauernde Nacht. Diese Richtung wäre schlimmer noch als der ewige Osten, der ja den erfüllten Tod bedeutet. Nordwest hieße symbolisch *verheerende Torheit*, wenn Sie so wollen. Mit einem *Ritter vom Nordwesten* wäre folglich keinerlei Staat zu machen.«
Er schwieg für einen Augenblick, um schließlich anzufügen:
»Wenn ich es genau bedenke, hätte ich doch einen Kandidaten für Sie. Haben Sie sich eigentlich jemals bewusst gemacht, dass die *Afrikanischen Bauherrn* nicht anderes beabsichtigen, als durch die Erforschung der Geheimnisse der Freimaurerei selbige zu vernichten?«
»Ach? Nein, das ist mir noch nie so drastisch erschienen. Der Kriegsrat Koeppen ist ein so feiner Mensch. Wo wir schon einmal dabei sind: Es soll eine neue Gruppierung geben, die sich *Illuminati* nennt oder *Illuminaten*. Wissen Sie mir von denen auch ein Schauermärchen zu berichten?«
Zinnendorf lachte.
»Vermehrung der Sittlichkeit, innere Vervollkommnung, Verwirklichung der Glückseligkeit auf Erden – das alles klingt mir wie eine phantastisch zugestutzte Fortbildungsschule für katholische Jünglinge, die sich vom Drucke der Jesuitenerziehung befreien und an selbständiges Denken heranwagen wollen. Ein vergrämter Jesuitenschüler in München soll der Gründer sein, ich glaube, Weißkopf heißt er. Ist er aber ein Erleuchteter? Von wegen, ein Verkünder gut gemeinten Blödsinns, dem keine lange Dauer vergönnt sein wird, ist er. Ein Marquis von Constanzo suchte mich am Rande des Wiesbadener Konvents auf und gedachte, mich zum Präzeptor dieses seltsamen Zwitterordens für die nördliche Welthalbkugel zu erheben. Ich lachte ihn aus, denn dergleichen neue Orden brauchen wir freilich nicht. Um einem Bekannten von mir einen Streich zu spielen, wies ich ihn zu diesem. Er hatte aber auch bei Wallner kein Glück. Weiß der Kuckuck, bei wem er schließlich Erfolg hat, wer letztlich so

wenig erfahren ist im Umgange mit Menschen, dass er sich beschwatzen lässt, für andere die Drecksarbeit zu machen.«
Sie lachten.
Langustier entschuldigte sich für die Unordnung, die er in des Doktors Tagesablauf gebracht hatte.
»Ich bitte Sie, Monsieur, das war eine nette Abwechslung. Von jetzt an bis in die Nacht werden mich die Wehwehchen der versammelten potentiellen Deserteure da draußen in Atem halten. Ich wünsche Ihnen, dass Sie in Ihrer trüben Sache Sukzess haben, den Mörder abschäumen werden, der hinter den ausgekochten Taten steckt!«
Das war schön gesagt, fand der reaktivierte Hofküchenmeister in Rente und eilte um kurz nach acht über den Innenhof des Großen Stalles zu der Wache der Gens d'Armes, wo er Distel nach Neuigkeiten fragte. Man war jedoch so gut wie keinen Schritt weiter gekommen.
»Haben Sie einen Anhaltspunkt, was die drei Opfer verband? Außer ihrer Mitgliedschaft in verschiedenen Tochterlogen derselben Freimaurer-Großloge?«
»Bisher nicht. Ascheborn hatte keine Angehörigen, genau wie Brandes. Scheels Frau hat ausgesagt, dass beide an ihrer Hochzeitsfeier teilgenommen hätten. Ihr Mann habe öfters mit ihnen zusammengesessen in letzter Zeit. Sie hätten immer sehr lange und angeregt bis tief in die Nacht konferiert. Seien auch mehrfach miteinander unterwegs gewesen, in höchst geheimen Missionen, wie sie sich dunkel ausdrückte. Sie habe von alledem nichts begriffen. Es ging um Orden, sagte sie, und war ganz verwundert; warum sollte ihr Mann einen Orden bekommen?«
»Heilige Unschuld. Dann wird es zu nichts führen, sie noch einmal zu befragen?«
»Wohl kaum, fürchte ich. Wir haben Scheels, Ascheborns und Brandes' Hinterlassenschaft gründlich untersucht. Unter den Büchern viel Alchemistisches, Rittergeschichte.«

»Ich habe meine Urenkelin und Heim nach Tempelhof ausgesandt; vielleicht entdecken sie noch etwas, was uns weiterhelfen könnte.«
»Ich hoffe es, denn es sieht nicht sehr rosig aus.«
»A propos und gewissermaßen *sub rosa* gesprochen, oder unter allen sieben Siegeln der Verschwiegenheit, wenn Sie so wollen: Der Weimarer Großherzog, sein Kammerherr und sein Wirklicher Geheimer Legationsrat sind insgeheim hinter dem Stifter und Proselytenmacher eines Schwindelordens her. Der Prinz erwägt eine Großrazzia, wovon ich ihm jedoch abriet. Können Sie mir Zugang zur aktuellen Fremdenliste verschaffen?«
Distel zog einen mehrfach gefalteten Papierwisch aus der Rockinnentasche.
»Hier ist sie. Habe sie mir vorhin beim Stadtkommandanten ausgeliehen, da ich Ihre Frage kommen sah. Besondere Hinweise auf suspecte Individua sind nicht eingegangen. In den Gasthöfen hat niemand Zeit, seine auswärtigen Gäste besonders zu observieren und darüber Berichte zu erstatten.«
Langustier überflog die eher kurze Aufstellung. Der Freiherr von Gugomos war nicht verzeichnet, ebenso wenig ein Pseudonym, das ihm oder seinesgleichen wohl anstünde. Keinerlei auffälligen, sofort erkennbaren Incognitos, bis auf diejenigen der Weimarer, waren dabei zu bemerken. Langustier sagte:
»Ich werde noch einen Hausbesuch beim Führer der *Afrikanischen Bauherrn* machen.«
Distel fragte verblüfft:
»Afrikanische was? Ich glaube nicht, dass Mohren in der Stadt sind.«
»Ich erkläre Ihnen ein andermal, worum es sich handelt.«
Halb zehn, verkündeten die Turmuhren mit zwei Schlägen. Langustier dachte an die Küchenhelfer. Er musste dringend nach seiner Truppe sehen. Hatte die Mamsell Amsel, die, so schien es, nicht glaubte, dass ältliche Küchenmeister wie Lan-

gustier überhaupt noch gerade aus den Augen blicken konnten, die Lauchjuliennes fein genug geschnitten? Hatte der Gehilfe Grünling die Austernsauce mit Zitronensaft auch zum nötigen Säuregrad hin befördert? Waren die grünen Bohnen vom Küchenjungen Rungel gehörig abgeschreckt worden, damit sie ihre Farbe behielten?

Es war alles im Lot: Man hatte ihm tatsächlich gut vor- und zugearbeitet. Bouillon und Lauchjuliennes waren akzeptabel. Auch Austernsauce und Bohnen fanden Langustiers Billigung. Ein paar Brissoles und Kroketten bereiten, Saucisses oder Würstchen heiß machen und Perlgraupen in die köchelnde Fleischbrühe schütten, das sollte auch ohne ihn zu bewältigen sein. Ab zwölf würde er sich dann dem Rehrücken und den Zanderpastetchen persönlich zuwenden können. Glücklicherweise hatte Prinz Heinrich eine etwas entspanntere Zeiteinteilung. An seiner Tafel war es Sitte, erst um Viertel nach ein Uhr zu Tisch zu bitten.

Langustier setzte sich in Maries kleine Kutsche und steuerte rasant um den Großen Stall herum durch die Letzte Straße in die Friedrichstraße, fuhr diese immer geradeaus über die Weidendammbrücke bis zur Linienstraße, bog rechts ab und rollte vor bis zum Hamburger Tor. Um zehn langte er beim Kriegsrat Koeppen an. Als die Tür des schmucken zweistöckigen Hauses mit seinem aufwändigen Figurenstuck auf halber Höhe des Mittelrisalits aufging, stand Langustier unversehens dem jungen Herrn von Kamecke gegenüber. Dieser fand als Erster die Sprache wieder.

»Ich hätte nicht gedacht, Monsieur, dass Sie zur Konkurrenz überlaufen. Aber es freut mich natürlich.«

»Im Gegenteil, Monsieur«, erwiderte Langustier. »Ich bin es, der erstaunt ist. Wer konnte ahnen, dass Sie dieser illustren Gesellschaft zugehören. Sind Sie denn ein Feind der konventionellen Maurerei?«

Von Kamecke lächelte unbeholfen.
»Feind der Maurerei? Aber ich bitte Sie! Die Kritik, die wir an der Strikten Observanz üben, betrifft nur ganz bestimmte Rituale wie den Ritterschlag. Diesen auszuführen war nur den echten Altvorderen des ursprünglichen Templerordens gestattet.«
»Die Herren sollten hereinkommen, derlei ist nichts für profane Ohren!«
Der Kriegsrat Koeppen, eine vierschrötige Figur in einem violetten Umhang, nötigte die beiden ins Haus. Er begrüßte Langustier, der begierig war, von Kameckes Erklärung noch zu Ende anzuhören, bevor er dem Hausherrn seine Fragen stellte.
»Theoretisch sind wir, der geehrte Großmeister wird meine Worte korrigieren, eine Forschungsloge, die sich mit den Quellen und Urgründen der Maurerei beschäftigt, um an die Stelle ihrer scheinbaren Geheimnisse die wirklichen zu setzen. Wir greifen nicht zu den Waffen, um die Freimaurer der anderen Orden zu beseitigen. Sie können dies am eigenen Leibe spüren, denn Sie werden dieses Haus durchaus lebend wieder verlassen.«
Koeppen lachte. Der junge von Kamecke verabschiedete sich, und Langustier, nicht recht in der Stimmung für Heiterkeitsausbrüche, konnte nichts dagegen unternehmen. Verdammt, er sah in dieser Angelegenheit nicht klar. Von Koeppens Erläuterungen der Egyptischen Maurerei, wie er sie in seinem Orden propagierte, blieben für ihn ebenfalls undurchsichtig. Er hatte ja nun bereits mehrere Hochgradsysteme zumindest in der Theorie kennen gelernt, doch bisher war ihm keines plausibel erschienen. Es waren nichts als willkürliche Abfolgen von Rängen, an ebenso beliebige Bezeichnungen geknüpft. Wenn man ein bisschen im Symbolgeäst bohrte, fielen die Zweige vom Baum. Es ging ihm mit dieser Bauherrngeschichte nicht anders. Die Vereinigung wies sieben Grade auf: schottischer Lehrling, schot-

tischer Bruder, schottischer Ritter sowie drei weitere Ritterstufen. Es waren nur Künstler und Gelehrte zugelassen, was dem obersten Afrikaner bzw. Egypter, dem Kriegsrat selbst, gewissermaßen die Berechtigung entzog, Mitglied seines eigenen Ordens zu sein. Es durfte nur Latein gesprochen werden. Ein Wunder, dass es überhaupt genügend Brüder gab, um die 15 Beamtenposten zu besetzen, fand Langustier. Die Beamtenhierarchie war das Interessanteste an den *Afrikanischen Bauherrn*, denn sie wies sehr wohlklingende lateinische Titel auf: *Thesaurarius* für den Hüter des rituellen Wortes, *Grapharius* für Schreiber, *Drapiarius* für den Kostümverwalter. Der violette Kriegsrat war von seinem System überzeugt und begründete es, so gut er konnte. Langustier schielte verstohlen auf seine Uhr.

»Der erste Grad beweist, wie sorgfältig die alten Egypter die Wahrheit und Weisheit aus Furcht vor dem Pöbel in redende Figuren einzukleiden wussten, und überzeugt uns, ob die Ordensbrüder furchtsam sind. Der zweite …«

»Da Sie gerade *Egypter* gesagt haben, Monsieur … bitte missverstehen Sie mich nicht, ich finde das alles hochinteressant, doch ich habe einen sehr engen Zeitplan heute morgen. Nach dem unverhofften Vergnügen, von Ihrem jungen Ordensbruder bereits über die Friedfertigkeit ihrer Vereinigung in Kenntnis gesetzt worden zu sein, erübrigen sich eigentlich weitere Fragen zu den Ermordeten; dennoch würde mich interessieren, ob Sie die drei Herren kannten?«

»Vom Sehen den Postsekretär Brandes, den Apothekergehilfen Ascheborn kannte ich noch als gestandenen Geschäftsmann. Dann hat ihn ja leider die Alchemie ruiniert. Den dritten, ich habe mir seinen Namen nicht gemerkt, kannte ich nicht.«

»Was wissen Sie über einen angeblichen Sendling der *Egyptischen Maurerei*, der momentan in der Stadt sein soll? Hochgestellte Personen wünschen sich mit ihm zu treffen und wüssten gern mehr über ihn.«

Koeppen lachte höhnisch.
»*Egyptische Maurerei*, ein rechter Firlefanz! Ich habe tatsächlich davon gehört, und nicht zum ersten Mal, denn mein System wurde oft damit verwechselt. Und ich habe mit dem Urheber dieser Idiotie bereits einmal gesprochen, wenn ich mich nicht irre, aber das ist schon zwei, drei Jahre her. Ist er also wieder da? Er wohnte im allerbesten Quartiere, einer geräumigen Suite im *König von Portugal*. Ich glaube mich zu erinnern, dass er seinen Namen mit Aymar Marquis de Bedemar angab. Er war ein Greis, noch sehr kräftig und etwas zu beleibt – o pardon, Monsieur: auf eine ungesundere Weise als Sie, wenn Sie mir die Beschreibung nicht verübeln –, der sein Alter und Vaterland beredt zu verschleiern verstand. Er behauptete, das Geheimnis zu besitzen, Gold und sogar Diamanten zu machen. Er lebt seinen eigenen Phantasien zufolge, was noch viel schöner war, seit ich weiß nicht wie viel hundert Jahren; er hält sich für eine Art ewigen Juden und ist immerhin ein erstaunlicher Mensch, der alle europäischen Sprachen in völliger Vollkommenheit beherrscht. Ich kann es beurteilen, denn ich habe ebenfalls dieses Talent. Dieser Marquis bewohnte seine Suite mit zwei Bedienten. Draußen vor der Tür in der Burgstraße, vis-a-vis vom Schloss, wartete den ganzen Tag ein angespannter Mietwagen, dessen Fahrer sehr guten Lohn bekam, wenngleich für rein gar nichts außer fürs Warten, denn der Marquis fuhr niemals aus. Von Hordt, den der Marquis stets nur *mein Sohn* nannte, suchte ihn als alten Bekannten auf und lud ihn dringend zum Diner ein.«
»Von Hordt? Welchen meinen Sie?«, fragte Langustier.
»Den alten, er war damals einmal gemeinsam mit mir bei dem Marquis, der die Angewohnheit hatte, nie einen Besucher allein, sondern immer deren zwei gleichzeitig zu sich zu bitten. Als einmal die Prinzessin Amalie seine Bekanntschaft zu machen wünschte, erschien er pünktlich in ihrem Palais. Der anwesende Hofzeremonienmeister und Ordensbruder von Pöllnitz, der

damals noch lebte – es muss daher doch vor drei Jahren gewesen sein –, sagte mir, was die Hoheit den Greis fragte: *Aus welchem Lande sind Sie, Herr Marquis? Ich bin aus einem Lande, Madame, wo niemals ein Geschlecht von fremder Herkunft geherrscht hat.* In ebenso rätselhafter Weise und sehr geschickt ausweichend beantwortete er sämtliche Fragen der Prinzessin, so dass diese zuletzt ganz verlegen wurde und ihn entließ, ohne etwas aus ihm herausgelockt zu haben. Seinen wohl mystischsten Spruch tat er im Opernhause, als gerade die *Marianne* aufgeführt wurde.

Einigen Damen, die bei der Geschichte heiße Tränen kamen, sagte er: *Wie würden Sie erst weinen, meine Damen, wenn Sie, wie ich, sie persönlich gekannt und gesehen hätten! Wie liebenswürdig, geistvoll und schön sie doch war!* Dies erscheint bemerkenswert, denn Marianne, die Heldin, ist immerhin die Gemahlin von Herodes dem Großen gewesen.«

Langustier kicherte.

»Von der Leidenszeit Jesu Christi soll er gesagt haben: *Er war selber schuld; ich hatte ihm ja vorausgesagt, es würde ein schlechtes Ende nehmen, wenn er nicht von seinem Plan abließe.* Als ich nun mit dem französischen Gesandten, dem Marquis de Pons-Saint-Maurice, über den sonderbaren Menschen sprach, gab er mir eine sehr geistreiche Ansicht zum Besten, der ich mich nur anschließen kann: Ein als Sonderling veranlagter Mensch beschließt, eine außerordentliche Rolle in der Welt zu spielen, um alle Leute in Erstaunen zu setzen und allgemeines Aufsehen zu erregen. Ich nehme an, dass dieser Mann Geist, Kenntnisse und große Ausdauer besitzt, dass er es versteht, einen dichten Schleier über seine Absichten zu breiten, und dass er sehr schlagfertig ist. Er hat ein mittelmäßiges Vermögen, sagen wir zwanzigtausend Livres Rente. Wie muss nun dieser Mensch sich benehmen? Er darf nie von seinem Alter, von seinem Heimatland, von seiner Familie, von seiner Person sprechen. Er lebt ein paar Jahre sparsam und legt einen hübschen Teil von seinen Einkünften zurück. Dadurch bekommt er ein flüssiges Kapital, das er bei soliden Bankiers hinterlegt. Lassen Sie ihn zum Beispiel nach Berlin kommen, während seine Gelder in Leipzig lagern. Ein Berliner Bankier erhält von dort den Auftrag, ihm zwanzigtausend Livres oder mehr auszuzahlen. Er empfängt sie und schickt die Summe sofort an ein Hamburger Bankhaus, von dem er es bald wieder zurückzieht. Dasselbe Spiel treibt er mit einigen Bankiers in Frankfurt und andernorts. Immer geht dasselbe Geld hin und her. Das kostet ihn nur das Porto und eine kleine Bankprovision, aber er erreicht damit seinen Zweck, denn die Leute wissen nun, dass er aus allen Windrichtungen sehr bedeutende Summen empfängt. Für sich selbst macht er wenig Ausgaben, was das Rätselhafte seiner Person noch erhöht. Wundergeschichten, die man sich von solchen unbekannten Menschen wie dem Marquis erzählt, beruhen meist auf sehr einfachen Grundlagen.«

Zwei Glockenschläge von der Sophienkirche her ließen Langustier erbleichen: Urplötzlich war es halb zwölf. Wie war die Zeit verflogen? Eilig verabschiedete er sich. So schön und interessant auch alles gewesen war, was der Kriegsrat ihm da erzählt hatte, so war es doch nur eine alte Geschichte. Der Marquis de Bedemar war niemand anderer als der Schwindler St. Germain gewesen. Aber die netten Histörchen hatten ihren Reiz gehabt.

Der Wirkliche Geheime Legationsrat Wolfgang Göthe ging derweil neben einem Offizier, der sich als Führer angeboten, durch die Stadt. Alles geriet in Bewegung – wie es der Begriff *Allgemeine Mobilmachung* denn auch nicht anders erwarten ließ. Die Regimenter sammelten sich in Berlin, bevor sie als Teile der Armee des Prinzen Heinrich, die insgesamt rund 69 000 Mann stark sein würde, zu ihren Einsatzorten nach Sachsen abzögen. Bei einer Gruppe, die gerade üble Schläge eines Vorgesetzten kassiert hatte, trat Göthe näher und fragte entrüstet, aber doch mit der Einfalt des landesfremden Touristen, ob das denn nicht eine unbillige Schmach für sie wäre? Man antwortete ihm lachend:

»O, hier in Preußen ist es keine Schande, Prügel zu bekommen. Geprügelt zu werden, das ist hier fast wie eine Auszeichnung.«

Sofort wirbelte ein junger Offizier heran und holte seinen Stock hervor, um diesen losen Worten eines einfachen Geprügelten an einen vornehmen Mann die nötige Quittung zu verabreichen. Der Begleit-Offizier des Wirklichen Geheimen Rats, bei dem sich dieser entrüstet über die rüde Behandlung der Männer äußerte, sah ihn ebenfalls etwas herablassend und milde lächelnd an und sagte:

»Sie haben durchaus keine große Ursache, darüber zu klagen, mein Herr, denn das geht nun einmal nicht anders! Da ich nicht weiß, in welchem friedlichen Lande Sie leben, will ich es Ihnen erklären: Diese Lumpen sind die größten Verbrecher, die Sie sich vorstellen können! Schlingel sind's, Canailles, Racailles, Hunde und Kroppzeug! Wenn wir nicht so strenge mit ihnen wären, würde man Sie glattweg in Ihrem Hotelzimmer ermorden. Ein Drittel unserer Armee besteht aus gepressten Taugenichtsen, die man nur mit der Fuchtel im Zaum halten kann.«

Göthe stand sprachlos und musste zusehen, wie der kaum fünfzehnjährige Junker dem über fünfzig Jahre alten Grenadier, der ihm geantwortet, ungezählte Schläge auf Arme und Schenkel verabfolgte. Dem Kerl liefen die Tränen über das Gesicht, aber er durfte nicht wagen, auch nur einen Ton oder, noch schlimmer, ein Wort laut werden zu lassen. So funktionierte also das berühmte preußische Militärwesen. Der Weimarer war auf dem Weg zum einzigen Berliner, den er von früher her persönlich kannte, dem Operettenkomponisten Johann André. Er traf diesen emsigen Mann in einem Berg von Arbeit an, denn er war mit den letzten Korrekturen seiner Schauspielmusik *Laura*

Rosetti beschäftigt, die am nächsten Sonnabend uraufgeführt werden sollte. Dem Besucher war dies keineswegs unliebsam. Nach den schauderhaften Szenen auf der Straße genügte es Göthe, still dazusitzen und dem Bekannten bei seiner im Grunde unsichtbaren Tätigkeit, dem Komponieren, zuzuschauen. Es war noch schrecklich lange hin bis zum Essen. Entgegen seiner sonstigen Verschlossenheit sprach er äußerst leutselig mit einem jungen Mann, der sich als Andrés Kompositionsschüler vorstellte. Deutschland strömte über vor schöngeistigen Jünglingen, die sich in ihrer jeweiligen Kunst für berufen hielten. Dieser Musiker war es vielleicht sogar. Er entstammte der Hofmeisterfamilie von Kamecke.

Es war schon zwölf durch, als Langustier endlich in der Küche des Prinz-Heinrich-Palais' vorm Herd stand. Die Küchenmannschaft hatte Freudenseufzer ausgestoßen, als er mit fliegenden altrosa Rockschößen eingetroffen war. Sie waren gerettet! Während er in einer großen Bratkasserolle reichlich Butter zergehen ließ, den Rehrücken in die Mitte und Zwiebeln, Suppengrün, Lorbeer und Petersilie nebenan legte, ihn als Hauptdarsteller der kulinarischen Matinee in der Butter wendete und in den heißen Ofen schob, wo er eine halbe Stunde zu verbleiben hatte, zogen ihm die absonderlichsten Mutmaßungen durchs vom Bratenduft angeregte Gehirn. Die Merkwürdigkeiten, die er gesehen, wollten sich nur schwer in ein stimmiges Gemälde fügen: Probiergläschen mit Froschlaich, eine seltsame schriftliche Erklärung, Fetzen eines Dramas, die auffällige Gleichförmigkeit der Lage der Toten, geknickte Robinienzweige, eine tote schwarze Katze, ein Logenabzeichen, ein Löwenkopf mit Inventarnummer. Das Wort *Cuculus*. Die Pastetchen waren vorgebacken und wurden nun mit dem moussierten Zander samt Sahne, Kräutern und Zitronenspelzen gefüllt. Drei Leichen, drei Tatorte, doch vermutlich derselbe Täter – eine Unmenge von Hinweisen, ein Wust von Spuren, als wäre eine ganze Horde wilder Tiere durch frisch geharkten und feuchten feinen Sand gelaufen. Leider waren diese Tiere den Zoologen aller Welt sämtlich völlig neu und unbekannt, so dass man mit ihren hübschen Spuren nichts anfangen konnte, um im Bilde zu bleiben. Durch welches Raster war Ordnung in das Chaos der Zeichen und Symbole zu bringen, überlegte Langustier beim Zudeckeln der Töpfchen aus Feuilletage.

Man könnte zum Beispiel, dachte er, zwischen den Dingen unterscheiden, die sich an allen drei Orten vorfanden und solchen, die sich nur an zweien oder an einem gezeigt hatten! Wiederkehrend waren folgende Tatsachen zu nennen:

1. die Mordopfer hingen atypisch am Baum
2. der Strang war »bestenfalls« mittelbare Todesursache
3. zur Unterlage der Opfer diente ein Stein
4. die Füße zeigten in Richtung Nordwesten
5. es gab bedeutungsvolle Beigaben und Zeichen
   a) gleiche: Robinienzweig, geknickt, markierte den Tatort (?)
   b) einmalige: schwarze Katze, Löwenkopf, Kreideaufschrift *Cuculus*
   c) zweimalige: Totenhaupt, Bibel
6. die Ort des Verbrechens gelten als geheimnisumwittert
7. Tatzeit: in der Nacht (?)

Langustier war davon überzeugt, dass auch am Ort des ersten Verbrechens der Robinienzweig gelegen hatte; dennoch vermerkte er diesen Punkt in Gedanken unter Vorbehalt, ebenso wie die Nacht als vermutlich stets gleiche Tatzeit – bei aller Ungenauigkeit, die dieser Angabe ohnedies inne wohnte, wusste er doch, dass die Todeszeit sich nur selten mit wissenschaftlichen Methoden exakt bestimmen ließ. *Rigor*, *algor* und *livor mortis* genügten keiner kriminalistischen Anforderung an die Genauigkeit. Die letzte Mahlzeit von Brandes etwa war ein nützlicher *terminus ante quem*, die Fundzeiten der Toten jedoch sämtlich ziemliche nutzlose *termini post quem*. Nur bei zweien der wiederkehrenden Einzelheiten getraute er sich, vor dem hohen Richterstuhle der eigenen Raison mit einiger Vorsicht eine Vermutung zu äußern. Erstens: Ein Akazienzweig bezeichnete den Ort des toten Hiram in der Freimaurerlegende. Alle Opfer hatten den Meistergrad im Orden der Freimaurer erreicht. Dass die Scheinakazienzweige geknickt waren, könnte heißen, dass es tote Meister waren. Das war freilich eine Trivialität. Was bedeutete der Akazienzweig im übertragenen Sinne? Die Seele, den Geist, die Überwindung des Todes. Hm, was kam heraus, wenn man die Überwindung des Todes knickte? Der reine Tod. Die Negation von Unsterblichkeit. Die Verneinung von unsterblicher Seele und unendlichem Geist. Das passte – zweitens – hervorragend zu der Generalrichtung Nordwesten. In dieser Himmelsrichtung lag im Tempel ein Gebiet ohne Geist und Seele, wo statt des ewigen Lichtes nur die absolute Dunkelheit herrschte. Wie hatte Zinnendorf gesagt: *Nordwesten* hieß *verheerende Torheit*. Die Pastetchen verschwanden im Ofen, in dem eine geradezu nordwestliche Dunkelheit herrschte; eine höllische Hitze sowieso. Halb eins war es. Scheiben von Zitronen und Apfelsinen, eine Tomate und Wildessenz – reduzierte Wildkraftbrühe, mit Madeira aufgekocht – kamen zum Rehrücken, nachdem er aus seinem Speckmantel geschlüpft war. Bratenfond wurde nun beständig im Fünfminutentakt mit einem Löffel aufgenommen und über dem Fleisch ausgegossen. Langustiers Gedanken kondensierten wieder und rannen förmlich an der Innenseite des Schädels herab. Hatten die entlegenen, ausgefallenen Orte, die altarartigen Opfersteine, eine Bedeutung? Die gleichartige Drapierung aller Opfer war so augenfällig, dass die Absichtlichkeit der Zurschaustellung kaum der

Betonung bedurfte. Das passte zur Belanglosigkeit der jeweiligen Todesart. Im Erwürgen, im Erschlagen, im Erstechen lag die Beliebigkeit selbst. Daraus war nur ersichtlich, dass sich Täter und Opfer jeweils sehr nahe gekommen waren. Hinweise auf die Beweggründe ließen hier nicht sich finden. Der Vollstrecker hatte die Leichen in einer immer gleichen Weise ausgestellt. Die darüber hinausgehenden Beobachtungen und Funde aus dem Umfeld der Tatorte standen mit den Verbrechen zweifellos im Zusammenhang und verrieten sicher Mannigfaches über Täter, Opfer und Beweggründe: die Probiergläschen mit Froschlaich, die verbrannten Papiere, die Erklärung des Getöteten, die von Geradine entdeckte »Altar«-Dekoration und schlussendlich die geheimnisvolle Konferenz im Schlosse des Grafen von Hordt kurz vor dem zweiten Mord.

Langustier versuchte noch einige Momente, die Blockade im Kopf aufzuweichen, doch die Arbeit für die Tafel ließ ihm keine Zeit mehr. Der Rehrücken war mit Schmand einzustreichen und bei geringerer Hitze weiter zu garen. Derweil konnte die Sauce durch ein feines Sieb passiert und mit etwas Rotwein wieder zurückgegeben werden; bis zum Auftragen würde sie dicksämig einkochen und mit Salz und Pfeffer würzig abgeschmeckt werden. Er hatte bereits begonnen, auf einem Teller eine kleine Pyramide aus Pfeffer, geriebener Muskatnuss und Ingwer anzuhäufen, als Mamsell Amsel ihn im letzten Moment mit einem Schreckensschrei darauf hinwies, dass der Prinz keinerlei Gewürze vertrug! Er hatte im Eifer des Gefechtes für kurze Zeit gänzlich vergessen, für wen er *nicht* kochte, für den gewürzfanatischen König nämlich.

Das Eintreffen der Gäste wurde gemeldet. Seine Königliche Hoheit gaben das Zeichen zum Beginn. In seiner Geistesversunkenheit hatte Langustier Grünlings Austernsauce nicht mehr gekostet. Ein stirnrunzelnder Test beruhigte ihn jedoch in letzter Sekunde. Ebenso verhielt es sich mit der Brühe der Mamsell, sie war wunderbar. Raus damit! Die in der Küche Zurückbleibenden kannten ihre Aufgaben. Zu verderben war wenig. Pünktlich um viertel nach eins wurden Bouillon und Zanderpastetchen aufgetragen, von Langustier in den Speisesaal begleitet, wo der Prinz und seine Gäste bereits sehnsüchtig auf diesen Auftritt warteten. Der Weimarer Herzog grüßte den ehemaligen Zweiten Hofküchenmeister des Königs durch eine mikroskopische Vorneigung des Kopfes, sein Kammerjunker von Wedell verzog keine Miene. Göthe verneigte sich leicht gegen den Eintretenden, ebenso der Graf von Lehndorff, Karl von Hordt, der Rentmeister Wallner und der Generalfeldstabsmedikus von Zinnendorf. Der Prinz von Anhalt-Dessau, der Prinz Ferdinand, dessen Sohn in Bärbaums Obhut aufwuchs, und zuletzt der Hausherr selbst blickten ihn immerhin freundlich bei sonst unbeweglichen Gesichtern an. Sogleich bekamen sie es mit den beiden Schüsseln des ersten Ganges zu tun. Lehndorff versuchte, mit Göthe ins Gespräch zu kommen, tat sich dabei jedoch äußerst schwer. Sei's aus Unsicherheit, sei's aus Hochmut, kehrte der Wirkliche Geheime Legationsrat sehr den Staatsbeamten hervor. Im kurzen Gespräch mit dem Prinzen Heinrich machte er nicht die vorteilhafteste Figur, denn als dieser ihn fragte, ob in den Archiven von Weimar nicht Briefe des berühmten Weimarischen Fürsten Bernhard existierten, welcher zur Zeit des Dreißigjährigen Krieges regiert hatte, da behauptete er, es gäbe keine, wohingegen sich sein regierender Fürst einigermaßen vom Gegenteil überzeugt gab. Wenngleich im Äußeren gar nicht einmal degoutant und sehr adrett von des Neffen Ungestalt abstechend, hatte dieser junge Mann vom Inhalte des Familienarchivs der ihn besoldenden Herrschaft nicht den Nebelstreif einer Ahnung. Prinz Heinrich verschwendete ab sofort kein weiteres Wort an diesen Bürgerlichen, der ohnehin schon Glück genug gehabt, in seiner Gegenwart einmal den Mund zu etwas anderem aufmachen zu dürfen als zum Essen.

Der Prinz aß in betont schneller, unappetitlicher Art, des Öfteren die Finger statt des Besteckes benutzend. Er trank wenig, während seine Gäste sowohl den Speisen als auch dem Weine erfreulich gleichmäßig zusprachen. Selbst Göthe, dem die eigene Unbedarftheit in Archivfragen gar nicht bewusst geworden war, entwickelte einen gehörigen Appetit. Er wirkte während der ganzen Zeit, als dächte er an etwas ganz anderes. An eine Frau? Langustier hatte dafür einen Blick. Sicher war es die von Stein! Kalauerkönig Nicolai, das Lästermaul, hatte Göthe einmal *steinerweichend* genannt. Das Gespräch führte eine Weile vorsichtig tastend um den heißen Brei des Militärischen herum. Der Weimarer Herzog konnte seine Neugier kaum bezwingen. Wie würde der Onkel sich entscheiden? Würde er in die Kriegslust des Großen Bruders einschwenken? Man war bereits bei den Kuchen angelangt, als der Prinz etwas gesprächiger wurde und von sich aus erklärte:

»Ich habe, hmnjä, Sr. Königlichen Majestät gesagt, dass ich es für falsch hielte, die verhandlungsbereiten Österreicher barsch vor den Kopf zu schlagen. Sie sehen, mit welchem Ergebnis. Tjäjä. Majestät haben darauf gewettet, dass jetzt, während wir hier sitzen und diesen – lieber Meister – vortrefflichen Kuchen genießen, bereits die halbe österreichische Armee im eigenen Blute läge. Mjäjä. Mein Bruder Friedrich hat verloren, und was ich gewann, das tranken wir zum – Monsieur, sollte ich mich wiederholen, so möge es Ihnen keinen Schmerz bereiten – grandiosen Rehrücken. Jäjä!«

Die Herren intonierten Heiterkeit. Langustier fühlte sich den Umständen entsprechend geschmeichelt und strahlte wie ein Honigkuchenpferd. Die seltener werdenden Tafelauftritte vermisste er zuweilen schon ein wenig.

»Der König antwortete, mjä, dass es ihm weniger um Eroberung oder Vergrößerung seines Landes gehe, sondern um die Niederdrückung der österreichischen Bestrebungen, welche Ge-

fahr liefen, im Reiche zu einer bleibenden Despotie auszuarten. Hümnjä. Dies scheint mir alles sehr großherzig und edel gedacht, doch ich sehe die Rechnungen, die dafür aufgestellt wurden: 37 Millionen Taler, allein 88 000 Zentner Pulver.«
Den Herren stockte kurz der Kuchen im Hals. Sie spülten mit vom König bezahltem Wein nach.
»Ich sehe, dass in Kürze alles, was unser Staat an Kostbarem hat, Glück und Zufall überlassen wird. Die Güter, das Leben, der gute Ruf, der Ruhm, hmjä, die Sicherheit der Gesellschaft ...«
Der Kuchen, den er zu seinen Worten ungelenk in der Luft herum geschwenkt hatte, fiel seinem Neffen Carl August auf den Teller, der schlagfertig bemerkte:
»Wenn wir all das abbekämen, und noch Kuchen dazu, wäre das nicht von Übel!«
Brausende Heiterkeit. Der Prinz lächelte süßsauer über die Wirkung seiner ungewollten Einlage.
»Hm. Jä. Ich hoffe sehr, dass uns die Kriegslüsternheit meines Bruders auch inskünftig Raum zum Lachen bietet. Man sollte nicht glauben, dass ein Mann, der so nach dem Schlachtfelde rennt, früher einmal erster Mäurer seines Landes gewesen ist. Näjä.« Er sah ernst in die Runde der vor Lachen geröteten Gesichter. »Apropos: Wenn man Ihren Minister und Sie ausnimmt, lieber Neveu, könnten wir hier glatt eine Tafelloge veranstalten. Sogar unser trefflicher Küchenmeister ist seit kurzem ein Meister ganz bestimmter Art. Hegen Sie nicht auch die Absicht, dem löblichen Orden der Maurer beizutreten? Dann würden Ihnen einige der offenbaren Geheimnisse, nach denen Sie sich jetzt strecken und die Weltgeschichte durchforsten müssen, mjä, wie von selbst in den Schoß fallen.«
Der Weimarer Herzog spannte sich, dass die Knöpfe seines Rockes Gefahr liefen, musketenkugelhaft durch den Raum zu schnellen. Er warf seinem Wirklichen Geheimen Legationsrat bedeutungsschwere Blicke zu.

»Ich habe mit dem Gedanken gespielt, lieber Onkel. Es ist noch nicht an der Zeit, ich muss mich noch genauer mit den rivalisierenden Systemen und den dahinter steckenden Gedankengebäuden vertraut machen. Mir will noch keine rechte Klarheit hinter alledem aufkommen. Es muss doch mehr dabei sein als etwas Ritterspiel. Wenn es nur das ist, kann mir der Quark gestohlen bleiben. Die Studenten in Jena tanzen mir gehörig genug auf der Nase, und die Schwindler, die immer neue Orden stiften und nur kassieren wollen, erwecken auch nicht gerade mein Vertrauen. Ich lasse meine Beamten noch recherchieren, bevor ich mich entscheide. Was ist zum Beispiel diese Sache mit der *Egyptischen Maurerei*? Da die Herren Maurer ja hier am Tische die Majorität stellen, kann mir das möglicherweise einer erklären. In Wörlitz, wo wir gerade waren, haben wir den zuständigen Herrn leider verpasst. Er hat einigen hochgestellten Herren einige hochgestellte Sümmchen abgeknöpft. Sie sind jetzt respektable Chargen im Hochkapitel des *Egyptischen Pyramidenordens*. Ihr Herrenmeister ist in großer Hast weiter gereist, als fürchtete er, wir könnten ihn stellen und ihm auf den pyramidalen Zahn fühlen.«

Einige Herren lachten, wohingegen Wallner, von Hordt und Prinz Heinrich steif aus ihrer gestärkten blütenreinen Wäsche guckten.

»Jetzt finden wir ihn vielleicht hier in Berlin. So ein Pyramidenorden klingt respektabel, nicht wahr?«

Der Herzog sah nur pikierte Gesichter. Der Prinz blickte erst zu Wallner und von Hordt, dann aber, als von dort nur Achselzucken kam, winkte er Langustier zu sich heran. Lächelnd bat er um mehr Kaffee und eine weitere Runde Kuchen. Zum Glück war noch eine zweite Mandeltorte da – vorausgesetzt, man war in der Küche, wo stets das Tafeln der Herrschaft, mit mehr Genuss versteht sich, nachvollzogen wurde, noch nicht beim Nachtisch angelangt. Geflüstert kam des Prinzen Frage:

»Ist uns dieser Egyptische Scharlatan bekannt?«
Langustiers Antwort war klipp und klar:
»Der Kriegsrat Koeppen meint, dass es ein Marquis ist, der vermutlich im *König von Portugal* wohnt. Ich werde ihn noch heute aufsuchen.«
»Magnifique, Monsieur mnjäjä! Die Mandeltorte ist ein Hochgenuss! Wenn Sie noch etwas davon auftreiben können, nehme ich Sie in meine Dienste, tjä.«
Dieser Prinz hatte tatsächlich Humor. Langustier zollte ihm alle Hochachtung, die einem Hohenzollern gebührte. Aber in den regulären Küchendienst bekäme ihn keiner mehr. Der Prinz konnte sich mit Herrschaftswissen brüsten und stellte eine behördliche sowie geheimdienstliche General-Operation gegen den *egyptischen* Ordensschwindel in Aussicht. Langustier, über die zweite Mandeltorte hinweglugend, konnte Wallner und von Hordt bis ins brandenburgische Mark erbleichen sehen. Warum nur? Hatten Sie etwa auch egyptische Ambitionen?
»Haben Sie de Ramsays *Cyrus*-Roman gelesen, mein lieber Onkel?«, fragte der Herzog. Prinz Heinrich nickte. Das verstand sich ja von selbst, denn an der egyptischen Mode in der Literatur kam niemand vorbei.
»Mein Bruder, tjä, las ihn vor mir, versteht sich. Ebenso den *Télémaque* und den *Sethos*. Ich bin vor allem ein großer Verehrer der egyptischen Baumeister, namentlich wegen ihrer Pyramiden, mjä. Dass es aber eine besondere Form der pyramidalen Maurerei geben muss, und dass diese von Berlin ihren Ausgang nehmen sollte, nä, das glaube ich nicht. Wir werden sehen, wer diesen Spuk veranlasst, und ihm tüchtig die Leviten lesen, tjä!«
»Kennen Sie Groebens Bericht von den Pyramiden und den darin eingepökelten Todten-Leibern oder Mummies?«
Alle ließen den Prinzen von Anhalt-Dessau seinen pseudoegyptischen Flachs abhaspeln, während sie sich ein weiteres

Stückchen dieses hervorragenden Kuchens sicherten. Den Anteil des Redenden teilten sie brüderlich unter sich auf.

Der Hofarchivar Neuhof begrüßte die Ankömmlinge. Er rutschte auf seiner harten Holzbank zur Seite, nachdem er sich vor Gerardine zwecks Handkuss erhoben hatte. Auch Maußhardt, den es nach einem Spaziergang durch den Tiergarten an den Tisch verschlagen hatte, erwies ihr seine gravitätische Referenz. Es war unstrittig: Gerardine überstrahlte alle übrige Weiblichkeit, die sich an den Zelten ein Stelldichein gab. Heim hatte allen Grund, lächelnd an ihrer Seite einher zu stolzieren. Er erwiderte erst Neuhofs Gruß, dann die Grüße Bärbaums und Maußhardts. Der kleine Louis Ferdinand machte mit einem Tross bürgerlicher Spielkameraden das Wiesengelände unsicher. Weshalb hatte Langustier um dieses Treffen gebeten? Gerardine übernahm es, die Freunde ihres Urgroßvaters einigermaßen ins Bild zu setzen. Neuhof hatte es gleich vermutet, wie er betonte.
»Ich habe es ja gleich vermutet!«
Maußhardt war erschrocken, er wusste ja noch von gar nichts – Bärbaum winkte ärgerlich ab.
»Mysteriöse Morde! Weshalb will er da mit *uns* sprechen? Ich hatte gedacht, mit dieser Liebhaberei sei er vorzeiten glücklich zum Ende gekommen? In seinem Alter sollte er nicht mehr über Zäune springen und hinter blutrünstigem Gesindel herlaufen. Er sollte sich mit friedlicheren Dingen beschäftigen, mit etwas, das ihn seine letzten Jahre genießen lässt: Kunst und Natur, Mineralien, Ornithologie!«
»Also doch nicht die Melancholie? Ihr werter Herr Urgroßvater hatte dies wohl schon geahnt, als er mich in Sacrow aufsuchte«, spekulierte Maußhardt zögerlich. Gerardine war etwas verlegen, denn sie hatte nicht bedacht, dass der Urgroßvater den Pfarrer in Sacrow in falschem Glauben gelassen hatte. Heim übernahm es zu antworten.

»Wir wollten zu diesem Zeitpunkt jedes Aufsehen vermeiden. Nunmehr, denke ich aber, brauchen wir keinen Hehl mehr daraus zu machen, dass es Morde waren und er sich in des Prinzen Auftrag mit ihnen befasst. Ich befürchte, das wird sowieso in Kürze ganz Berlin wissen.«
Man bestellte sich Kaffee und lauschte geistesabwesend Bärbaums Vortrag über den schwermütig-traurigen Gesang des Gartenrotschwanzes, der bei seinem im Hintergrund zu hörenden Solo von einem Chor aus Baumpiepern begleitet wurde. Die mannigfaltigen Unterschiede zwischen dem Gezeter der Mönchs- und dem Geplauder der Gartengrasmücke gelangten zur eingehenden Erörterung, verschiedene Formen von Spechten kamen zur Vorführung: Grün-, Bunt-, Klein- und Schwarzspecht zeigten sich und gaben zur ausführlichen Würdigung ihrer Unterschiede in Größe, Flug, Trommel- und Rufgebaren Anlass. Da unterbrach Langustier die ornithologische Vorlesung.
»Bravo, Herr Privat-Instruktor!«
Kaum hatten Bärbaum und die übrigen ihn begrüßt, trat noch ein Mann an den Tisch, nämlich Göthe. Von dessen Incognito war in dieser Runde nicht mehr viel übrig geblieben. Nur Maußhardt musste durch eine geflüsterte Bemerkung Neuhofs noch darauf gestoßen werden. Meine Güte, das war wie dem Teufel selbst zu begegnen, einem Teufel in Werther-Tracht. Blauer Frack mit Messingknöpfen, gelbe Weste, Lederhose, Stulpenstiefel, runder grauer Filzhut auf ungepudertem, im Nacken gebundenem Haar. Gerardine blickte Heim verschwörerisch an und spürte, dass er über Göthes Aufzug genauso urteilte wie sie. Sah lächerlich aus. Göthe war offensichtlich ganz anderer Meinung. Die zahllosen Menschen an den Tischen ringsum beachteten ihn nicht. Sicher war das dort, in der kleinen Provinzstadt, aus der er kam, anders, dachte Gerardine. Da lagen sie wahrscheinlich auf dem Pflaster, wenn sein erlauchter Fuß

darüber hinschwebte – wohl ein triftiger Grund für einen solchen Herrn, Weimar nie mit Berlin zu vertauschen.
»Ihre Grüne Sauce Frankfurter Art war mir eine rechte Magenerquickung, Monsieur! Fast wie früher daheim bei meiner hochverehrten Frau Mama. Des wird mich davor bewahren, in Berlin nur Grob- und Rohheit gewahr zu werde«, sagte Göthe zu Langustier, bevor er sich Bärbaum und Gerardine gegenüber neben Heim setzte. Gerade rechtzeitig bemerkte er die feine Unartigkeit seiner Bemerkung gegen die junge Dame und fügte schnell hinzu: »Verzeihe Sie, Madmosell, ich schwätze Unfuch – Ihre Gegenwart allein genügt, um die Berliner Öde zu einem Parnass zu mache!«
Sie lächelte und suchte die roten Flecken, die sich auf ihren Wangen zu bilden begannen, zu unterdrücken. Heims Miene bekam etwas unerfindlich Finsteres. Göthe jedoch schien seltsam belebt und fragte Langustier:
»Ist Ihne in der egyptische Sach schon etwas Förderliches begegnet? An der Tafel schien mir, dass der Prinz Heinrich in Ihne gleichfalls einen Logen-Kundschafter hat?«
Langustier bejahte zögernd. Er sah zu dem Pfarrer Maußhardt, der ihm plötzlich als ein ungehöriger Fremdkörper am Tisch erschien, dann jedoch flüsterte ihm Gerardine zu, dass man ihn aus Not bereits eingeweiht hatte. Nun ja, sei's drum – ein Seelsorger in ihrem Bunde, das könnte gar nicht von Nachteil sein. Koch, Arzt, Archivar, Lehrer, Pfarrer, Minister und eine schöne junge Dame mit Bildung, Verstand und Neugier. Wenn das keine unschlagbare Truppe war.
»Ich musste vorhin an der Tafel so tun, als hätte ich eine Spur des Scharlatans. Dem ist nicht so. Bei dem Kriegsrat Koeppen erfuhr ich nur uralte Geschichten. So kann ich Ihnen gar nicht helfen. Wir haben hier momentan ein paar rituelle Tötungen, es sind schon drei Fälle. Die Polizei ist recht ratlos. Der Prinz indessen hat, wie Sie bemerkt haben, gerade Wichtigeres im Kopf.«

»Ja, einen Kriesch abwende. Wenn es ihm gelänge, wäre es mehr als jeder Sieg bei Torgau … Mord!«

Göthe, der dies geäußert hatte, war perplex.

»Wollen Sie nicht einmal einen solchen aufregenden Alltagesstoff in Ihre Dichtungen einfügen?«, fragte ihn Gerardine leicht schnippisch.

»Alldaach … nun in dieser – wenigstens teilweise so wüsten Stadt vielleicht. Andernorts zähle Menschelewe noch etwas mehr!«

Der Weimarer schien ins Grübeln zu verfallen, riss sich aber rasch wieder heraus und zwang sich zur Hochsprache.

»Allerdings hege ich schon seit längerem die Absicht, den Deutschen eine neue Gattung literarischer Natur zu schenken, die ich *Criminal* zu nennen gedenke – worunter etwa zu verstehe wär: eine auf dem Boden reicher, kräftiger nationaler Naivität gewachsene Erzählform, die das allgegenwärtige Räuwer-, Schurke- und Mordwesen literarisch aufgreift und aus dem ordinär-trivialsten Stoffe durch die läuternde Form des Worts das Fundament einer allgemeinen moralischen Lehranstalt zur Volkserziehung legte! Ich habe auch schon einen Titel zur ersten Ausbildung dieser Form: *Die Polizei*. Eine Art Großstadtdrama könnte es werden eine gewaltige poetische Schilderung der Nacht in einer Großstadt wie der hier.«

Gerardine sah ihn skeptisch an. Unmöglich. So lange dieser Mann Staatsminister wäre, schriebe er nichts dergleichen. Das war ein Thema für abenteuerlustige, unabhängige Geister.

»Nun, wenn es so ist. Ich wünsche Ihnen viel Erfolg!«

Göthe verharrte schweigend. Mit diesem großstädtischen Elan im Urteil konnte er nicht umgehen.

»Gerardine, was habt ihr unterdessen herausgefunden?«, erkundigte sich Langustier.

»Viel Erstaunliches. Der Tempelhofer Tote lag auf einem länglichen Stein, in den nichts außer der Umrisslinie eines Schwertes eingegraben war.«

Heim ergänzte:
»Dem Verwalter Teyle war unser Interesse für die Gräber begreiflicherweise nicht geheuer, da er wohl befürchtete, es gäbe bald eine Art von Mords-Tourismus. Er hielt sich im Hintergrund. Wir haben aber die wahren Beweggründe unseres Besuches erfolgreich verschleiert. Auf dem Totenacker stehen Rüstern und Birken. Da musste mir der geknickte Akazienzweig, den Sie in Distels Bericht vermissten, wie von selbst auffallen. Sie hatten Recht, er war da, wenngleich die Blätter sich schon welk und eingerollt zeigten.«
Gerardine nickte.
»Vor Marienfelde haben wir noch dazu einen eigenartigen Kauz an einem Tümpel getroffen, der dort seit Jahr und Tag eremitiert. In der Mordnacht will er einen eigentümlichen Reiter beobachtet haben, der zu einem Maskenball in Tempelhof unterwegs war, wie es aussieht. Können Sie mir sagen, lieber Amtsrat, was ein weißes Gewand mit einem roten achtspitzigen Kreuz sowie Grabsteine mit eingeritzten Schwertern als einzigem Schmuck bedeuten könnten?«
Neuhofs Pupillen weiteten sich.
»Mademoiselle! Selbstredend sind mir dies keine unbekannten Merkmale! Ich verbinde beides mit dem altehrwürdigen und geheimnisvollen Templerorden, der 1312 aufgelöst wurde, aber insgeheim fortbestanden haben soll, bis ihn der 1776 verstorbene letzte Heermeister der Freimaurer, der Freiherr von Hund und Altengrottkau, wieder offiziell belebte. Ein Oberer des alten Ordens mit dem Decknamen *Ritter von der Roten Feder*, in dem mehrere Logenhistoriker vermuten, es sei der Earl of Eglinton gewesen, dessen Vorfahr den letzten Templern Unterschlupf gewährte, hat Hund zum Ritter geschlagen.«
»Der Orde, von dem sich die strikte Oboedienz herleitet?«, fragte Göthe enthusiasmiert, wiewohl er, wenn er ehrlich sein sollte, nicht in letzter Gewissheit begriff, worüber diese Grup-

pe eingeschworener Seelen eigentlich sprach. Zu unglaublich schien, was sich gerade während seiner kurzen Anwesenheit ereignet haben sollte. Berlin, diese verruchte Kapitale des Verbrechens, kümmerte sich nicht im Mindesten darum, wer sie gerade besuchte. Statt sich von ihrer schönsten Seite zu zeigen, kehrte sie ihre scheußlichste Fratze heraus. Da konnte auch der Anblick schöner Damen kaum etwas zum Guten wenden.

»Observanz«, korrigierte Maußhardt mit indigniertem Gesichtsausdruck. Es bereitete ihm sichtliche Genugtuung, den Verfasser des *Werther* schulmeistern zu können. Neuhof neigte zustimmend das Haupt.

»Just diese Bruderschaft ist gemeint. Ich darf Sie jedoch darauf hinweisen, dass selbiger Orden in der hiesigen Gegend vor 466 Jahren zu existieren aufhörte und nichts darauf hindeutet, dass es ein geheimes Fortexistieren gegeben hat!«

»O doch, lieber Bruder, da irren Sie!«, sagte Maußhardt. »In den Akten der Franziskaner.«

»Es gab die berühmten Templer auch hier?«, fragte Langustier verblüfft.

»Also stimmt alles, was uns der Einsiedler erzählt. Er sprach von einem Tempelritterschwert, das früher im Elternhaus der Rhodes dekorativ an der Wand hing«, sagte Heim.

Gerardine bestätigte durch Kopfnicken. Auch Bärbaum nickte, und Maußhardt, als sei plötzlich auch bei ihm die Goldader des Wissens angeschnitten, erklärte:

»Aber ja. Sie gründeten Tempelhof, Mariendorf und Marienfelde. 1312, um genau zu sein, wurden aus den Tempelrittern nach Auflösung des Ordens Johanniter. Viel veränderte sich dadurch nicht, nur die Kreuze wurden weiß und die Gewänder schwarz. Die Johanniter übernahmen sogar die ursprünglichen Ziele der Templer. Sie kämpfen auch heute noch gegen die Türken und behandeln kranke Pilger. Und um Sie vollends zu verblüffen, Monsieur Langustier: Einer meiner Vorfahren auf der

Vaterseite, Ambrosius Maußhardt, saß einst auf der Ritterkomturei Tempelhof. Anno domini 1575 war das.«
»In der Tat? Kaum zu glauben. Damit ist ja quasi ein Nachfahre eines Tempelritters unter uns! Und – wurde weiter getempelt? Ich meine, lebte der Orden insgeheim fort, wie alle Welt behauptet? Hat sich in Ihrer Familie etwas davon erhalten?«
Maußhardt wiegte geheimnisvoll den Kopf. Er lächelte und verneinte.
Bärbaum sagte:
»Ich möchte betonen, dass dies aber niemals an familiäre Bande geknüpft sein musste. Ein verheirateter Templer mit Nachkommenschaft ist natürlich ein Widerspruch in sich. Brose Maußhardt könnte selbstredend dennoch Templer geworden sein – wenn der Orden tatsächlich im Verborgenen fortbestand und durch symbolischen Ritterschlag und Initiation immerfort neue Mitglieder warb, um die Zeiten zu überdauern. Der jeweilige Heermeister hätte in einem solchen Fall die Insignien an einen würdigen Nachfolger weitergeben müssen. So etwas ist immerhin vorstellbar.«
»Haben Sie die Insignien?«, fragte Langustier.
Maußhardt lächelte wieder fein und sagte:
»Dann säße ich nicht mehr auf einer Pfarre in Sacrow, sondern würde mit wehendem Mantel über die Insel Cypern reiten!«
Alle, bis auf Göthe, lachten.
»Der Orden war schon fast zwei Jahrhunderte erloschen, als mein Urahn das Gut pachtete. Es war nach dem Verkauf durch die Johanniter an die Städte Berlin und Cölln 1435 ein reiner Ökonomiebetrieb. Der alte Maußhardt war sicher nicht einmal besonders religiös. Wenn man den Familienlegenden trauen darf, war er ein ziemliches Raubein, und sein Schwert hat tiefe Scharten. Dass er von dem Vorpächter heimlich zum Ritter geschlagen wurde, ist wohl ausgeschlossen, denn dieser war bereits tot, als Ambros die Komturei übernahm.«

»Warum fehlen die Namen auf den Grabsteinen?«, fragte Gerardine. Jetzt war es Bärbaum, der erläuterte:
»Zum Gelübde der Tempelbrüder gehörte die Abtötung des Individuellen. Daher erfolgte ihre Bestattung namenlos. Aufgehen im Geiste der Gemeinschaft, mönchische Zucht, Keuschheit, Aufrichtigkeit, Treue gegen den Orden, doch an oberster Stelle der Kampf gegen den Unglauben. Dies erklärt das Schwert als kriegerisches Ordenssymbol.«
»Der Theaterritter könnte also der Täter gewesen sein!«, schloss Gerardine.
»Möglich«, beschied sie Langustier, um übergangslos in die Runde zu fragen: »Was kann ein Schwert noch bedeuten?«
»Das Schwert erscheint uns seit alters her ein scharfes Symbolon der Gerichtsbarkeit, der Scheidung in Gut und Böse«, ließ sich Göthe vernehmen.
»Ich danke Ihnen, Monsieur. Darauf wäre ich selbst nicht gekommen. Genauso wenig weiß ich, was *Cuculus* bedeutet. Deshalb habe ich auch Sie, Bruder Bärbaum, um Ihre Gegenwart ersucht. Warum sind Sie eigentlich nicht bei Koeppens Afrikanern? Bei denen wird alles in Latein abgehandelt!«
»Sie wissen genau, dass es mir nie einfiele, die Mauererei zu verraten, was der geheime Sinn und Zweck dieser – verzeihen Sie, Mademoiselle, meine unschöne Ausdrucksweise – Bande ist! Übrigens sind die Afrikanischen Bauherrn so gut wie abgestorben. Koeppen hat gerade noch ein oder zwei Mitstreiter in Berlin; der Sohn des Grafen von Kamecke ist seine jüngste Eroberung. Jetzt trägt er voller Zuversicht sogar wieder sein violettes Cape. Die meisten seiner Ämter existieren nur noch auf dem Papier. Auch hat noch niemand seine angeblichen auswärtigen Logen in Kairo, Paris, London, Wien, Neu York je gesehen. Nicht zu wissen, dass *Cuculus canorus* auf lateinisch unseren *Kuckuck* bezeichnet, ist ein rechtes Armutszeugnis für den Naturfreund in Ihnen, Bruder Langustier.«

»Von Kamecke?«, ließ sich Göthe vernehmen. »Ist des ein langer Jüngling mit braunem Haar?«
»Ein großer Schönling«, umschrieb Gerardine.
»So hatte ich heut früh das Vergnüge, mich kurz bei André mit ihm zu unterhalte. Er studiert Komposition und hat recht kühne Ideen für eine Mäurer-Symphonie. Es spreche mich ja viele Komponiste und Dichter an, um meine Ansichte üwer ihre erste Produktione zu hörn. Die meiste von dene vermag ich net einmal die kleinste Ermunterung zu gebe, da ihr Streben ein rein äußerliches ist. Dieser von Kamecke dagegen hat mich durch sein Feuer beeindruckt. Er scheut gar des Papier, um seine Kompositione aufzuschreibe. Damit die Reinheit der Musik gewahrt ist, wie er sagt.«
»Interessant«, meinte Langustier. »Wie soll denn seine Symphonie heißen?«
»Der Tempelhof«.
Alle sahen sich an und grienten.
»Ergänzend sei bemerkt«, bemerkte Göthe ergänzend, »dass die Alten dem Kuckuck die Neigung zur Wollust zuschrieben, wonach man auch in der Mittelzeit früher oft *Kuckuck* synonym für *Dirne* gebrauchte.«
»Und wie steht es mit einem schwarzen Kater?«
Maußhardt sagte:
»Der schwarze Kater versinnbildlicht den Teufel!«
»Für die Christe, sollten Sie hinzufügen«, sagte Göthe. »Ich habe mich seit geraumer Zeit mit den teuflischen Attributen zum Zwecke einer dramat...«
»Katzerei – Ketzerei«, assoziierte Heim, dem Dichter grob ins Wort fallend, schloss jedoch die sehr konkrete Frage an:
»Haben Sie einmal über die Chronologie der bisherigen Taten nachgesonnen?«
»Meinen Sie mit *bisherigen* etwa gar«, fragte Gerardine mit neugierigem Entsetzen, »dass es noch weitere geben könnte?«

»Auszuschließen ist es wohl nicht, auch wenn die Triade eine symbolische, heilige und in sich abgeschlossene Form darstellt. Der erste Mord in Tempelhof geschah am 9., der zweite Mord bei Sacrow passierte am 12., der dritte nahe Prötzel ereignete sich am 15.«

»Ja und?«, fragte Bärbaum.

»9 + 3 = 12 + 3 = 15«, triumphierte Heim.

»Alle drei Tage, wenn der Mörder sich an gewisse mathematische Regeln halten sollte. Da 15 + 3 = 18, wäre es morgen wieder soweit. Wir müssen nur herausfinden, wo es passieren wird.«

Ein taubengroßer Vogel, der einige Zeit unbemerkt auf einem Platanenast gesessen hatte, flog mit einem hellen Warnruf ab. Kurz darauf ließen sich vom anderen Ende der Lichtung in schöner Deutlichkeit eine schier endlose Reihe von Kuckucksrufen hören. »Haben Sie mitgezählt?«, fragte Gerardine und blickte zu Heim. »Es bleiben Ihnen noch 56 Jahre!«

»Ich hätte Sie nicht für abergläubig gehalten«, spöttelte er.

Göthe lächelte linkisch in sich hinein.

»Weshalb nur, weshalb?«, sinnierte Bärbaum. »Die drei Opfer waren Freimaurer. Sie wollten offenbar in einen höheren Orden aufsteigen, das ist nicht ungewöhnlich heutzutage. Wir alle sind auf der Suche.«

Auch Langustier dachte laut nach:

»Vorausgesetzt, man betrachtet den Grabstein des Templers als einen Ort des Teufels – der schwarzen Katze wegen –, fanden die Taten vom Standpunkt des orthodoxen Christentums gewissermaßen an heidnischen, ketzerischen Orten statt.«

Neuhof widersprach.

»Die Beschuldigungen gegen den alten, ehrwürdigen, christlichen Orden der Tempelbrüder waren ja doch aus der Luft gegriffe! Sie sollten einen Männerkopf mit langem Bart angebetet und Simonie getrieben haben. Dieses Märchen wurde von König Philipp und seinen Beratern erdacht, um die Templer der

Ketzerei anklagen zu können. Überlegen Sie nur: ein Orden, der sich der Keuschheit verschreibt und Frömmigkeit bei seinen Mitgliedern voraussetzt – …«

»Sie haben sicher Recht. Die Templer sind dem Neid der französischen Krone zum Opfer gefallen«, sagte Langustier.

Maußhardt nickte heftig.

Mit der Frage »Warum spielen ausgewachsene Männer Ritter?«, unterbrach Gerardine die sich anschließende Stille. »Geschieht es, weil sie gerne Chevaliers wären, was ihnen im normalen Leben versagt blieb? Berauschen sie sich an den Titeln? Tragen sie gerne die Gewänder der Mittelzeit, die Rüstungen?«

»Ein wenig von alledem ist bei manchen gewiss im Spiele«, pflichtete Neuhof ihr bei. Sie stellte sich ihn bei seiner fast zwergenhaften Größe in voller Rittermontur vor. Maußhardt schien über Neuhofs Zugeständnis verstimmt und warf sich in die Brust:

»Es ist kein Mummenschanz! Es geschieht vor allem, weil es geschichtliche Wahrheit ist, dass die Tempelritter die Freimaurerei begründet haben, auch wenn über den Fortbestand des alten Ordens bislang keine letzte Klarheit herrscht. Die Maurer beriefen sich stets auf die Werkmaurer in den alten Dombauhütten. Jetzt gibt es neue Erkenntnisse, denen man in den Ritualen Rechnung getragen hat. Dies zu unterlassen wäre schlicht eine historische Unrichtigkeit.«

Bärbaum und Neuhof pflichteten ihm bei. Langustier und Heim indes wiegten die Köpfe, als ob sie die heftigsten Zweifel hätten und nur aus Rücksichtnahme nach schonenden Ausdrücken für ihre Einwendungen suchten.

»Ist die Tempelmaurerei nicht eine vollends okkultistische Pflanze, welche in jenem fruchtbaren Boden, den bislang die symbolische Akazie allein bewuchs, bloß äußerst wohl gedeiht?«, fragte Langustier und fügte, etwas aus der Kurve getragen vom botanischen Wildwuchs seiner Rede, hinzu: »Der geknickte Akazienzweig, den der Mörder an allen Tatorten hinterließ, könnte darauf hinweisen, dass ihm diese Entwicklung unbehaglich ist. Wäre das nicht eine weitere mögliche Erklärung für die entlegenen, versteckt liegenden Tatorte, die nächtliche Tatzeit und die seltsamen Beigaben?«

»Mir kommt das alles spanisch und viel zu symbolisch vor. Ich möchte wetten, der Mörder lacht sich ins Fäustchen über unsere Versuche. Er hält uns zum Narren!«

Heim hatte dies mit einigem Widerwillen gesagt, doch die anderen gingen nicht darauf ein. Das Thema war erschöpft – die Versammelten zumindest schienen es zu sein. Bis auf Langustier.

»Bei dem Leichnam des Bruders Brandes auf der Römerschanze fand sich ein Relikt aus der Vorzeit, ein Löwenkopf aus Bronze. Ich habe ihn nicht selbst gesehen, indessen aber eine treffliche Zeichnung von Doktor Heim, die ich gerne Ihnen, lieber Neuhof, einmal zeigen möchte. Brandes selbst besaß kein weiteres derartiges Stück, war also zweifellos kein Sammler.«

Slg.-Elt.-154/1 konnte Gerardine von schräg oben entziffern, als sie Neuhof neben sich Heims Skizze beäugen sah, welche dieser Langustier überlassen hatte. Der kleine Amtsrat und Liebhaber der Altertumskunde benötigte nur einen Augenblick, um im Bilde zu sein:

»Das Stück gehört zur Eltesterschen Sammlung! Ich entsinne mich sogar, es bereits in der Hand gehalten zu haben.«

»Eltestersche Sammlung?«

Göthe besah sich den skizzierten Gegenstand. Sammlungsfragen erregten neuerdings sein Interesse. Er hatte auch zu sammeln begonnen: Fossilien und Gesteine, Kupferstiche und Skulpturen. Irgendwie musste man eine ansehnliche Wohnung schließlich mit Bedeutung füllen. Neuhof erläuterte dem Weimarer:

»Der vor zwei Jahren verstorbene Hofrat Eltester legte diese

Kollektion an. Zwar gedachte der König sie von den Nachfahren des Kammergerichtssekretärs schon 1776 für 1000 Taler zu erwerben. Doch es fehlte ein Inventar und so kam der Handel nicht zustande. Die Stücke – 400 Antiquitäten aus der Mark, vornehmlich aus Heidengräbern – sind von erster Qualität, 145 Stück an Tongefäßen, 155 Stück an Steinwerkzeugen sowie an Metallsachen 100 Stück. Sie befinden sich jetzt im Hause unserer Großen National-Mutterloge. Die Ordensbrüder beraten seit einem Jahr über den Ankauf der Sammlung Eltester, und es ist noch keine Einigung in Sicht. Dabei geht es bloß um die lächerliche Summe von 100 Talern.«

»Ist diese Sammlung allen Brüdern ohne Beschränkung zugänglich?«, wollte Langustier wissen.

»Nein, es handelt sich um drei mit starken Schlössern versehene Holztruhen. Die Schlösser sollen selbstredend eindringendes Diebsgesindel abhalten. Wer sich unter den Ordensbrüdern dafür interessiert, die Sammlung anzusehen, um sich ein Bild zu machen, kann nach Anfrage bei dem dazu abgestellten Bruder die Schlüssel erhalten.«

»Und wer ist dieser Bruder, wenn ich fragen darf?«

»Ich.«

»Wem haben Sie in jüngster Zeit die Schlüssel ausgehändigt?«

»Beinahe allen, Sie ausgenommen. Sie hätten sonst von selbst gewusst, woher dieser Löwenkopf stammt.«

»Ist Ihnen sein Fehlen aufgefallen?«

»Nein, ich beschäftige mich nicht mit der Kontrolle dieser übervollen Kisten. Ich wäre auch nie auf den Gedanken gekommen, dass ein Ordensbruder etwas herausnimmt. Ganz gewiss rechnete ich nicht damit, dass so etwas geschehen könnte.«

»Hat Brandes die Sammlung angeschaut? Ist es möglich, dass er den Löwenkopf entwendet hat?«

»Brandes besah sich die Sammlung zweimal. Beim ersten Mal war er in Gesellschaft einer größeren Gruppe, zu der von

Hordt, Scheel, Klaproth, Ascheborn und auch Sie, Monsieur Maußhardt, gehörten.«
Maußhardt nickte.
»Als er sich die Sammlung zum zweiten Mal besah, war Brandes allein. Es war an einem der folgenden Tage.«
»Brandes, Scheel und Ascheborn, wenn das kein Zufall ist«, sagte Langustier halblaut. Er blickte zu Maußhardt. »Wie lange ist es her, dass Sie die Eltestersche Sammlung besichtigten?«
Maußhardt antwortete:
»Etwa einen Monat, würde ich schätzen.«
Das Hinzutreten eines Mannes beendete die konzentrierten Gespäche: Friedrich Nicolai, seines Zeichens Autor, Buchhändler und Verleger, verbeugte sich erst tief vor Gerardine, dann weit weniger tief vor der übrigen Runde. Als zur Begrüßung sein Name fiel, erhob sich Göthe wie von der Tarantel gestochen und stürzte davon. In ihrer Unverständlichkeit für die Zuschauer löste diese Flucht allenthalben Heiterkeit aus. Als Nicolai erfuhr, wer da gerade entsprungen war, konnte er das Geschehen notdürftig erklären.
»O – das war sozusagen mein Hauptfeind. Er sieht es zumindest so, mir dagegen kommen derlei demonstrative Gegnerschaften unter zivilisierten Menschen äußerst albern vor. Wie gut, dass er entwischt ist, sonst wären Sie wohl Zeuge eines blutigen Kampfes bis auf die Feder geworden.«
Sie tranken noch eine Runde apfelsäuerliche Kräuter-Limonade, die eine ungemein belebende und erfrischende Wirkung hatte, bevor sie Nicolai am Tische zurückließen, aus Furcht, er könnte ihr gerade sattsam durchlittenes Thema am letzten Zipfel aufschnappen und sich in eine seiner antijesuitischen Litaneien hineinsteigern, für die er berüchtigt war. Alles bitteschön, nur das nicht!

Drei brusthohe Säulen, aufgestellt an drei Ecken der Arbeitstafel, symbolisierten Stärke, Schönheit und Weisheit. Als Langustier gegen acht des Abends im Tempel der Großen National-Mutterloge neben Bruder Nicolai auf einem Stuhl saß, steckte das Maurerwerkzeug in seinem Gürtel und an seinen Händen leuchteten weiße Handschuhe. Sie sprachen über die Eltestersche Sammlung, die sie sich gerade angesehen hatten, zusammen mit Bärbaum, Neuhof, Maußhardt und dem jungen Herrn von Kamecke als auswärtigem Gast. Es war sehr ungewöhnlich, dass ein Mitglied der Afrikanischen Bauherren das Besuchsrecht in Anspruch nahm, wie es im Toleranzabkommen auch den Anhängern Koeppens eingeräumt worden war, doch mochte der besondere Umstand, dass man Scheels Leiche im Forst nahe des Wohnsitzes der Familie von Kamecke gefunden hatte, hierzu beigetragen haben. Keine leichte Entscheidung für Wallner, das zu gestatten, wenn es denn stimmte, was Zinnendorf über die Absichten der Bauherren gesagt hatte – dass sie auf die Zerstörung der Maurerei hinarbeiteten. Kamecke blickte jedoch allen freundlich ins Gesicht und schien alles andere als ein Vernichter der Humanität. Nur Wallner, von Hordt und selbst der simple Maußhardt, denen das hohepriesterliche Gehabe ihrer Hochgrade auch im Johannismaurertum unübersehbar anhaftete, wurden mit kälterem, verwundertem Blicke gemustert.
Der von Brandes entwendete Löwenkopf war inzwischen wieder in den Räumlichkeiten der Loge eingetroffen und durch Neuhof in eine der Truhen zurückgelegt worden. Es fehlte kein weiteres Stück, wie er nach einer akribischen Durchsicht hatte feststellen können.
Langustier entsann sich seiner früheren Fälle und dachte an die Kargheit der Fakten, die Spärlichkeit der Spuren. Der jetzige Unhold, offenbar bestrebt, einen Berg von Spuren anzuhäufen, um seine Verfolger zu verwirren, war diesem Ziel äußerst nahe gekommen.

»Niemand anderer als die Jesuiten sind für dieses Morden verantwortlich, Monsieur!«, verkündete Nicolai neben ihm halblaut. Langustier hatte es befürchtet. Mit geheucheltem Interesse erkundigte er sich, um den lieben Bruder nicht zu verletzen:
»Und was für einen Grund hätten die Jesuiten, Freimaurer zu umzubringen?«
»Es ist der zwei Jahrhunderte währende Konflikt zwischen den Katholiken und den Protestanten, der sich auf Jesuiten und Freimaurer übertragen hat. Die Katholiken sind die Jesuiten, die Protestanten sind die Freimaurer. Die Katholiken beschuldigen die Freimaurer, satanischen Ritualen zu frönen. Es könnte die Zeit der Abrechnung gekommen sein.«
Während diese Nicolaische Mutmaßung im Raume stand, die Langustier mit kleinen Abweichungen wörtlich hätte vorhersagen können, begann die Trauerloge für die drei getöteten Brüder.
Mit nicht ungeübten Stimmen sangen die Versammelten gerade ein altes Maurerlied, an dem Langustier besonders eine Strophe gefiel, verkörperte sie doch den edlen Geist dieses alten Ordens, dessen humanitäre Absichten er rückhaltlos zu unterstützen bereit war:

Auf Erden sollt ein Paradies
Ein Liebestempel blüh'n
Wo jedes Lüftchen ruhig blies
Durch's friedenvolle Grün.
Wo in der Unschuld Heiligtum
Das Lamm bei Tigern ging,
Wo Zweig an Zweig, und Blum' an Blum'
In Liebesknoten hing.

Es ging noch ein paar Strophen im gleichen Tenor weiter, bis die Sitzung begann. Der Großmeister und hochwürdige

Meister vom Stuhl, Georg von Köhler, und die beiden Aufseher saßen an kleinen, zum leicht erhöhten und von vier Kerzen in hohen silbernen Haltern beleuchteten Altare des Meisters vom Stuhl rechtwinklig stehenden Tischen. Auf ihnen brannte nur je eine Kerze, doch waren sie gleichfalls mit schmalen, fahnenartig überhängenden Tüchern belegt, auf denen man Winkel und Zirkel sah. Die Decke des Raumes war blau mit vielen goldenen Sternen, darin beinahe den Tempeln des alten römischen Mitras-Kultes ähnlich. Alle Tische waren an diesem Abend schwarz verhangen. In der Saalmitte stand ein dunkler Sarkophag. Auf ihm lagen drei Kränze aus Akazienzweigen. Eine kleine, an sich kaum Ehrfurcht gebietende untersetzte Gestalt mit dürrer Grauhaarperücke trat ans Rednerpult. In der weißen, schillernden Seidenrobe mit dem schwarzen, breiten Samtkragen wirkte Johann Christoph Wallner trotzdem eindrucksvoll. Mit einer hohen, manieriert schwingenden Stimme, die zu Beginn seiner Rede die Ergriffenheit mehr erstrebte als verkörperte, begann er:

»Meine ehrenwerten Brüder! Niemals empfand ich wohl eine tiefere Niedergeschlagenheit als heute, da meine Pflicht es mir gebietet, die drei unglücklichen, von teuflischer Hand meuchlings ihres höchsten Gutes, ihres treuen Lebens für Gott und seinen irdischen Orden, die Strikte Observanz, beraubten Ordensbrüder feierlich in der überlieferten Form zu verabschieden.«

Langustier stieß einen leisen Seufzer aus, der gut als Ausdruck der Trauer zu missdeuten war, jedoch dem Bruder Redner galt. Wallner würde, wenn man ihn ließe, zweifelsohne ganz Preußen im Korsett seines rigiden Frömmlertums einschnüren. Der Redner hatte zu jenem sonoren Schnarren gefunden, das man aus seiner eigentlichen Arbeitsstätte, der Parochialkirche, kannte, wo er auch an diesem Sonntage des Morgens bereits gepredigt hatte. Gut eine Stunde später, nachdem er die Verdienste der drei Abgeschiedenen gebührend gewürdigt hatte und auch alle anderen rituellen Frage-Antwort-Spiele glücklich überstanden waren, kam er langsam zum Ende.

»Sie alle wissen, dass das Grundgesetz unseres Ordens in den wenigen Worten enthalten ist: Fürchte Gott und ehre den König! Dies ist der Kompass, der die Handlungen aller echten Maurer zur wahren Glückseligkeit hin richtet. Alle Tugenden würden Phantome und jede große Handlung ein Widerspruch sein, wenn nicht Religion und Vaterlandsliebe, wenn nicht Ehrfurcht gegen den obersten Baumeister und den Regenten das Herz eines jeden Bruders durchströmen sollten. Aber, meine Brüder, wer wahrhaftig tugendhaft ist, kann nicht anders als seine Pflichten gegen den König und das Vaterland in einem höchsten Grade auszuüben. Denn keine wahre Tugend ist ohne Vaterlandsliebe, ohne Liebe gegen den Regenten möglich. Und wie leicht wird uns doch diese Pflicht gegen einen solchen König, gegen einen solchen Vater des Vaterlandes, der durch tausend Wohltaten unser Herz gefesselt hat. Sie, meine Brüder Offiziers, die Sie gelernt haben, das Schwert zu führen und dem Tode zu trotzen, so oft es die Sache des Königs und des Vaterlandes erfordert, welcher Feind wird Ihnen widerstehen können, wenn der gerechte Zorn in Ihnen entflammt, dass man Ihren Vater beleidigt hat und dass Sie als seine Kinder verbunden sind, ihm Recht zu verschaffen. Und Sie, meine Brüder im Zivilstande, werden Sie wohl einen Augenblick träge in Ihrem Dienst sein bei dem Gedanken, der König hat soviel für uns getan, und wir sollten nicht seinen Erwartungen durch Fleiß und Eifer entgegenkommen? Sehen Sie, meine Brüder, wie genau ein echter Patriotismus und die Liebe des Vaters des Vaterlandes mit denen Gesinnungen und Handlungen eines wahren Tugendhaften und, welches einerlei ist, eines wahren Maurers unzertrennlich verbunden sind? Wohlan, gehen Sie nicht von dieser Stätte, ohne Ihre Herzen zum Himmel zu erheben und

die eifrigsten Wünsche an diesem Tage auch für das Leben und die Gesundheit des besten Königs zu tun!«
Wallners Organ erstarb nur kurz. Ein christliches Schlusswort stand zu befürchten. Siehe, da war es schon:
»Du höchstes Wesen, erhöre doch diese Wünsche redlicher Untertanen, diese Wünsche echter Freimäurer, die ihr Leben der Tugend geheiligt haben. Ach, musst du die Sünden des Volkes strafen, so strafe nur nicht so hart und nimm uns unsern König! Nein, lass seiner kostbaren Tage noch recht viel werden auf Erden, lass auch den frohen Tag seiner Geburt noch oft dankbarlich uns feiern. Allerhöchster Baumeister der Welten, erhöre unser schwach Gebet! Es lebe der König! Meine Brüder, wiederholen Sie mit lauter Stimme zusammen diese meine Worte: Es lebe der König! – O bitte lauter, meine geehrten Brüder, lauter! – Es lebe der König! Es lebe der König! Es lebe der Vater des Vaterlandes! Es lebe der Vater des Vaterlandes! Es lebe der Vater des Vaterlandes!«

Wenig später saß Langustier Wallner beim Vieraugengespräch gegenüber. Ein Stapel Papiere lag auf einem Tisch zwischen ihnen. Unter Verweis auf sein hohes Alter und unter Beibringung zahlreicher höchst geheimer und seltener Schriften und Manuskripte hatte Langustier bei Wallner beantragt, in die schottischen Grade aufzusteigen. In Wahrheit wollte er dem Monarchen auf diesem Wege verlässliche Informationen über das Gehabe der falschen Ritter liefern.
Das Material war reichhaltig, es befanden sich darunter die Bundesakten der in Amerika blühenden *Encampments of Knight Templars*, diejenigen des britischen Templerordens sowie der Pariser *Chevaliers de l'Ordre du Temple* – samt und sonders Schriften, die ihm Johann Reinhold Forster, Georg Forsters Vater, auf Veranlassen des Sohnes aus England zugeschickt hatte. Wallner war insbesondere von den 43 Artikel

umfassenden Statuten der französischen Neutempler äußerst angetan. Im 31. war die Eidesformel enthalten, die von den Einzuweihenden oder Neophyten mit eigenem Blut unterzeichnet werden musste. Gehorsam, Armut, Keuschheit, Brüderlichkeit, Hospitalität und Kriegsdienst wurden von den Mitgliedern gefordert. Langustier hatte fasziniert in dem Werk geblättert, denn in diesen seltsamen Orden durften auch Frauen aufgenommen werden. Wallners Vorbehalte gegen ein allzu rasches Vorwärtsstreben des alten Herrn in den inneren Orden der Strikten Observanz, die er eingangs geäußert hatte, sackten plötzlich in sich zusammen. 1500 Taler, zusätzlich zu den gespendeten Schriften, waren das einzige Hindernis, das noch im Wege stand. Wallner in seinem Fledermausumhang wirkte sehr mitgenommen. Insgesamt schien er zwar eher resigniert und ermattet nach dem zelebrierten Abschied, doch seine Augenlider zuckten und seine Hände waren unruhig. Mehrfach sah er auf seine goldene Taschenuhr. Er stellte Langustier die baldige feierliche Verleihung der entsprechenden höheren Grade in Aussicht, sobald die Bezahlung der Gebühren erfolgt sei.

»Ich muss angesichts dieser Forderung noch einmal mit mir ins Gebet gehen.«

Langustier legte die Schriften wieder zusammen und steckte sie in seinen Rock. Wallners Gesicht wurde lang.

»Ich möchte Ihnen keineswegs weiter zur Last fallen, Monsieur. Die Strapazen des Abends fordern ihren Tribut, dessen bin ich mir bewusst. Mir geht es augenblicklich ähnlich, denn ich wurde von dem jüngeren unserer königlichen Brüder mit ergänzenden Nachforschungen beauftragt, die drei rätselhaften Morde betreffend.«

Er reichte Wallner das Permissschreiben, das ihm der Prinz gegeben hatte. Wallner nickte widerstrebend.

»Ich bin im Bilde. Haben Sie schon eine Spur?«

»Die Fährten überdecken sich gegenseitig, sie kreuzen sich, sie verwischen im Schlamm, sie werden ununterscheidbar in ihrem gehäuften Auftreten. Hat Ihnen der Prinz von den seltsamen handschriftlichen Verlautbarungen des Bruders Scheel berichtet, die wir gestern im Blumenthal-Wald fanden?«
Wallner bejahte.
»Die Gleichartigkeit der drei Fälle lässt darauf schließen, dass auch die Ordensbrüder Ascheborn und Brandes den Eintritt in einen Orden anstrebten, der ihnen verheißungsvoller vorkam als die Strikte Observanz. Auch wenn diese sich geriert, die Wiederverkörperung des Ordens der Templer zu sein, scheint es andere beredte Werber zu geben, die schwache Ordensbrüder auf Abwege der Versuchung bringen.«
Wallner nickte.
»Ich weiß, ich weiß, Monsieur, und das versetzt mich in Angst und Schrecken. Die Ordensbrüder Ascheborn, Brandes und Scheel waren weiß Gott nicht dumm und leichtgläubig. Sie waren der Aufklärung verbunden, sie waren den Naturwissenschaften zugetan, sie frönten dem chemischen Experimente und beschäftigten sich mit der Historie unserer Gemeinschaft.«
»Sie frönten den Experimenten? Mir scheint, dass dies sehr viele Brüder momentan tun. Bitte sagen Sie mir, was dahinter steckt.«
»Monsieur, lieber Bruder, beim besten Willen, ich kann es nicht. Selbst wenn die zahlreichen Erhebungen, die Sie erstreben, bereits vollzogen wären – mein lieber Bruder –, wäre meine Zunge gelähmt. Eide höherer Grade, Sie verstehen.«
Wallner tupfte sich den Angstschweiß von der Stirn. Langustiers Blut begann dagegen in Wallung zu geraten.
»Das würde ich gern. Sie müssen mir dabei helfen. Nach allem, was ich weiß, wird der Mörder noch in dieser Nacht wieder zuschlagen. Sein Tun gehorchte bislang einem mathematischen Algorithmus. Auch sind alle seine bisherigen Opfer Teil einer

Gruppe, die sich unlängst die Eltestersche Sammlung von Altertümern besehen hat. Was liegt näher als die Vermutung, dass auch sein nächstes Opfer dieser Gruppe entstammt?«

Wallner schwieg. Langustier musste seinen höchsten Trumpf aufdecken, anders ging es nicht.

»Monsieur, in diesem Orden geht etwas vor, das nicht nur den Prinzen Heinrich befremdet. Es gibt noch einen höheren Interessenten, alle diese okkulten Vorgänge betreffend. Se. Königliche Majestät weiß zwar nicht um die jüngsten Bluttaten. Der Regent wird jedoch jeden zur Rechtfertigung ziehen, der mir als seinem Sonderbeauftragten in Ordensfragen bei der Aufdeckung dieser geheimen Umtriebe nicht rückhaltlose Unterstützung gewährt hat!«

Langustier hatte kurz überlegt, nun zog er einen Umschlag aus der Jacke und reichte ihn seinem Gegenüber. Zitternd las Wallner die knappen Zeilen in des Königs Krakulatur:

> FR
>
> Dem Bruder Langustier, welcher vor mihr die Ritter-Turniers der Mäurer erforscht, ist jede Hülfe-Stellung zu geben, die er braucht. Etwaige Logen-Gebote seindt durch mein Wort aufgehoben und wer ihm nichts sagt, wenn er etwas weiß – den werde ich gerächte und sehr hart bestrafen. Jeder, der sich der Zusammenarbeit mit Br. Langustier verweigert wird aus dem Mäurerbunde in meinem Lande offiziell excludieret.
>
> F

Diese Worte verfehlten ihre Wirkung nicht. Wallner gab seinen Widerstand auf und das Dokument zurück. Er seufzte tief. Vor ihm saß ein königlicher Agent, und er, Wallner, hatte diesem

falschen Bruder gerade die Aufnahme in die höheren Grade in Aussicht gestellt.
»Die drei unglücklichen Brüder liefen in ihr Verderben, ohne sich mir als ihrem Oberen anvertraut zu haben. Diesmal rief ein Unbekannter einen Bruder zu sich, der immerhin den Mut besaß, mir von seinem bevorstehenden Treffen zu berichten. Ich riet ihm zur höchsten Vorsicht, doch nicht rundheraus von der Zusammenkunft ab. Die Beweise jenes sekreten Korrespondenten, die ich sah, schienen mir vertrauenswürdig. Ich will nicht glauben, dass die drei anderen Toten auf diese Weise in die Falle gelockt wurden … Nein, das glaube ich nicht. Welch einzigartige Gelegenheit für den Orden, sich mit den wahren Wurzeln zu verbinden!«
Langustier sprang auf:
»Wer, wann und wo?«
»Von Hordt, in einer Viertelstunde – um Mitternacht –, in der Parochialkirche!«
»Kommen Sie – wir haben keine Zeit zu verlieren! Der Ordensbruder ist in großer Gefahr!«

Er stieg auf der Wendeltreppe abwärts. Mit einer Hand tastete er sich an der Wand entlang. Mit der anderen umfasste er einen Leinensack, der einige schwere Gegenstände enthielt. An einem Lederriemen hing ihm eine Kleiderrolle über der rechten Schulter. Als er am Fuße der Stiege angelangt war, verharrte er kurz. Fledermäuse zirpten in der Finsternis. Als sie den Eindringling witterten, verließen sie ihre Schlafplätze. Er hörte ihre Flügel schlagen, während sie kurz im Kreis um ihn flatterten, bis sie sich entfernten und durch den langen Mittelgang der kreuzförmig angelegten Gruft davonflogen. Die ständige Belüftung, bewerkstelligt durch vergitterte Luken in jeder Kammer, ließ die hier ruhenden Toten ohne Fäulnis mumifizieren, den lebenden Bewohnern sicherte sie Ein- und Ausschlupf. Auch Marder

und Mäuse schienen sich in der künstlichen Höhle dieses Coemeteriums wohl zu fühlen. Er roch ihre Duftmarken.
Inzwischen hatten sich seine Augen angepasst und nahmen den schwachen Lichtschein wahr, der aus den einzelnen Sarglegen drang. Er ging durch den Stollen, vorbei am düsteren Anblick der Gelasse, in denen die Totenkästen zum Teil bis unter die Decke gestapelt waren. Im quadratischen Zentrum der Vierkonchenanlage entzündete er mit Zunder eine Öllaterne, die hier für Sargträger und Besucher bereit stand. Ein blasser Schriftzug – »der dritte Circul« – war über dem Eingang des Querschlags lesbar, in den er sich daraufhin begab. Für einen Moment glaubte er, in einem riesigen Labyrinth zu stehen, auch wenn es nur vier Abzweigungen dieser Art mit je 30 Grüften und zusammen fünfhundert Särgen gab. Das Licht der Blendlaterne huschte über Türöffnungen und unverputztes Mauerwerk. Schatten sprangen neben ihm her, während er den Weg im Untergrund bis zur Ziegelwand am Ende verfolgte. Zwei Räume, größer als die übrigen dieser Reihe, taten sich seitlich auf. Linkerhand erschienen in einer geräumigen Kammer drei riesige Muschelkalk-Sarkophage mit dem Wappen der Grafen von Hordt. In der Höhlung rechterhand stand ein hölzerner Sarg mit dunkelrot geflammter Bespannung aus bizarrer Seide. In seiner Phantasie erschien ein Geisterchor und sang ein Madrigal. Die von Hordtsche Gruft betretend und dabei die Kleiderrolle ablegend, knotete er den mitgeführten Beutel auf, nahm eine weiße Decke heraus und breitete sie über dem Kopfende des einen Steinsarges aus. Durch das Belüftungsgitter in der hinteren Ecke drang ein breiter Strahl Mondlicht und ließ die weiße Fläche aufleuchten. Er nahm eine Bibel und einen Totenschädel aus dem Leinensack und legte sie auf dem improvisierten Altar genau in den Lichtschein. Anschließend trat er zurück und betrachtete mit schief gelegtem Kopf sein Werk: Es gefiel ihm, weil es etwas Katholisches und Schwärmerisches

hatte, das im argen Widerspruch zur schmucklosen reformierten Kirche über ihm stand.
Beim ersten Mal hatte er noch geschaudert und nur mit größter Selbstüberwindung seine Skrupel niedergekämpft. Mannhaft und unerschrocken hatte er sich zeigen wollen – dem Herrn, der alles sah – und war danach ein schlotterndes Nervenbündel gewesen. Der Allmächtigste Baumeister der Welten musste, dies bemerkend, voll der Gnade gewesen sein, denn er hatte ihn nicht vom Erdboden getilgt. Würde er dem Mitleid gestatten, sich in seinem Kopfe einzunisten und ihn beim Ausführen eines Befehles, der von höherer Stelle kam, zögern lassen, so ließe Gott nicht länger Gnade vor Recht ergehen. Mochte, was der Obere verlangte, auch noch so hart sein, nur dem Profanen konnte es unmenschlich erscheinen.
Da er mit den Gesetzen und Mächten einer anderen Zeit in Verbindung getreten war, hatte seine Wahrnehmung sich gewandelt. Die Angehörigen jenes alten Ordens, in welchem aufzusteigen er sich anschickte, beurteilten das irdische Leben mit anderen Maßstäben. Sie redeten nicht nur davon, wie die meisten Freimaurer, sondern standen zu ihren Worten. Für sie hatten Worte noch wirkliche Bedeutung. Mit dem Schwerte drohte man nicht, man schlug dem Gegner den Kopf ab. Sie hielten Gericht über ihn, indem sie ihn vor die schwersten Proben stellten, die es gab. Nur wenige, so hatte Abaris betont, wurden überhaupt zur Prüfung geladen. Von diesen seien bislang alle gescheitert. Wenn es keinem der Prüflinge gelänge, den Anforderungen gerecht zu werden, so wäre der Orden dem Untergang geweiht. Die Schwachen wurden durch ihre Skrupel am Erfüllen der Bedingungen gehindert. Moralische Erwägungen, von den falschen Philosophen erdacht, verhinderten die Selbstreinigung des Ordens. Dieser Moral zu vertrauen hieße, aus Ehrfurcht vor der lebenden Kreatur die Schlange nicht zu töten, wenn ihr tropfender Giftstachel schon im weit geöffneten Maul

zu sehen war. Akantus wollte nicht schwach sein und sein Leben verlieren aus Mangel an Mut. Es lag ihm fern, den Orden der wahren Humanität sterben zu lassen wegen kleingeistiger Vorbehalte und falscher, eigennütziger Angst ums Seelenheil. Wer dem Orden rückhaltlos diente, tat das Beste für seinen Platz im himmlischen Paradies. Akantus gedachte, sein Noviziat bald zu beenden und ein Ritter zu werden, auf den die Mitglieder der Bruderschaft mit Stolz zeigen könnten. Die Unwürdigen fielen durch ihn, den Retter und Neubegründer der alten Ordensherrlichkeit. Sein Mut und seine Selbstüberwindung würden dereinst gefeiert, dessen war er sich gewiss. Er war das ausführende Organ einer erhabenen und umbarmherzigen Ordensgerichtsbarkeit. Mildtätiges Wirken nach außen, hatte Abaris ihn belehrt, konnte nur durch strikte Zucht unter den Ordensmitgliedern und im Herzen eines jeden einzelnen Ordensbruders erwirkt und sichergestellt werden. Mit diesen Gedanken kletterte er auf das untere Ende des Sarkophags neben die darüber drapierte Decke und schlug mit einem mitgeführten Hammer einen schweren Haken in eine Mauerfuge. Er holte eine Pistole aus dem Leinensack, lud sie sorgfältig und legte sie auf den vorderen Steinsarg. Er öffnete die zusammengeschnürte Rolle und zog ein braunes Cape heraus. Das rote Kreuz auf seiner Brust verlieh ihm Macht und Gelassenheit. Er zog sich eine Haube aus Kettengewebe über den Kopf, schob die Kleiderhülle, den Beutel und den Hammer unter den vorderen Sarkophag, kniete nieder und betete. Schließlich nahm er die Pistole und ging zur Ausgangstreppe. Die Laterne stellte er dort ab, wo er sie zu Anfang fortgenommen, ließ sie jedoch angezündet. Er begab sich in einen mit Särgen voll gestopften Raum nahe beim Einstieg, wo er sich verbarg.

Karl Gustav von Hordt hatte das Logengebäude gleich nach dem Ende der Trauerloge verlassen und sich von einem Mietkutscher zur Parochialkirche bringen lassen. Ein Gefühl der Erwartung stieg in ihm auf, anders als sonst, wenn er sich anschickte, die Sarkophage seiner Mutter und der Großeltern zu besuchen. Noch auf der Wendeltreppe, die zur Gruft hinabführte, bemerkte er das aus dem Mittelgang dringende Licht. Das Herz schlug ihm bis zum Hals – er würde die Einweihung erfahren, nach der ihn schon so lange dürstete! In das aufbrausende Gefühl der Auserwähltheit, das er bereits nach dem abenteuerlichen ersten Treffen mit jenem geheimnisvollen Manne verspürt hatte, der ihm so fremd und doch auf eine eigentümliche Weise vertraut erschien, mischte sich Furcht. Die toten Brüder standen vor seinem inneren Auge. Er hielt inne und lauschte in die Weite des Gewölbes. Totenstille. Eine Vision suchte ihn heim wie stets vor wichtigen Ereignissen in seinem Leben. Die Mumien der Toten sah er vor sich: aus ihren Gelassen strömten sie hervor, eine endlose Prozession von augenlosen Gestalten mit altertümlichen schwarzen Gewändern, bereit, ihn in ihrem jenseitigen Kreise zu empfangen. Er verscheuchte das Bild. Die Morde an den Brüdern waren mysteriös, zweifellos, doch der Mann, den zu treffen er hier war, ein ehrwürdiger Ritter des hierosolymatischen Großkapitels, konnte mit ihnen nichts zu schaffen haben – hatte er sich doch just in der Nacht mit ihm getroffen, als das Unheil Scheel ereilte. Wenn der geheime Obere indes über die Gabe verfügte, an zwei Orten zugleich zu erscheinen? Er wurde unsicher: War nicht eben das eine der magischen Fähigkeiten, die man den obersten Graden des echten Ordens zuschrieb? Herrschaft über Raum und Zeit, Fähigkeit, die Materie zu verändern, das Reisen in Sekundenschnelle? So blieb ihm nur, sich zu fragen, warum die drei Brüder auf so absonderliche Weise getötet worden waren. Vom Prinzen hatte er die Details erfragt. Zwar wusste er selbst aufgrund dieser Einzelheiten nicht, wer die drei Mitbrüder auf dem Gewissen hatte, vermutete jedoch, dass ihr abruptes, unnatürliches Ende mit ihren gotteslästerlichen Experimenten in Verbindung stand. Ascheborn, Brandes und Scheel waren längst nicht auf seiner Höhe der Erkenntnis angelangt. Als sie sich dem törichten Wahn hingaben, bereits die letzten der Proben, etwa das Beschwören der Altvorderen Großmeister durch das Verbrennen des Astralpulvers, ausführen zu können, waren sie nichts als blutige Eleven. Wer oder was auch immer sie getötet hatte, davon war er überzeugt, sie mussten es durch ihr unreifes Handeln selbst heraufbeschworen haben. War es zu einer Disharmonie der kosmischen Sphären gekommen, die sich in zerstörerischer Gewalt entladen hatte? Er glaubte nicht, dass sich die Serie fortsetzen könnte. Die Dreizahl war zu heilig, um sie grundlos zu überschreiten. Wallner, dem er sich anvertraut hatte, wollte vom Prinzen Soldaten zu seinem Schutze erbitten, doch er hatte es abgelehnt. Was für ein Gedanke – in diesem Falle würde der Obere erst gar nicht erscheinen: Wie sollte er sein Vertrauen einem Manne schenken, der ihm ein Gleiches versagte? Wallner hatte ihm schwören müssen, sein Wissen um das Treffen für sich zu behalten. Von Hordt dachte wieder an den Ring, an die Liste, an die Aura des Besonderen, die von dem Ritter ausging, der ihm bereits zwei Briefe gesandt, mit der unbedingten Auflage, sie sofort nach der Lektüre zu verbrennen. Es gab also keinen Grund für die Furcht, auf die gleiche Weise zu enden wie jene Frevler. Besaß er nicht weitaus höhere Weihen im Orden der Strikten Observanz als die drei Unglücklichen? Neben dem altschottischen Obermeister Wallner und dem Heermeister Ferdinand von Braunschweig war er der einzige *Equus professus* des Berliner Zirkels. Er konnte sich nicht vorstellen, dass der Ritter, der mit ihm Verbindung aufgenommen, ein Gleiches mit Nichtswürdigen getan.

Von Hordt atmete die kühle Luft des Untergrundes ein. Es lag auch im Sinne des Freimaurerordens, dem er angehörte, dass er die Gelegenheit nicht ungenutzt ließ. Er musste die von ihm

geforderte Prüfung zu bestehen suchen. Gelang es, so würde ein lebendes Bindeglied zwischen Templern und Freimaurern aus ihm werden. Er würde dem Ordensheermeister, dem Herzog von Braunschweig, gegenübertreten und erklären, was ihm widerfahren. Dieser würde ihm die eigene Ordenskette umlegen und feierlich zurücktreten, ganz wie er es geschworen hatte. Wenn der geheime Obere sich zeige, der allein legitimiert sei, das Heermeisteramt auszuüben, so würde er es zur Verfügung stellen. Dieser Obere, der neue Heermeister, würde er sein, dereinst Graf von Hordt, Erbherr zu Sacrow.
Im Kreuzungspunkt der beiden Gangachsen verströmte die Laterne ihr Licht. Von Hordts Bängnis war verflogen. Er nahm die Laterne und ging langsam in Richtung Familiengruft, sich umsehend und in jede der vorherigen Abzweige blickend. Eine neuerliche Vision, die ihm den Weg versperrte, befürchtete er nicht mehr. Aus der Grabkammer, die den Sarkophagen seiner Ahnen die letzte Heimstatt bot, drang ein fahler Abglanz des Mondlichts, das von einer weißen Altardecke zurückgeworfen wurde. Der Anblick der schwarzen Augenhöhlen des Totenhaupts war schrecklich und feierlich zugleich. Von Hordt trat näher hinzu und leuchtete in die Ecke des Raumes. Keine Menschenseele war zu sehen. Eben durchzitterte der erste Glockenschlag vom Turm herab das Gemäuer. Etwas bewegte sich hinter ihm. Als er sich umwendete, wurde es mit einem Mal ganz hell. Das Fragen und Suchen war zu Ende. Ganz deutlich vernahm er den Engel, der die Posaune blies. Die Laterne zerbrach beim Hinfallen. Er aber stand im Lichte vor dem Herrn und war erlöst.

Sie kamen in Wallners Kutsche. Langustiers Aufregung hatte sich auf der kurzen Fahrstrecke noch vermehrt. War die Bedrohung des Grafensohns nur ein Auswuchs seiner ins Kraut schießenden Imagination? Auch sein Gegenüber in der Kutsche bereitete ihm Sorgen. Sonderlich klug war es wohl kaum gewesen, sich Wallner zu offenbaren und als heimlicher Kundschafter des Königs zu entdecken. Er hatte den einzigen Trumpf ausgespielt, der ihm bei seinen Ermittlungen zu Gebote stand. Was, wenn Wallner selbst der kaltblütige Brudermörder war, dem er nachspürte? Ein Blick in das vor Ungewissheit und Furcht zuckende Antlitz beruhigten ihn jedoch hinlänglich – wenigstens dies war ein völlig abwegiger Gedanke. Als sie über den Molkenmarkt in die Ratzengasse fuhren, begannen die Turmuhren zu schlagen. Sie überquerten die Judengasse und kamen durch die Kronengasse. Die Stundenglocke im Turm der Parochialkirche, auf die sie nun zusteuerten, tat den ersten Schlag, als sie anhielten.

Berlin. Sontag d. 17. Abends. In einer ganz andern Lage als ich Ihnen den Winter vom Brocken schrieb, und mit eben dem Herzen wenige Worte. Ich dacht heut an des Prinzen Heinrichs Tafel dran dass ich Ihnen schreiben müsste, es ist ein wunderbarer Zustand eine seltsame Fügung dass wir hier sind. Durch die Stadt und mancherley Menschen Gewerb und Wesen hab ich mich durchgetrieben. *In einem alten Hofkoch fand ich gar den höflichsten Gesellschafter sowohl in des Fürsten Geschäften als auch wegen dem Criminal welches ich zu schreiben gedenke. Seine Tochter, eine verwittwete Gräfin von Beeren und jetzige Frau von Quandt (mögen Sie draus ersehen wie toll es hier zugeht), ist eine achtbare Gastgeberin für viele die ich kenne.* Von den Gegenständen selbst mündlig mehr. Gleichmut und Reinheit erhalten mir die Götter tags aufs Schönste, aber dagegen welckt die Blüte des Vertrauens der Offenheit, der hingebenden Liebe *und Brüderlichkeit* täglich mehr. Sonst war meine

Seele wie eine Stadt mit geringen Mauern, die hinter sich eine Citadelle auf dem Berge hat. Das Schloss bewacht ich, und die Stadt lies ich in Frieden und Krieg wehrlos, nun fang ich auch an die zu befestigen, wärs nur indess gegen die leichten Truppen.
Es ist ein schön Gefühl an der Quelle des Kriegs zu sizzen in dem Augenblick da sie überzusprudeln droht. Und die Pracht der Königstadt, und Leben und Ordnung und Überfluss, das nichts wäre ohne die tausend und tausend Menschen bereit für sie geopfert zu werden. Menschen Pferde, Wagen, Geschüz, Zurüstungen, es wimmelt von allem. Der Herzog ist wohl, Wedel auch und sehr gut. Wenn ich nur gut erzählen kan von dem grosen Uhrwerck das sich vor einem treibt, von der Bewegung der Puppen kan man auf die verborgnen Räder besonders auf die große alte Walze FR gezeichnet mit tausend Stiften schliesen die diese Melodieen eine nach der andern hervorbringt.
G.

Montag, 18. Mai 1778

»Es war kein sehr brüderlicher Auftrag, den Ihnen Se. Majestät erteilt hat«, kam es schwach aus Wallners Mund, während ihn Kutsche und Kopfsteinpflaster durchschüttelten.
Langustier entgegnete:
»Sie müssen verstehen, dass es kein Monarch einfach erdulden kann, wenn sich in seinem Staate eine zweite Hierarchie zu bilden beginnt und das öffentliche Leben von einem geheimen Untergrunde aus gesteuert wird.«
»Als ob dies der Fall wäre, Monsieur! Hat unser Orden nicht die allerhöchsten moralischen Ziele? Wir sind dem König treu, er ist unser natürlicher Großmeister. Wir kämpfen für die Ideale der Aufklärung – selbst der todkranke Voltaire hat sich jüngst in Paris in die Loge *Zu den neun Schwestern* aufnehmen lassen. Freilich ist diese französische Maurerei nicht eigentlich ernst zu nehmen, denn es sind eher Ästheten denn Ritter des Geistes, die diese Loge betreiben.«
Langustier staunte. Voltaire war noch kurz vorm Grabe für eine Überraschung gut. Geistige Umnachtung, vermutlich. Der zwölfte Schlag drang vom Glockenturm herunter und klang aus.
»Sie müssen zugeben, dass zwischen den neutemplerischen Gebräuchen und denen der traditionellen Johannismaurerei eine gewisse Diskrepanz besteht. Es ist wie mit einem zu jungen Wein, der Geschmack ist nicht gefestigt, der Eindruck, den man davon gewinnt, ist ein noch vollends beliebiger. Se. Majestät kann ihm nichts abgewinnen, und Sie sollten sich darauf einstel-

len, dass es früher oder später ein rasches Ende damit nimmt. Ich bin erstaunt, wie ein Mann Ihres Einsichtsvermögens sonderlichen Wert auf Papiere legen kann, wie ich sie Ihnen vorhin reichte. Die Maurerei muss doch lebendige, gewachsene Tradition verkörpern und kann auf die Anknüpfung an uralte Orden, sofern sie nur auf windige Urkundenzeugnisse zu stützen ist, gut verzichten.«

Wallner schwieg und hatte einen säuerlichen Zug um die Lippen, als sie ausstiegen. So schnell ihm das Alter es erlaubte, eilte Langustier die Treppe zum Säulenportal der Parochialkirche hinauf. Wallner hatte die Tür auf von Hordts Bitte hin aufgeschlossen, bevor er zum Logenhaus gefahren war.

»Wo findet das Treffen statt?«, fragte Langustier.

»In der Gruft.«

Langustier überließ dem Prediger die Führung, nicht ohne seiner Ungeduld wiederholt Ausdruck zu verleihen.

»Beim Allmächtigsten Baumeister der Welten – lassen Sie uns eilen!«

Wallner alarmierte den Küster, der nach einer unendlich langen Zeit mit Laternen von seinem Haus herüberkam, das vor der alten Stadtmauer gelegen war. Endlich standen sie vor dem Schneckengewinde des Gruftabstiegs. Langustier drängte sich an Wallner und dem verschreckten Küster vorbei, übernahm dessen Laterne und stieg die gewundene Stiege hinab. Von unten hörte er etwas.

»Monsieur von Hordt!«

Er keuchte vor Anstrengung, als er die Mitte der Gruft erreichte. Aus einem der Querschläge weit hinten kam Licht.

»Monsieur von Hordt!«

Langustier stürmte in den »dritten Circul«, wo ihm ein Mann mit einer Lampe entgegenkam. Das Licht beider Laternen blendete die Träger wechselseitig. War das von Hordt? Langustier war sich nicht sicher. Er hielt sich die Hand schützend vor die

Augen. Der andere würde genauso wenig sehen können, daher drehte er die Lampe etwas zur Seite.
»Monsieur, sind Sie wohlauf?«
Langustier blinzelte ins grelle Licht. Womit feuerte dieser Höllensohn seine Laterne? War dies ein Absud aus der Alchemistenküche des alten Kunkel?
»Mein Gott, wir hatten uns schon Sorgen um Sie gemacht! Ihr Ritter ist wohl nicht gekommen?«
In diesem Moment sah er das rote Templerkreuz auf der braunen Brust seines Gegenübers. Schon warf ihn ein heftiger Stoß aus der Bahn. Er taumelte in eine Seitengruft und verlor das Gleichgewicht. Die Gestalt stürzte durch den Gang davon, und alles, was Langustier in der Kürze der Zeit noch sehen konnte, war eine Sturmhaube aus Kettengewebe über dem Kopf. Augen und Gesicht des Flüchtigen waren schon aus dem Bild, als Langustier mit der Wucht einer gefällten Eiche rücklings auf eine Pyramide aus Kindersärgen prallte. Die Lampe landete unsanft auf dem Boden, kam aber zum Stehen und brannte dort weiter. Morsches Holz splitterte, Sargdeckel gerieten in abschüssige Fahrt, aus gespaltenen Kästen rasselten die Knochen. Wenigstens einen der kleinen Särge wollte Langustier vor dem Zerschellen am Boden retten. Geistesgegenwärtig machte er noch im Fallen Anstalten, ihn in der Luft zu fangen, konnte aber nicht verhindern, dass sich Hülle und Inhalt im Herumwirbeln trennten. Eine Wolke aus Hopfenblüten erfüllte unversehens den Raum, während Langustier restlos zu Boden ging. Mit einem Schreckensschrei blickte er auf die Puppe eines mumifizierten Kinderleibes in seinen Armen, als er die Augen wieder aufschlug: das kleine verschrumpfte Wesen hatte nichtsdestotrotz einen riesigen Wasserkopf, den nur eine dicke blaue Schleife zusammenzuhalten schien. Die Augen- und Mundöffnungen waren nur noch schmale Schlitze in der ledrig-braunen Haut, ein zerfaserndes weißes Tüllkleidchen und zerrissene gelbe

Strümpfe nahm er im Zwielicht wahr, dann legte er den toten Körper in eine der herumliegenden Halbschachteln, bemüht, beim schwierigen Prozess des Aufstehens nicht auf herumliegende Kinderköpfe und verstreute Kinderknochen zu treten. Knirschende Geräusche zeigten an, dass ihm dies aufgrund mangelnder Beweglichkeit seiner schmerzenden Beine nicht sehr gut glückte. Vom Eingang der Gruft kam ein Schrei. Langustier humpelte, von einem dumpfen Schmerz in der Flanke gepeinigt, in den Gang.

»Monsieur Langustier!«

Wallner und der Küster näherten sich eilends. Sie wirkten erleichtert, ihn am Leben zu sehen. Er war in Rage:

»Warum haben Sie den Flüchtenden nicht aufgehalten? Verfolgen Sie den Mann!«

»Nein! Ich erlaube nicht, dass sich mein Küster in tödliche Gefahr begibt! Ich selbst liebe mein Leben zu sehr, um die Aufgaben der Polizei übernehmen zu wollen. Ich bin zu alt für Verfolgungsjagden.«

Wallner hatte Angst.

»Konnten Sie sein Gesicht erkennen?«, fragte Langustier.

»Er war blond«, sagte der Küster. »Unter dem Kettengewebe war etwas von seinem Haar zu sehen!«

Wallner zitterte so stark, dass er Mühe hatte, zusammenhängend zu sprechen.

»Es war einer der alten Oberen, das ist gewiss! Die Aura, die von ihm ausstrahlte, als er an uns vorbeihuschte, war deutlich zu spüren!«

Langustier stieß namenlose Verwünschungen aus und trat den gestampften Boden der Gruft, der wenig dafür konnte, dass sie den Mörder hatten entkommen lassen. Der Küster bemerkte entsetzt den von zerborstenen Särgen, Hopfenblüten, Knochen und Kindermumien bedeckten Boden.

»Was ist mit von Hordt?«

Wallner und Langustier hatten sich gleichzeitig dieser offenen Frage entsonnen und stürzten zur von Hordtschen Familiengruft.

Der Leichnam hing über dem vorderen Sarkophag von einem Haken in der Mauer herab, dergestalt, dass es aussah, als sei er mitten in der Bewegung des Herabgleitens erstarrt. Rot gesprenkelt waren Wände und Sarkophage, denn von den drei Kugeln, die den Körper des Ermordeten aus kurzer Entfernung dort durchschlagen hatten, wo Herz, Lunge und Gedärme gesessen, war durch die rückwärtig an der Leiche sichtbaren trichterförmigen Austritte eine nicht unbeträchtliche Menge Blut zur Verteilung gebracht worden. Neben dem Toten auf dem Sarkophag lag ein Manuskript, locker eingeschlagen in Wachspapier, um das ein Band geknotet war. Langustier löste die Verpackung und fand eine Abschrift der ersten drei Kapitel von Lessings *Ernst und Falk*, einer angeblichen Verräterschrift, in der die Geheimnisse der Freimaurerei vor dem profanen Leser ausgeplaudert wurden. Das Werk war noch nicht im Druck erschienen, sorgte aber in Maurerkreisen schon seit Jahresbeginn für Aufregung und kursierte in handschriftlichen Kopien. Der Akazienzweig fehlte nicht. Langustier trat nahe an die Wand und sah den Leinenbeutel und die fallen gelassene Kleiderhülle sowie den Vorschlaghammer unter dem einen Sarkophag hervorlugen. Im Beutel war ein Pflanzenrest, wohl von dem Zweig? Nein, es war ein Stängel Schöllkraut – was aufs Gleiche hinauslief, denn wo Akazien wuchsen, war Schöllkraut nicht weit. Soviel hatte er nun ja hinlänglich oft gehört. Wallner tippte mit dem Finger auf das Manuskript und sagte, in einem unpassenden Ton, der nur seiner völligen Schockiertheit zuzuschreiben war:

»Alles, was dieser Bruder Lessing schreibt, war schon anderweitig bekannt, noch dazu sind es ganz edle und harmlose Wahrheiten.«

Sie warfen noch einen letzten Blick auf die Stätte des Grauens, dann verließen sie die von Hordtsche Gruft. Mochte der Polizei-Kommissar Distel, zu dessen Verständigung der Küster ausgesandt wurde, sich um die Detailaufnahme kümmern. Sie stiegen wieder hinauf und gingen in die Sakristei. Während Wallner zwei Gläser und eine Flasche Wein aus einem Schränkchen nahm und eingoss, rekapitulierte Langustier, was er von diesen einstigen Döberitzer Pfarrersohn und nachmaligen Hallenser Kandidaten der Theologie wusste. Als Hofmeister beim Grafen Itzenplitz hatte Wallner sich der gräflichen Gattin überaus gewogen gemacht, so dass sie ihm nach des Grafen Tod das Gut Behnitz verpachtete, wo er daraufhin etwas die Landwirtschaft betrieb, um praktische Kenntnisse für eine ökonomische Schrift über *Die Aufhebung der Gemeinheiten in der Mark Brandenburg* zu sammeln. Mit dieser Abhandlung war er dem König angenehm aufgefallen, ein Vorteil, den er sich aber selbst wieder verscherzte, als er dem törichten Einfall nachgab, die Tochter der Frau von Itzenplitz zu ehelichen. Als er um Standeserhöhung nachsuchte, wurde er in den Augen des Monarchen zum *betriegerischen und intriganten Faffen*. Daher hielt er sich jetzt an den Prinzen Heinrich und steckte seine ganze Kraft in die Geheimbündelei. Eigentlich ein trauriger Fall. Nach einem kräftigen Schluck des guten, da französischen Weines nahmen sie an einem kleinen Tisch Platz. Langustier fragte:
»Was für ein Geheimnis teilten die Brüder, die jetzt nicht mehr unter uns sind?«
Wallner blickte ihn irritiert an, deshalb setzte er nach:
»Monsieur Wallner, bitte sprechen Sie! Von Hordt ist das vierte Opfer einer Gruppe von bedrohten Personen, die mindestens noch einmal so viele Mitglieder zählt. Sie gehören ebenfalls zum Kreise der Gefährdeten. Ich vermute, dass es alle diejenigen sind, die sich kürzlich die Eltestersche Sammlung von Altertümern besahen. Ich glaube weiter, dass alle diese Per-

sonen im Schloss des Grafen von Hordt zusammengekommen waren, am Abend vor dem ersten Mord! Was hat sich dort wirklich abgespielt?«
Wallner trank und war bemüht, bei seinen langsamen Worten eine gleichgültige Miene aufzusetzen.
»Ich weiß nicht, wie Sie auf diese abenteuerlichen Vermutungen kommen. Die Eltestersche Sammlung zu besehen diente allein der Notwendigkeit, ein Bild von ihrem wahren Werte zu erhalten. Wir müssen demnächst über ihren Ankauf beraten. Was über die Versammlung in Sacrow zu sagen ist, werden Sie sicher bereits vom Prinzen erfahren haben. Ich kann Ihnen nichts Neues darüber verraten.«
»Was ist da zu verraten? Welche Art von Geheimnis?«
»Es sind militärische Dinge.«
»Sie sind aber gar kein Militär, mein Herr. Ihre Tätigkeit beim Prinzen ist ziviler Natur. Und dennoch waren Sie auch anwesend. Warum?«
Wallner stockte kurz, sagte aber schnell:
»Ich war nur anwesend, weil ich die Frage der Feldlogen erörtern musste. Also eine Frage von Militär und Freimaurerei.«
Langustier ließ nicht locker.
»Das, Monsieur, ist erstens nachrangig in einem Feldzug und kann wohl kaum Gegenstand einer geheimen Militärkonferenz gewesen sein, wo angeblich so wichtige Fragen wie die Verbesserung des Postverkehrs ins Aufmarschgebiet besprochen wurden. Zweitens hat der König in seinem letzten Erlass jegliche Feldlogen verboten!«
Das war ein Bluff. Aber er erfüllte trefflich seinen Zweck. Wallner war für einen Moment sprachlos.
»Das ist mir … Davon ist mir gar nichts …«
Langustier hatte ihn in der Zwinge und ließ ihm keine Zeit nachzudenken und sich herauszuwinden:
»Ich frage Sie zum letzten Mal, sonst kann ich weder für Ihre

noch für des Prinzen Sicherheit garantieren: Was war der wahre Zweck der Sacrower Versammlung?«

Nach bangen Momenten, in denen Langustier zum ABdW betete, er möge seinen Diener dazu bewegen, den Mund aufzumachen, sagte der Rentmeister des Prinzen, der reformierte Prediger und schottische Obermeister der Strikten Observanz schließlich schwach:

»FRAC.«

»FRAC?«

»FRAC!«

»*FRAC* – … was bedeutet *FRAC*? Ich muss gestehen, Monsieur, dass ich die Vorliebe der Geheimbündler für Abkürzungen eine Weile spaßig und unterhaltsam fand, dass sie mir mittlerweile aber einen heftigen Widerwillen erregt.«

Wallner seufzte, da sich die Offenbarung nicht mehr verzögern ließ.

»*FRAC* bedeutet *Fraternitas Rosae et Aurae Crucis* – Bruderschaft der Rosen- und Goldkreuzer.«

»Aha. Und diese ehrenwerte Gesellschaft traf sich in Sacrow?«, fragte Langustier, der mit der reinen Bezeichnung wenig anfangen konnte.

»Nicht ihr Kapitel, denn das kann es gewissermaßen gar nicht geben, da es diese Gesellschaft recht eigentlich gar nicht gibt …«

»Sie sprechen in Rätseln: Wie soll einer zu einer Gesellschaft gehören, die es gar nicht gibt?«

»Nun, es gibt sie, aber sie ist im Ideale keinem Außenstehenden sichtbar. Nennen wir sie also eine für die meisten unsichtbare Gesellschaft. Eine Gesellschaft, die nur in kleinen, von einander ganz unabhängigen Zirkeln existiert und deren Angehörige ansonsten nur im gemeinsamen Ziele vereint sind.«

»Und einer dieser Zirkel besteht in Sacrow?«

»Bestand, Monsieur, bestand – denn der Zirkel war an die Örtlichkeit gebunden, die von Hordts jüngster Sohn zur Verfügung gestellt. Man wird sich neu orientieren müssen ...«

»Die Existenz der Gesellschaft ist von einzelnen Personen oder Orten abhängig?«

Wallner trank und erklärte feierlich:

»Die Rose ist das Symbol der Verschwiegenheit, lieber Bruder. Wenn ich Ihnen nun etwas über diesen Orden berichte, so geschieht es gänzlich *sub rosa* und in Erfüllung Ihres Ansinnens, weiter in die Geheimnisse der Maurerei vorzustoßen.«

Er hat, dachte Langustier, das königliche Machtwort wohl bereits wieder vergessen. Doch er wollte keine Störung in den Erklärungseifer des Mannes vor ihm bringen und schwieg.

»Nichts anderes nämlich ist die Gold- und Rosenkreuzerei als eine Fortsetzung der Arbeit des Freimaurers in einer Sphäre höherer Reinheit, wahrer Frömmigkeit und noch größerer Demut vor Gott! Die Mitglieder der Zirkel nähern sich den göttlichen Geheimnissen in den Konventionen oder Konventen – den Zusammenkünften – auf einem individuell höchst divergenten Stufenwege. Religiöse Übungen sind das Mittel, die Darstellung des Lapis philosophorum ist der Endzweck.«

»Des Steins der Weisen? Dann bedeutet Gold- und Rosenkreuzertum Goldmacherei?«

Langustier hatte es ausgesprochen, als ob es nichts wäre. Wallner schnappte zusammen wie eine Muschel bei Gefahr. Langustier war bemüht abzuwiegeln, indem er rasch hinzufügte:

»O pardon, Monsieur! Bitte verzeihen Sie, dass ich Sie mit meinem Unverstand verletzte. Wenn man gar nichts weiß, so ist es leicht, sich den Unwillen der Wissenden zuzuziehen. So erklären Sie es mir, als wollten Sie einem Kinde predigen. Es ist für meine Wenigkeit von kriminalistischen Interesse, soviel wie möglich über diese Sacrower Konventionen und die Rolle der Ermordeten dabei zu erfahren. Ihr *sub rosa* wird mir stets vor Augen stehen, wenn ich Gefahr laufe, vor noch unbedarfteren

Ohren, als die meinen es sind, etwas davon auszuplaudern. Nur in betreffs des Königs vermag ich Ihnen nichts zu versprechen, da sein Interesse dahin gehen muss, alle verschlungenen Wege des menschlichen Geistes, so sie in seinen Landen beschritten werden, ohne Ausnahme kennen zu lernen. Dies dürfte Sie indes wenig kümmern, da Sie ja vorhin selbst ein mehrfaches *Vivat* auf unseren Herrscher ausgebracht haben. Auch darf ich Sie an das Motto erinnern, das die rituelle Arbeit in der einfachsten Loge beschließt und das uns auch in den höchsten Sphären unserer Arbeit nicht verlassen sollte: *Wehret dem Unrecht, wo es sich zeigt!*«

Wallner war nicht so leicht zu besänftigen. Langustier hatte es unterlassen, ein oder gar mehrere Male *lieber Bruder* in seine Rede einzufügen, weil Heuchelei ihm zuwider war. Endlich jedoch begann der altschottische Obermeister zu sprechen, wenn es ihm auch sichtlich und hörbar schwer fiel. Er wand sich auf dem Stuhl und hauchte die Worte über den sich leicht kräuselnden roten Spiegel in seinem wieder gefüllten Weinglas.

»Ein Sprichwort sagt: *Arbeit, Rauch, Hunger, Gestank, Frost und am Ende der Galgen – das ist es, was der törichte Goldmacher gewinnt!* Sie dürfen die Brüder vom Gold- und Rosenkreuz nicht mit den Myriaden von unglücklichen Adepten und Scharlatanen verwechseln, die über die Jahrhunderte unzählige Gutgläubige ins Verderben gestürzt haben und bei ihrem fruchtlosen Bemühen überdies selbst zuschanden wurden. Tieferes Versenken in Gott und geläutertes Eindringen in die Natur mit Gottes Hilfe sowie die Herrschaft über die Welt der Geister setzen den Bruder im Rosenkreuzergrad – wofür der Pelikan das Symbol ist – in den Stand, aus der *Materia prima* oder dem Urstoff den Stein der Weisen zu erschaffen, mit dem unedles Metall in Gold zu verwandeln ist und jede Krankheit geheilt werden kann. Bei den Konventen werden zunächst die Seelen der Brüder in der religiösen Kasteiung gereinigt, etwa durch das hundertmalige Absingen des 147sten Psalmes auf Knien, sodann werden in einem Laboratorium nach den Büchern der großen christlichen Adepten die Operations-Konventionen vorgenommen. Von Hordt hat dem Zirkel *Zur alten Burg* ein würdiges Laboratorium im Dachstuhl des Schlosses eingerichtet. Er hat sein ganzes Vermögen in den Dienst der Bruderschaft gestellt. Er besaß ein paar für unsere Zwecke äußerst wertvolle Bücher. Als deren rarstes darf gelten: Karl Hubert Lobreich Plumoeks *Geoffenbarter Einfluß in das allgemeine Wohl der Staaten der ächten Freimäurerey aus dem wahren Endzweck ihrer ursprünglichen Stiftung erwiesen* … Darin ist der Unterricht enthalten, wie das rosenkreuzerische Astralpulver darzustellen ist und was man dazu braucht. Man findet es auf den morgendlichen Wiesen, und nahe Sacrow war es besonders reichlich vorhanden.«

»Handelt es sich zufällig um eine gallertartige Masse, die sich ausnimmt wie Froschlaich?«, konnte Langustier nicht umhin zu fragen.

»Sie wissen darum?«, fragte Wallner mit höchst erstauntem Gesichtsausdruck.

»Heim und ich fanden zwei Gläser voll davon in der Nähe des Heidensteins, an dem Brandes getötet wurde. Die Behältnisse waren in einer ledernen Tasche verborgen, auf der ein seltsamer Name stand, ich komme nicht drauf …«

»*Amphorus Inflammarion!*«, sagte Wallner mit Trauer in der Stimme.

»Genau! Das war es. Woher wissen Sie das?«

»Das war der Rosenkreuzername von Brandes. So wie *Polyglotta* derjenige von Hordts gewesen ist. Meiner ist *Pelikanus.*«

Langustier brauchte einige Augenblicke, um das zu verdauen.

»Wollen Sie allen Ernstes behaupten, dass erwachsene Männer nachts über betaute Wiesen streunen und Froschlaich in Gläsern sammeln, um daraus den Stein der Weisen zu destillieren?«

Wallner schüttelte angewidert den Kopf.
»Wer redet denn von Froschlaich? Es handelt sich um die Überreste der Sternschnuppen, die in klaren Nächten vom Himmel in unseren Äther herabschweben. Aus diesen Resten lässt sich das Sternschnuppensubstrat gewinnen. Es ist der als *Spiritus mundi* bezeichnete, in überirdischen Regionen vorkommende flüchtige Stoff.«
Jetzt konnte sich Langustier das Lachen nicht verkneifen. Wallners Miene verhärtete sich.
»Lachen Sie nur, Monsieur. Sie können auf das Erhabene offenbar nicht anders reagieren. Da Sie die Einweihung nicht erfahren haben und mit den Geheimnissen der Sie umgebenden Geisterwelt nicht vertraut sind, müsste die Wahrheit Sie töten, wenn Sie sich nicht durch Lachen davor schützten. Ich kann Ihnen als einem Unwissenden indessen mitteilen, dass unsere Beweggründe so fromm und rein und den ehrenwerten Zielen der Wissenschaft verwandt genug sind, dass auch der ehrenwerte Georg Forster, bei dem wissenschaftliche Autorität und Aufrichtigkeit des Strebens wohl völlig außer Frage stehen, sich zu den Sphären der höheren Erkenntnis hingezogen fühlt.«
Langustier hatte sich die Tränenspuren fortgewischt. Jetzt musste er doch die Stirn in Falten legen. Er fixierte sein Gegenüber höchst fragenden Auges.
»Forster? Sie setzen mich in Verwunderung. Er schrieb mir nichts davon. Hat er denn auch einen besonderen Namen als Rosenkreuzer?«
»In der Kasseler Niederlassung des Ordens heißt er *Amadeus Sragorisonus Segenitor*. Er mag momentan als die größte Stütze unseres noch recht jungen Ordens gelten. Es gibt indes bereits fürstliche Mitglieder. Es sind auch zwei Ihrer Freunde darunter.«
Wallner schien diese Indiskretion Genuss zu bereiten:
»*Rosmarion Ursulinus Arbiter* und *Mignon Astragalus Vegetabilis*. Bärbaum und Neuhof.«

Langustier konnte jetzt nichts mehr erstaunen.
»Waren die beiden auch am Vorabend von Brandes Tod in Sacrow?«
»Natürlich. Sie haben nie gefehlt, aber auch nicht diese Art von Begeisterung bei unserer Arbeit gezeigt wie Brandes, Ascheborn und Scheel. Ascheborn hat als Erster den Kontakt zu den alten Oberen gesucht, doch er ist gescheitert, weil er sich der Methoden eines schwarzen Magiers bediente. Brandes hat es als nächster probiert, an jenem verhängnisvollen Abend, als unsere Operations-Konvention beendet war und alle sich zum Rückweg nach Berlin oder Potsdam rüsteten. Er war bestrebt, Plumoeks Methode für den Kontakt anzuwenden. Er ist zu diesem Behufe gegen sieben allein zur Schwedenschanze losgezogen, wohin ihn, wie er angab, ein unbekannter Oberer bestellt habe, den er bei einem ersten erfolgreichen Besuch des Geisterreichs getroffen. Ich bin überzeugt davon, dass er den Kontakt gefunden, dass aber die vorausgegangene verwerfliche Beschwörung der Geisterwelt durch Ascheborn einen Rachedämon in diese Welt gebracht hat, der die beiden, die ihm auf seinem Weg folgen wollten, vor der glücklichen Erfüllung zu sich ins Reich der heillosen Schatten gezogen hat.«
Wallner hatte offenbar zu tief ins Glas geschaut. Langustier zog auch Schock durch die zuvor erlebte Gefahr in Betracht.
»Sie wollen sagen, dass Sie den Mann mit dem Templerkleid, der Sie vorhin beinahe mit einer Kugel ins Jenseits geschickt hätte und der zuvor bereits vier Menschen umgebracht hat, für einen Geist halten, der nach Gold- und Rosenkreuzer-Methode heraufbeschworen wurde?«
»Nein – für einen Geist, der nach verwerflicher, gottloser, schwarzmagischer Methode in die Welt gebracht wurde, Monsieur! Das ist ein wesentlicher Unterschied. Es ist möglicherweise die Seele eines abtrünnigen Templers, der allen aufrechten und strebsamen neuen Templern nachstellt. Warum sollten

Geister nur diese substanzlosen Chimären sein, wie man uns immer glauben machen will? Wie es bei uns Gut und Böse gibt, so ist es auch in der Geisterwelt. Ich habe mich hin und wieder mit Wesen aus dieser Zwischenwelt unterhalten und bin mir sicher, bei dieser Gelegenheit etwas von den Geheimen Oberen, den Uralten und wie man sie sonst noch nennen will, erfahren zu haben. Es sind dies Männer aus den Gründungstagen des Ordens, deren Alter nicht nur schwer einzuschätzen, sondern recht eigentlich unbestimmbar ist. Genau wie die dunklen Wesen kommen auch diese ephemeren Lichtwesen zu uns. Es bedarf nur der rechten Anweisung, sie zu rufen. Nach Ascheborn und Brandes scheinen weder Scheel noch von Hordt den Geistern die nötige goldene Brücke gebaut zu haben.«

Auf diesen offenbaren Irrsinn konnte und wollte Langustier nichts erwidern. Stattdessen sagte er, bemüht, Wallner nicht durch einen zu impertinenten Tonfall zu vergrämen:

»Würden Sie mir eine Liste der Mitglieder des Zirkels *Zur alten Burg* anfertigen?«

Wallner nickte ohne großen Enthusiasmus. Das Eintreten des Polizei-Kommissars Distel, der seine Arbeit am Tatort für abgeschlossen bezeichnete und sich kurz mit Langustier zu unterhalten wünschte, beendete ihr Gespräch. Langustier gab Distel alles zum offiziellen Protokoll, was er bemerkt hatte. Er lieferte auch die Erkenntnisse nach, die Gerardine und Heim in Tempelhof gewonnen hatten. Er sehnte sich nach völlig geisterlosem schwarzen Schlaf, und wenn es schwarzer Magie bedurft hätte, ihn zu erlangen, er hätte nicht gezögert, sie anzuwenden. Die Liste, die Wallner ihm einhändigte, bevor er ging, besah er aufmerksam und steckte sie dann ein. Klaproth, Bernoulli, Theden, Maußhardt, Lüdicke, Sello. Sogar der Sacrower Küster mit diesem ulkigen Namen – dem volkstümlichen Wort für den Wiedehopf – war dabei: Hupfuff. Soso.

In der Roßstraße wurde der Spätheimkehrer von Gerardine und

Rahel mit vor Schlaflosigkeit wagenradgroßen Augen erwartet. Er vertröstete sie auf den kommenden Morgen, was Erklärungen betraf. Des waren nun alle zufrieden und selig, sich endlich in Ruhe zu ebenderselben begeben zu dürfen. Gerardine schlief ein mit dem Gedanken an Heim, der versprochen hatte, zeitig zum Frühstück von Spandau herzukommen.

Niemand konnte sich erinnern, dass das gemeinsame Frühstück an der Langustierschen Tafel in der Roßstraße jemals später stattgefunden hätte als an diesem 18. Mai 1778. Heim hatte sich noch die Beine vertreten müssen, bis ihm Clarissa Asselmeyer, die Rahel seit dem Festabend verstörter noch und in ihren Diensten mehr denn je en passant vorkam, den Eintritt gestattete. Als der alte Herr auf dem Plan erschien, wirkte er über Nacht vergreist. Langustier humpelte und jammerte lauthals, denn der zunächst kaum beachtete Sturz hatte immense Folgen gezeitigt. Die Flanke, in die sich ein Sargdeckel gebohrt haben musste, schmerzte bei jeder Bewegung, und der verlängerte Rücken, der mit dem Gruftboden vertrautere Bekanntschaft gemacht hatte, als ihm lieb war, brannte lichterloh. Sogar das Sprechen schmerzte Langustier, so dass die Erzählung von seiner Begegnung mit dem Mörder für Gerardines Geschmack viel zu kurz ausfiel. Heim schrieb ein Rezept für eine Salbe, die der Malträtierte gleich nach dem Frühstück persönlich beim Schwanenapotheker in Auftrag zu geben gedachte.

»Warum gerade beim Provisor Klaproth? Spandauer Straße, das ist nicht eben bloß um die Ecke«, monierte Rahel, die während der Gruftgeschichte immer nur den Kopf geschüttelt hatte, was bedeutete: Törichter Alter, du kannst es einfach nicht lassen, musst noch immer den jungen, gelenkigen Schurken nachstellen!

»Liebes, es geht hier nicht um meine Wenigkeit (aua, verd…!), ich will zu Klaproth gehen, weil dieser Mann sowohl bei den komischen Rosenkreuzern als auch bei den Templern mitmischt und Ascheborn, also eines der Opfer, bei ihm angestellt war. Ich hätte schon längst mit ihm reden sollen. Stellt euch nur das Trio vor: Hupfuff, der bucklige, rußig-graue Sacrower Küster, Klaproth, der leuchtend weiße Berliner Schwanenapotheker, und das dienernde und fistulierende, vom Schöllkrautsammeln gelbe gräfliche Faktotum Lüdicke – drei echtchristliche Laboranten vor dem Herrn, die in Sichtweite des Heiligen Sees ein Gemisch aus gekochtem Froschlaich und Schöllkraut an arglose schwarze Katzen verfüttern, um zu testen, ob sie sich in Engel verwandeln! Und der blonde Knabe, der Engel Anselm, steht dabei und staunt und erwartet förmlich den himmlischen Bruder, den er kriegen soll.«

Die Frühstücksgemeinde lachte (Gerardine und Heim) oder verzog die Gesichter (Rahel und alle anderen). Clarissa Asselmeyer im Hintergrund zuckte zusammen, als der Name Anselms fiel. Als das Frühstück geendigt hatte, bat sie Langustier mit bebender Stimme um eine ungestörte Unterredung und ließ sich auch durch die Bemerkung nicht abwimmeln, dass Eile geboten sei und häusliche Angelegenheiten zu warten hätten.

»Nein, Monsieur, es ist ganz und gar nicht häuslich, es ist etwas Unheimliches!«

Langustier zog die Brauen hoch und bat sie in die Küche.

»Ich hoffe nur, dass sie nicht kündigen will!«, sagte Rahel. »Ich mag nicht schon wieder Wochen damit zubringen, ein neues Dienstmädchen einzustellen!«

Davon konnte aber offenbar keine Rede sein, denn sowohl Clarissa als auch Langustier schienen, als sie aus der Küche kamen, sehr erleichtert.

Der Doktor hatte Rahel Langustier einen Eid darauf leisten müssen, ihren Gatten mit Salbe zu bestreichen, gegen den der hypokratische, wie er vergleichend angab, das reinste Zuckerlecken gewesen sei. Gerardine lachte und schaute aus dem Kutschfenster. Ihr zitronengelbes Kleid hatte eine feine Zeichnung aus grünen Kräutern mit blassrosa Blüten – der Farbe ihres Hutes, unter dem sich die rotbraunen Ringellocken gezwungenermaßen versteckten. In der Kutsche legte sie ihn ab. Heim wartete auf den Moment, da sie sich auch der Jacke aus grauem, russischem Feh entledigen würde. Leider war es nicht sehr warm. Wurmb steuerte bereits Klaproths Apotheke in der Spandauer Straße an, ein zweigeschossiges Eckhaus mit einem bogenförmigen Bild über der großen Eingangstür, auf dem das Wappentier des Ladens zu sehen war. Martin Klaproth, in Wernigerode gebürtig, war nach Lehrjahren in Quedlinburg und Hannover 1768 nach Berlin gekommen, um sich durchs Studium am Collegium medico-chirurgicum, namentlich im Laboratorium der dazu gehörigen Königlichen Hofapotheke, chemisch fortzubilden. Zwei Jahre lang war er Geselle in der Apotheke *Zum Engel* gewesen, hatte sich, zum Rezepter aufgestiegen, drei Jahre in Danzig umgetan, um schließlich 1771 als Provisor wieder nach Berlin zu gehen, wo er in der Apotheke *Zum weißen Schwan* landete, die der Apotheker und Chemiker Valentin Rose betrieb. Vier Wochen nach Klaproths Eintritt starb Rose und hinterließ ihm seinen ganzen Besitz samt eingeführter Apotheke sowie seine beiden Kinder als Mündel. Klaproth war damals knapp 28 Jahre alt gewesen, jetzt war er 35. Die Roseschen Söhne studierten, er selbst hatte zwei Gesellen und einen Lehrling, seine Apotheke lief gut, und sein Ruf als Chemiker wuchs, seit er in den *Beschäftigungen der Berlinischen Gesellschaft Naturforschender Freunde* über chemische und pharmazeutische Materien publizierte. Langustier trat vor Heim und Gerardine in den Laden. Er staunte über die jungenhafte Vitalität des Apothekers, der gerade eben noch an einem seitlich stehenden Pulte mit der Buchführung beschäftigt gewesen war und nun flink herankam.

Langustier, bemüht, ebenfalls jung und gelenkig zu wirken, wurde von der gepeinigten Flanke in die Schranken verwiesen. Klaproth hatte Langustier zuletzt am Vorabend munter bei der Trauerloge erlebt und war bestürzt.

»Um Gottes Willen, was ist Ihnen geschehen?«

Er beugte sich über die Theke, wo neben ihm Geselle Merck und Lehrling Lichtenberg hantierten, um das Rezept entgegenzunehmen, das Heim ihm nun reichte. Langustier erwiderte auf Klaproths Frage:

»Gestern begegnete mir der Tod in Kastenform. Es war ein Kindersarg, der meinen Fall unsanft bremste. Ich besichtigte das Gewölbe unter der Parochialkirche und bin dummerweise unsanft zu Boden gekommen.«

Da Kundschaft eintrat, fragte er:

»Dürfte ich wohl kurz an einem etwas weniger publiken Ort mit Ihnen sprechen?«

Klaproth fasste ihn unterstützend am Arm.

»Hinterm Haus in unserem Kräutergarten gibt es einen lauschigen Sitzplatz.«

Er drückte Merck, dem Nachfolger Ascheborns, das Rezept in die Hand. Mit vielen Kissen, einer Decke und einem Kräuterschnaps von wahrhaft kreuzritterlicher Barmherzigkeit versehen, kam Langustier auf einer Bank im schönen Garten zur Aufbahrung. In der Ferne sah er den Turm der Parochialkirche und legte die Stirn in Falten.

»Herrgott, warum muss man Kindersärge bloß übereinander stapeln? Waren Sie jemals in dem denkwürdigen Gewölbe der Parochialkirche? Ich habe dort gestern einen Sarg gesehen, mit venezianischer bizarrer Seide bespannt … und einen mit verglastem Guckloch. Hinterbliebene sind zu allem fähig.«

»Ich habe es einmal besucht, um dem Manne zu huldigen, der früher an der Stelle lebte, wo jetzt die Kirche steht: dem großen Kunkel von Löwenstein«, sagte Klaproth.

»Ach, was Sie nicht sagen? Der Gold- und Glasmacher von der Kanincheninsel!«
Langustier registrierte fast schon mechanisch die symbolische Abrundung. Der Mord an von Hordt hatte sich ereignet: (1) in einer Kirche mit kreuzförmigem Grundriss, (2) auf einem improvisierten Opferstein (einem entweihten Sarg), (3) in einem Grabgewölbe, das ziemlich genau unter dem christlichen Altar gelegen war, (4) am früheren Wohnort eines berühmten Alchemisten. War das nicht fast schon zuviel des Unguten? Und vor allem: Was wollte der Mörder nun mit alledem sagen? War das überhaupt eine Verlautbarung? Langustier verlor langsam den Glauben, dass sich hinter der symbolischen Fassade etwas vernünftig zu Begreifendes verbarg.
»Ist der Melissengeist so schlecht?«
»Nein, nein, ich schauderte, weil ich an den Grund denken musste, der mich in die Gruft brachte – beinahe wörtlicher, als mir lieb wäre. Nach der Trauerloge gestern Abend schlug der Mörder wieder zu.«
»Um Gottes willen! Wer …?«
»Karl Gustav von Hordt!«
Klaproth schaute fassungslos. Nach einigen Momenten des Schweigens fragte er:
»Sind Sie hier, mir dies zu erzählen?«
Langustier richtete sich ein wenig auf.
»Nein Monsieur. Der Prinz Heinrich hat mich gebeten, der Polizei bei der Arbeit etwas zur Seite (arrgh …) zu stechen, pardon: zu stehen.«
Auf einen Wink hin zeigte Gerardine dem Provisor das Permissschreiben des königlichen Bruders.
»Haben Sie eine Ahnung, was Ascheborn, Scheel, Brandes und von Hordt miteinander verband, abgesehen von dem Umstand, dass sie in derselben alchemistischen Geheimloge laborierten?«
»Alchemistische Geheimloge?«, fragte Klaproth unsicher.

»Der, nebenbei bemerkt, auch Sie zugehören.«
Er zog Wallners Mitgliederliste des Rosenkreuzerzirkels *Zur alten Burg* aus der Tasche und präsentierte sie Klaproth. Langustier konnte es noch immer nicht fassen, dass die angebliche Militärkonferenz bloß eine Versammlung von laborierenden Spinnern gewesen war. Am merkwürdigsten berührte ihn dabei der Umstand, dass der Prinz dieses Treiben nicht nur duldete, sondern sich wahrscheinlich auch höchstselbst daran beteiligte. Armes Preußen! Wallners Behauptung, selbst Forster ergehe sich in solchen Grotten des Ungeistes, in Alchemie und religiöser Selbstkasteiung, sollte ihn bewegen, die Fortsetzung seines Briefwechsels mit diesem jungen Manne gründlich zu überdenken. Doch was war mit Bärbaum und Neuhof? Musste er sich dann nicht auch entschließen, die Taue der Freundschaft, die ihn mit diesen stets für lauter gehaltenen Männern verbanden, mit einem sauberen Schnitte zu kappen?
Da Klaproth schwieg, fragte Langustier:
»Was fällt Ihnen zum Beispiel zu Schöllkraut ein? Von Hordts Diener Lüdicke kutschiert es angeblich garbenweise hierher. Sie zahlen gut dafür, sagt er.«
Klaproth sah auf, offensichtlich befremdet von der Sprunghaftigkeit der Langustierschen Gedanken.
»Schöllkraut ist eine geheimnisvolle Pflanze – schon die Alten glaubten, dass der Saft den Schwalben dazu dient, das Augenlicht zu erwerben, daher der griechische Name *Chelidonium*, der von *Chelidon* für *Schwalbe* abstammt. Wir haben das Schöllkraut in großen Mengen ausgepresst. Der orangegelbe Saft hilft nicht nur gegen Hühneraugen, Warzen, Augeninfektionen – er steht auch im Ruch, die Ausgangsstoffe für den Lapis Philosophorum zu enthalten. Volkstümlich heißt das Schöllkraut ja auch Goldkraut; die Alchemisten glauben daher, dass es nicht nur Schwalben, sondern auch Chemiker sehend und erfolgreich machen kann. Ich habe mich in den Glauben an diesen Talisman

geschickt und geholfen, indem ich den Goldkrautsaft auf kleiner Flamme einkochte. Mir war klar, dass man auf diese Weise weniger Gold als vielmehr allenfalls eine Heilessenz gewänne.«
Langustier fasste den Apotheker etwas unscharf ins weitsichtige Auge. Ob ihm Schöllkraut helfen könnte? Sollte Klaproth in Ascheborn, Brandes und Scheel drei unliebsame Konkurrenten auf der Jagd nach dem Panaceum, dem Theriak, dem Allheilmittel beseitigt haben? Und was war mit von Hordt? Ein Gleiches? Oder war das zu weit hergeholt? Konnte Rivalität zwischen Rosenkreuzern überhaupt eine Rolle spielen, wenn sie ihr Tun ernst nahmen? Sie dienten doch sozusagen Gott und der Welt.
»Warum haben Sie sich überhaupt an dem aberwitzigen Versuch beteiligt, Gold zu kochen?«, fragte Heim, dem es unbegreiflich vorkam, dass ein wissenschaftlich Gebildeter auf solchen Abwegen wandelte. »Sichert man durch sein Mittun bei einer solchen Prozedur nicht den schlimmsten Auswüchsen des Ungeistes ein Fortleben?«
Klaproth tat einen tiefen Atemzug.
»Nun, es wäre wohl vermessen zu denken, dass im Anfange einer geistigen Bewegung bereits ihr voller Wert zu erkennen sei. Vor ein paar Jahrzehnten hätte man Sie auf dem Scheiterhaufen als Teufelsanbeter verbrannt, wenn Sie eine Leiche aufgeschnitten und ihr die Organe herausgenommen hätten, sei es auch im Dienste der anatomischen Wissenschaft. Für Sie wäre es ein ernstes Experiment gewesen, für die anderen ein Zeichen Ihrer Verderbtheit. Inzwischen ist man weiter fortgeschritten in der Welterkenntnis und sieht, dass Ihr Tun von Nutzen sein kann. Den Saft von Chelidonium einzukochen, ist an sich noch kein Zeichen von geistiger Verwirrung. Die Gold- und Rosenkreuzer sehen darin eine Möglichkeit, sich dem Absoluten zu nähern, auf rituelle Weise, wenn Sie so wollen. Es geht ihnen nicht um den materiellen Gewinn für sich selbst, denn sie haben sich in

all ihrem Tun der christlichen Brüderlichkeit und der Barmherzigkeit verschrieben. Ich glaube, dass es überhaupt keine chemischen oder physikalischen Experimente gibt, die von völliger Nutzlosigkeit sind. Ich habe tatsächlich eine interessante alkalische Essenz gewonnen, die auch in der Salbe für Monsieur Langustier gleich ihre Wirkung entfalten wird. Seinen Augen mag sie nebenher auch dienlich sein. Lassen Sie also den Rosenkreuzern ihre unwissenschaftlichen Antriebe, lassen Sie ihnen ihren Glauben an die Wirkung spiritueller Mächte auf das Leben und die Umwandlung der Materie, lassen Sie ihnen ihr *experimentum crucis*. Wenn aus dem protochemischen Kreuzzuge gegen die schwarze Magie neben vielerlei Rauch auch das eine oder andere ätherisch frische Gute entspringt, so kann es niemandem zu Tränen gereichen. Die berühmtesten Alchemisten waren auf ihren Abwegen höchst erfolgreich: Kunkel entwickelte das Rubinglas, Böttcher das Porzellan, und selbst Thurneißer …«

»Unser Hexer Thurneißer?«, fragte Gerardine zwischendrein.

»Ja, Leonhard Thurneißer vom Thurn im Grauen Kloster, der Sohn eines Baseler Goldschmieds. Nun, ich würde ihn nicht Hexer oder Magier nennen, sondern einfach einen findigen, gewieften und neugierigen Mann mit viel Talent zum Gelderwerb. Wie ich sagen wollte: Selbst Thurneißer, über den das Urteil so sehr feststeht, da er sich mit Amuletten, Weissagekalendern, Orakelsprüchen und Salben, Ölen, Pomaden seinen zwielichtigen Ruhm und sein Vermögen erwarb, schrieb eine ansehnliche Botanik, trug mit einer der besten Druckereien des Landes unstrittig zur Verbreitung der echten Naturforschung und Humanität bei und war Vorreiter auf dem Gebiete der chemischen Analyse von Mineralwasser!«

Heim musste Klaproth all dies zugestehen und war, mit Blick auf Gerardine an seiner Seite, froh, dass der Apotheker vom Tier- und Menschenleichensezieren, diesem für viele suspekten medizinischen Steckenpferd, dem er, Heim, frönte, wo er konnte, nur ganz beiher gesprochen hatte.

»Ascheborn suchte inbrünstig nach dem innersten Wesen der Stoffe, der *prima materia*. Er war jedoch kein Geschäftsgenie wie Thurneißer und verkochte bloß all sein Geld. Mit Brandes und Scheel zusammen hat er, einem Auftrag Wallners folgend, an der Darstellung des Astralpulvers laboriert, das dazu dienen soll, mit den Geistern der alten Adepten in Konnex zu treten. Was Brandes dazu in der Sacrower Bucht gesucht hat, sah aus wie Froschlaich, und ich glaube, es war auch welcher.«

Langustier und Heim sahen sich an und grinsten.

»Brandes glaubte felsenfest daran und behauptete, dass er bereits mit den Alten in Kontakt getreten wäre, das Pulver also seine Wirkung täte. Keiner konnte es ihm ausreden, doch zu einer Demonstration im Zirkel fand er die Zeit noch nicht reif. Nun ja, das war kurz bevor er … auf so unerklärliche Weise … ums Leben kam.«

»Er wurde getötet, lieber Bruder!«, präzisierte Langustier, dem die maurerische Leisetreterei langsam auf die Nerven ging. »Mag sein, dass es der unbekannte Obere war, der ihn getötet hat! Zumindest würde das den theatralischen Aufwand erklären, mit dem seine Ermordung einherging.«

»Sie sagen es. Ascheborn dagegen hatte mir von den gewaltigen Schätzen der Templer erzählt, die er mit seinen Mitbrüdern zu heben gedächte, wenn ihnen die Kontaktaufnahme mit *den Alten*, wie er sich ausdrückte, nur erst dauerhaft geglückt wäre. Ich hielt es für einen Scherz oder für eine symbolische Wendung, doch er wiederholte es mehrfach den Tag über, dass ich nicht umhin konnte, ihn für verrückt zu halten. Nur eine kurze Zeitspanne noch, betonte er am Abend vor seinem tödlichen Ausflug.«

Langustier erhob sich stöhnend.

»Monsieur – sollte ein unbekannter Oberer eines verführerischen Ordens an Sie herantreten, und wenn er auch behauptete, Gottvater selbst zu sein und Ihnen Brief und Siegel vorweist, um dies zu untermauern – geben Sie mir Bescheid und gehen Sie nicht auf das ein, was er Ihnen anbietet! Wann hat Ihnen denn der gute Lüdicke das letzte Mal Kraut hierher in ihr sozusagen gutbürgerliches, aufklärerisches Labor gebracht?«

»Heute früh. Er ist beim Schuldirektor Büsching im Grauen Kloster einlogiert wie üblich.«

Klaproth gab Langustier die Salbe, welche Merck angerührt hatte.

Heim legte ihm den Arm auf die Schulter und lächelte:

»Nur nicht so hastig, lieber Freund!«

Langustier starrte ihn irritiert an.

»Die Salbung! Herr Klaproth hat bestimmt eine kleine Ecke, wo sich dies schicklich ins Werk setzen lässt.«

Kurz darauf setzte sich Wurmbs Kutsche mit zwei Profanen und dem Gesalbten wieder in Bewegung. Erklärtes Ziel war das Graue Kloster, das Logis des Faktotums und Schöllkrautspediteurs Lüdicke. Plötzlich streckte Langustier seinen Kopf zum Fenster hinaus und schrie zu Wurmb hinauf:

»Elisium!«

An der Königlichen Bank vorbei ratterten sie die Königstraße hinunter; statt jedoch nach rechts zum Grauen Kloster fuhr Wurmb noch ein Stückchen weiter und bog links in die Gasse hinter der alten Berlinischen Stadtmauer ein. Dieses bröckelige Relikt aus ritterlichen Tagen hieß auf dieser Seite Königsmauer (entsprechend der sich jenseits des Festungsgrabens anschließenden Königsvorstadt), wohingegen das andere Ende hinter dem Grauem Kloster und der Parochialkirche den Namen Stralauer Mauer trug (auf die Stralauer Vorstadt verweisend). Sie hielten zwei Häuser nach dem Calandshof. Heim und Gerardine sahen sich erst bestürzt, dann belustigt an. Heim sagte:

»Ach du meine Güte, da muss Klaproths Gehilfe etwas Falsches in die Salbe gerührt haben.«
Langustier lächelte süßsäuerlich. Mannhaft ertrug er ihr Spötteln und bat sie, zum Grauen Kloster vorauszufahren. Er hingegen werde die wenigen Meter zu Fuß zurücklegen, was auch dem Wiedererlangen seiner Beweglichkeit diene. Zu seiner Urenkelin sagte er:
»Erinnere dich an den Flurnamen im Blumenthal und an den Schriftzug auf dem Stein.«
»Elysium und Kuckuck!«, rekapitulierte Gerardine.
»Ganz recht. Das hier ist nun zwar das *Elisium* der Elise Kuckuck – mit *i*, nicht mit *y* – aber vielleicht weiß besagte Dame mir dennoch etwas zu berichten. Manchmal überkommen auch mich alten Mann noch Ahnungen.«
»Warum dürfen wir nicht mit hinein?«, fragte Gerardine.
Langustier lächelte.
»Deine weiblichen Anverwandten würden mich steinigen, wenn ich dich ins verrufenste Berliner Bordell mitnehmen würde. Was sie sagten, wenn sie wüssten, dass ich selbst nun hineingehe, wollen wir hier nicht erörtern. Ich wäre sowohl dir, meine Liebste, als auch Ihnen, werter Doktor, sehr dankbar, wenn das Mäntelchen des Stillschweigens nur recht fest um diesen Umstand gezurrt bliebe. Doktor, passen Sie gut auf meine Urenkelin auf, ein Gymnasium ist ein nicht minder verrufener Ort!«
Gerardine schmollte kurz, dann aber lächelte sie, wie Heim auch. Die Kutsche rollte an und fuhr die Gasse weiter, denn drehen konnte Wurmb dort nicht. Verrufene Orte? Gerardine und Heim genügte eine Kutsche vollauf. Sie hinderte ihn nicht, als er ihr aus dem Eichhörnchenfell half. Nur schade, dass die Fahrt durchs Geckhol und die Klosterstraße so kurz war, sonst hätten ihr erster Kuss und ihre erste glühende Umarmung länger gewährt.

Von außen war nicht zu erkennen, welche Bestimmung das »gewisse Haus« hatte, denn Vorhänge von schwerstem Seidenstoffe verhüllten die Fenster, damit kein neugieriger Blick von der Straße hineinfallen konnte. Da jeder wusste, was darin vorging, war es natürlich höchst spaßig, so zu tun, als müsste man etwas verbergen. Auch bei Tage war es keinesfalls öde und einsam darin; schon des Morgens begann das geheime Leben. Da stolzierten alsdann alte Roués und junge Bonvivants, Fremde und Neugierige hinein. Ein feines Parfüm durchzog wohltuend sämtliche Räume, um die Sinne zu fesseln. Die kleinen Soupers, die hier stattfanden, zu denen der gute Weinkeller und die ausgesuchte Küche Delikatessen an Speise und Trank lieferten, wurden durch die interessanten Gespräche mit den gebildeten Damen und der Madame Kuckuck selbst, die einen eignen noblen Takt hierin besaß, trefflich gewürzt. Die Damen hatten eben deswegen einen hohen Ruf erlangt und boten für die Herren ungemein viel Anziehendes dar. Rohe und plumpe Gemeinheit war gänzlich aus den Mauern verbannt. Wenn auch die Unterhaltung im Ton von französischer Leichtfertigkeit dahin plätscherte und Äquivokationen oder Doppelzüngigkeiten enthielt, so trugen doch vor allem Humor und Witz zum unverwechselbaren Charme dieses Lokals bei. Viele Herren besuchten das Haus der Madame Kuckuck nur aus dem Grunde, mit den darin befindlichen Frauenzimmern zu parlieren und den eigenen Perückenstock von Kopf ein wenig geistreicher einzurichten, was genügen sollte, die Qualität des in Berlin sonst üblichen öffentlichen Diskurses zu bezeichnen. Als Langustier den Salon im Parterre betrat, dessen Wände mit den freizügigen Porträts der Bewohnerinnen des Hauses geziert waren, empfing ihn Elise Kuckuck persönlich.

»Monsieur, kaum weiß ich meiner Freude Ausdruck zu verleihen – ich hatte nicht erwartet, Sie noch einmal wiederzusehen!«

»Madame, die Freude des Wiedersehens ist ganz auf meiner Seite.«
In seinen Augen blitzte die ganze Lebenslust seiner 76 Jahre auf. Die Frau vor ihm war 58 und sah noch einmal um weitere zwanzig Jahre jünger aus. Doch sein Blick, den sie mit unverhohlener Vorfreude erwiderte, verschleierte sich gleich wieder, und er sagte:
»Ich bin untröstlich, Madame, dass meine Zeit so begrenzt ist; man wartet bereits an anderem Orte auf mich. Auch muss ich Ihnen zu meinem Leidwesen gestehen, dass ich mich nach einem unsäglichen gestrigen Fehltritt kaum schmerzfrei zu bewegen verstehe.«
Sie sah ihn mit einem Ausdruck an, bei dem sich eine gehörige Portion Schalk ins Mitgefühl mischte.
»Von Ihnen derlei abwegige Ausreden zu hören, Monsieur, erheitert mich doch nicht wenig. Wenn ich Ihnen Glauben schenken soll, so müssen Sie mir schon verraten, warum Sie mein Haus aufsuchen, wenn es nicht aus dem Grunde heraus geschieht, Ihre Wunden durch zarte Worte und Hände pflegen zu lassen.«
»Nichts wäre mir erwünschter, nachdem die überaus unzarten Hände des Doktor Heim nur bemüht waren, eine Salbe des Apothekers Klaproth so gründlich in meine lädierte Flanke hineinzureiben, dass sie mir dreimal schmerzhafter erscheint als zuvor.«
»Was haben Sie also zu verlieren?«
Er zeigte ihr das Permiss des Prinzen.
»Ich weiß wohl, Madame – und wusste es früher angelegentlich auch sehr zu schätzen –, dass Sie die Diskretion pflegen und Ihre Worte wie Balsam für jede wunde Seele sein können, doch ich muss von Ihnen etwas völlig Gewöhnliches und Niederes verlangen, nämlich eine Auskunft.«
Ihr unbeschwertes Lächeln wankte nicht.

»Bitte, fragen Sie nur.«
»War von den Herren Ascheborn, Brandes, Scheel oder von Hordt in letzter Zeit einer Ihr Gast?«
Bereits am unruhigen Farbspiel in ihren Augen sah er, dass seine Annahme begründet gewesen war. Ihre Worte bestätigten es vollends.
»Jedem anderen würde ich nach einer solchen Frage die Tür weisen, selbst wenn er einen Brief des Königs in Händen hielte. Ihnen aber könnte ich nie einen Wunsch abschlagen, Monsieur.«
Sie verlor ihre Selbstsicherheit nicht für einen Moment.
»Von den Erwähnten war nur Scheel hier. Er besuchte meinen Salon mit einiger Regelmäßigkeit, doch eher, um sich in ruhiger Atmosphäre zu unterhalten, als wegen anderer Formen des menschlichen Miteinanders. Die Versuche meiner Mädchen, ihn zu selbigen zu bewegen, waren, wiewohl nicht halbherzig, so doch nur selten erfolgreich.«
»Haben Sie auch andere Männer am Tisch dieses weltentrückten Plauderers bemerkt, der bisweilen das siebte Gebot verletzte?«
Sie war einige Augenblicke sprachlos.
»Solches aus Ihrem Mund, Monsieur? Sie werden mir doch hoffentlich kein Frömmler geworden sein?«
»Pardon, nehmen Sie es als Bestandteil meiner Tarnung. In dem zwielichtigen Milieu, in dem ich meine Nachforschungen anstelle, gilt der gottesfürchtige Ton als *sine qua non* – es herrscht dort unbedingte Gottesfurcht. Und man kasteit sich selbst.«
»Hier wird man auf Wunsch auch kasteit ...«
Ihre Stimme hatte am Ende einen äußerst unkeuschen Ton angenommen, der ihm ein breites Lächeln abrang. Doch er verwies sie sanft auf seine Frage.
»Nur einen. Er hatte ihn sogar mit hereingebracht, denn ich glaube nicht, dass jener von sich aus mein Etablissement auf-

gesucht haben würde. Er hätte wohl kaum die Chuzpe, schätze ich. Scheel bestellte ihm eine Menge meines teuren Schaumweines, bis er genug hatte und mit seinem Gastgeber gemeinsam aus dem Raum wankte. Es war kein Mann höheren Standes, sondern ein Diener, denke ich; er hatte zwar bessere Manieren als ein Kutscher, konnte aber nicht so viel trinken. Er war mittelgroß, brünett und sein Haar zeigt bereits ein paar graue Strähnen, das sah man, als seine goldige Perücke herabfiel, kurz bevor er es ihr samt Stuhl nachtat. Ich kann Ihnen nicht sagen, wer es war, ich hatte ihn vorher noch nie gesehen. Er schien mir vom Lande zu stammen und fremd in Berlin zu sein.«

»Was hat der Feldadjunkt Scheel mit diesem ländlichen Trunkenbold besprochen?«

»Ich glaube, er suchte ihm etwas zu entlocken, womit er entweder nicht herausrücken wollte oder nicht konnte. Ob Scheel sein Ziel erreichte? Da bin ich überfragt. Weil sie unter sich blieben, ist fast nichts vom Gehalte ihrer Reden bis zu mir gedrungen. Auch ist es bei gutem Besuch vom Scherzen und Reden, Tellerklappern und Gläserklingen hier manchmal schwierig, sein eigenes Wort noch zu verstehen.«

»Ist Scheel dem mutmaßlichen Diener oder Kutscher gefolgt?«

»Ja. Er bezahlte die Zeche und sagte: *Jetzt begleite ich meinen Freund die paar Schritte in sein Gastzimmerchen beim Direktor Büsching, damit ihm nichts geschieht.* Ich war ganz froh darüber, denn alleine hätte sein Kumpan es wohl nicht geschafft. Wiedersehen wollte ich diesen unbekannten Gast trotzdem nicht, ich mag es nicht, wenn hier einer vom Stuhl fällt.«

Sie pausierte kurz, um dann zu hauchen:

»Sie jedoch, Monsieur, dürften bei mir selbst dieses, doch ich würde dafür Sorge tragen, dass Sie weich fallen.«

Eben hatte er, seiner malträtierten Seite ungeachtet, einen schmerzvollen Handkuss absolviert und richtete sich mit einem eklatanten Seufzer wieder auf, da kamen drei Männer die Treppe herab. Ein Lächeln drängte sich ihm auf, denn einer war doch wirklich der Wirkliche Geheime Legationsrat Göthe. Neben ihm schritten der Weimarer Herzog und der Kammerherr von Wedell. Als er Langustier ansichtig wurde, schlug Göthe die Augen nieder. Der Großherzog verbeugte sich tief vor Elise Kuckuck und schenkte Langustier ein joviales Nicken. Göthe hob wie zur Entschuldigung die Achseln und flüsterte, als er an Langustier vorbeikam:

»Das Arsenal ward ihm rasch zu langweilig, also hat er uns hierher geschleift. Heut Abend geht's zum Tanz in das andere Berliner *Elysium* – das mit y –, dort ist Redutte, heißt es.«

Schon huschte er durch die Tür, dem dicken Herzog hinterher, denn der bestimmte in seinem Falle, wo es lang ging.

Anton Friedrich Büsching, Direktor des traditionsreichen Berlinischen Gymnasiums zum Grauen Kloster – dem allerersten in der Mark, gegründet 1574 durch Kurfürst Johann Georg –, begrüßte die Besucher mit der Eile des Vielbeschäftigten.

»Sie wollen also Ihren werten Sohn zum Eleven in unserem Institute bestimmen? Ich kann Ihnen nicht sagen, wie sehr mich das freut. Trotz der baulichen Mängel, die ich Ihnen sogleich unumwunden eingestehen muss, hat unsere Schule einen hervorragenden Ruf. Da können Sie ganz in Ruhe sein!«

Gerardine und Heim sahen sich an und lachten.

»Das ist ein Missverständnis, Monsieur Büsching!«, erklärte Gerardine. »Wir begleiten meinen Urgroßvater, Monsieur Langustier, auf seinem Erkundigungsfeldzug! Wir sind nur seine Vorhut. Er müsste gleich eintreffen.«

»Mademoiselle von Beeren, oder irre ich?«

»Nein, Sie irren nicht.«

»Es ist mir eine Ehre, Mademoiselle! Erkundigungen sagten Sie?«

»Mein Urgroßvater möchte Herrn Lüdicke sprechen, der bei Ihnen im Kloster wohnen soll. In der Schule, meine ich.«
Büsching dachte kurz nach. Dann sagte er:
»Wenn Ihr Urgroßvater seine Finger im Spiel hat, dann war es keine Selbsttötung! Von Hordt hätte sich aus äußerster pekuniärer Not nur durch den Strick zu befreien vermocht, hieß es.«
»Wer hat das gesagt? Woher wissen Sie überhaupt davon?«
»Lüdicke. Der erfuhr es von Wallner oder vom Küster der Parochialkirche. Sie werden begreifen, dass es nicht unbemerkt bleibt, wenn wenige Häuser weiter ein toter Grafensohn gefunden wird.«
Heim erläuterte:
»Besagter Strick wurde von Hordt um den Hals gelegt, nachdem ihn sein Mörder zuerst gründlich erschossen hatte.«
Der Humanist Büsching fand keine Worte. Er fühlte einen Drang zu frischer Luft, der auch ohne eine solche Botschaft in den uralten Klostermauern begreiflich war. Er führte seine Besucher, welche sich hinter seinem Rücken verstohlen an der Hand gefasst hielten, in den Kreuzgang. Ein verdreht gewachsener alter Maulbeerbaum – wohl noch aus der Zeit von Direktor Frischs Pflanzung am Walle – stand in einer Ecke des großen Wiesengevierts, darunter mehrere Steinbänke, auf denen sie Platz nahmen. Sie schwiegen und lauschten einer einsamen Amsel, die in ihrem schwarzem Frack überaus melodisch ihren Solopart gab.
»In Potsdam soll es Amseln geben, die das Flöten des Königs imitieren, sagt mein Urgroßvater.«
Büsching lachte.
»Wenn man hier sitzt und nur diese gotischen Bögen und das Gras sieht, dann könnte man denken, die Zeit sei stehen geblieben«, meinte Heim.
»Leider ist sie das auch«, stimmte Büsching ihm zu. »Manchmal

ertappe ich mich selbst dabei, mich wie ein Mönch der alten Zeit zu fühlen. Die Räume, in denen wir unsere Schüler unterrichten, sind leider Gottes fast noch im Originalzustand erhalten. Die Sorge um einen neuen Bau mit gesunden neuen Klassenzimmern zehrt seit Jahren an meinen Nerven. Wenn Sie die niedrigen, dunklen, feuchten Katakomben sehen könnten, in denen meine Schüler unter der Erde dahinvegetieren müssen, nur weil unser allerhöchster König glaubt, kein Geld für einen Neubau erlösen zu dürfen, es kämen Ihnen die Tränen. Was es für einen jungen Körper bedeutet, die Jahre seiner Schulzeit in dunklen, muffigen, kalten und feuchten Höhlen zubringen zu müssen, in denen ein Erwachsener nicht aufrecht stehen kann, wird Ihnen als Arzt am besten einleuchten. Auf den Tischen ist so wenig Platz ist, dass die Zöglinge die Kerze in der Hand halten müssen beim Lesen.«

Gerardine war empört.

»O, das klingt fürchterlich! Kann der König so hartherzig sein?«

»Wir haben im Generaldirektorium keinen rechten Fürsprech. Indessen, selbst wenn wir einen hätten, so bedeutete dies gar nichts, denn der König hasst seine Beamten und misstraut ihnen. Vor fünf Jahren adressierte ich ein Memorial direkt an ihn. Zu einer zweiten Eingabe habe ich noch nicht genügend Mut gefasst. Momentan ist auch wieder ein Krieg im Weg.«

Sie palaverten eine ganze Weile, den Mauerseglern zuschauend, die um den grauen Kirchturm schossen, als sei er ein Felsen, um sich anschließend mit spitzen, übermütigen Schreien in das grüne Geviert, welches der Kreuzgang umhegte, hinabzustürzen. Schließlich saßen sie nur noch still und besahen das friedliche Bild.

Endlose Minuten später kam Langustier in den Kreuzgang. Büsching winkte ihn heran.

»Welch Glanz in diesen grauen Mauern! Indes hörte ich schon

vom schrecklichen Grund Ihres Auftauchens. Ach, was würde ich darum geben, wenn es einen schöneren gäbe. Sie könnten zum Exempel Mitglied eines Wohlfahrtsausschusses sein und mir einen Neubau finanzieren wollen.«

»Monsieur! Es wäre mir eine Ehre, doch leider bin ich noch viel brutaleren Verstößen gegen die menschliche Wohlfahrt auf der Spur, als es Ihre salpetrigen Kellerwände in den Klassenzimmern durchaus sind. Mir deucht, es tagt hier tief unter allen diesen gräulichen Berlinischen Gemäuern ein Himmelfahrts-Ausschuss für Freimaurer.«

»Wahrlich, es ist grauenhaft! Von Hordt war einer meiner früheren Schüler.«

Langustier drückte Büsching die Hände, als sei er der Vater des letzten Mordopfers.

»Hielten Sie noch Verbindung mit diesem Ehemaligen?«

»Ja, er war sogar gestern Mittag noch hier.«

»Was führte ihn zu Ihnen?«

»Er arbeitete schon seit einiger Zeit in unserem Archiv und studierte die alten Akten aus der Zeit, da das Kloster verwaist stand und zu einem recht zwielichtigen Ort wurde.«

»Sie meinen die Zeit des Thurneißer vom Thurn?«, fragte Heim. Büsching bejahte.

»Nach Peters, des letzten Mönchs, Tod – es war am 4. Januar 1571 – standen die Gebäude bis zum Juli leer, dann zog der kurfürstliche Leibarzt Thurneißer ein und verwandelte das Kapitel- und Langhaus in ein Laboratorium ... Nun ja, gestern hatte von Hordt wenig Zeit für die Akten. Aber er bat mich um meinen Rat. Er hatte Lüdicke und Sello im Gefolge, die sich regelmäßig für ein paar Tage einquartieren. Da wir wenig Lehrer haben, stehen immer Schlafkammern leer, die wir um geringes Entgelt vermieten. Sie kamen von Klaproth, dem sie wieder eine Ladung Kräuter gebracht hatten.«

»In welcher Sache suchte von Hordt Ihren Rat?«

»Bitte folgen Sie mir. Bei dieser Gelegenheit, so traurig sie auch ist, können Sie einen Blick in unser Allerheiligstes werfen.«
»In die Kapelle?«, fragte Gerardine.
»Nein, Mademoiselle, auf unseren Dachboden.«
Sie gingen ins kleine Magazin, das sich im selben Gebäudetrakt wie die Klassenräume befand, und stiegen bis unters Dach, wo das Archiv des Gymnasiums zum Grauen Kloster untergebracht war. Büsching mahnte zur Vorsicht: Der große Schrank in der Mitte des Raums war durch einen Ring aus Mausefallen gesichert.
»Die verfluchte Mäusebrut dringt aus den Kornböden durchs bröckelige Fachwerk. Wir haben eine Sammlung von alten Drucken, um die uns die königliche Bibliothek beneidet. Auch der gute Neuhof, der hier ein häufiger und gern gesehener Gast ist, wie Sie leicht ermessen werden, erblasst noch immer vor Neid, wenigstens gelegentlich, denn er kennt unsere Bestände ja mittlerweile fast auswendig.«
Büsching wies auf einen Schreibtisch mit einer wahren Zwingburg aus Büchern und Aktenbänden, auf dem ein sorgsam verschnürtes Konvolut vergilbter, dicker Pergamente lag.
»Hier hat von Hordt gearbeitet. Das sind die ältesten schriftlichen Zeugnisse des Franziskanerklosters, in dessen Gebäuden unser Gymnasium seit kurfürstlichen Gründungszeiten angesiedelt ist.«
»Franziskaner, das waren doch die Bettelmönche?«, fragte Gerardine.
»Ganz recht, ihr Orden hatte hier bis weit nach der Reformation seinen Sitz. Erst als der letzte Mönch gestorben war, endete die mönchisch-katholische Phase des Grauen Klosters.«
»Kommen wir auf den Anlass zurück, der Sie uns ins Allerheiligste führen ließ«, sagte Langustier.
Büsching schlug das vor ihm liegende Aktenkonvolut an einer gekennzeichneten Stelle auf und gab Langustier das als Markie-

rung eingelegte Blatt in die Hand. Der reichte es ohne Blick an Gerardine. Büsching erläuterte:
»Dies ist der Inhalt einer Namensliste, die mir von Hordt zeigte. Ich konnte nicht umhin, eine Abschrift vorzunehmen. Vergleichen Sie, Mademoiselle, das einmal mit der aufgeschlagenen Seite der Franziskaner-Akten.«
Gerardine sah zwei Versionen ein und desselben Verzeichnisses. Es begann bei Friedrich von Alvensleben und endete bei Leonhardt Thurneißer vom Thurn. Im gebundenen Faszikel stand darüber, doppelt unterliniert: *Großmeister der VII. Provinz seit Molays Tod.*
Sie las es dem Urgroßvater vor.
»Sagen Sie bloß, das alles sollen Ordensgroßmeister der hiesigen Templer gewesen sein, die folglich nach dem offiziellen Ende der Ordenstätigkeit amtierten?«, fragte Langustier ungläubig.
»Sie sagen es. Von Hordt wollte von mir wissen, ob ich diese Auflistung für eine Erfindung halte. Ich konnte ihm seine Zweifel nehmen. Interessant ist, dass sich die Liste mit einer ganz anderen Aufstellung überschneidet, nämlich dieser hier. Sie werden sich wundern, was für Schätze wir hier haben, dieser Band stammt aus dem Nachlass des alten Herrn de Vinzobre.«
Büsching holt ein Aktenbündel aus dem Schrank und schlug es auf. Heim las laut, was auf dem Rückenetikett stand:
»*Akten Tempelhoff; Komturhof und Vorwerk Hahnehof 1435 bis*«
Langustier fragte:
»Wer hatte Zugang zu diesen Akten? Wer hat sie in letzter Zeit eingesehen?«
Büsching nahm das Archivbuch zur Hand, in das jeder Benutzer unter Hinzufügung der eingesehenen Faszikel eingetragen wurde.
»Eine ganze Reihe Ihrer Freimaurer-Brüder haben sich für die

Aufzeichnungen der Franziskaner, für die Aufzeichnungen Thurneißers und für die Tempelhofer Akten interessiert. Die meisten erwarten wohl, bei Thurneißer Rezepte zum Goldkochen zu finden. Seine *Große Alchemie* hier geht jedenfalls bald aus dem Leim, so oft ist sie bereits benutzt worden, durch von Hordt ebenfalls, der sich besonders für diese dunklen Gebiete der Wissenschaften begeisterte.«

Büsching legte Gerardine und Heim ein zweibändiges Werk hin, und sie lasen mit genüsslichem Schauder den barocken Titel: *Megale chymia – Vel magna alchymia. Das ist ein Lehr und unterweisung von den offenbaren und verborgenlichen Naturen, Arten und Eigenschafften, allerhandt wunderlicher Erdtgewechssen, als Ertzen, Metallen, Mineren, Erdsäfften, Schwefeln, Mercurien, Saltzen und Gesteinen. Und was der dingen zum theil hoch in den Lüfften, zum theil in der Tieffe der Erden, und zum theil in den Wassern …*

Laut Archivregister, stellte Gerardine fest, waren Klaproth, Koeppen, Bärbaum, Bernoulli, von Köhler, von Bieberstein, von Zinnendorf und Nicolai zuletzt forschende Gäste in dieser Schatzkammer gewesen.

»Wo sind Lüdicke und Sello zur Zeit – und wie haben sie die Nachricht vom Tod ihres jungen Herrn aufgenommen?«, wünschte Langustier zu erfahren.

»Die Armen sind am Boden zerstört. Heute morgen suchten sie nach von Hordt und erfuhren natürlich bald, was sich zugetragen hatte. Sie waren in den letzten Monaten praktisch von Hordts einzige Vertraute. Die Mutter tot, Vater und Bruder im Feld. Lüdicke und Sello sind bei Wallner oder seinem Küster wegen der Trauerfeierlichkeiten und der Beisetzung.«

Langustier dankte dem Direktor für die Führung.

»Sollte es mir je in Potsdam am See wieder zu langweilig werden, komme ich hierher und schmökere in Ihren Akten!«

Mit lautem *Klack!* schnappte eine der Mausefallen zu. Gerardine unterdrückte einen Aufschrei mit der behandschuhten Hand und vermied es, im Hinausgehen einen Blick auf die Richtstätte zu werfen.

Sie schritten die Klosterstraße entlang, am Podewils'schen Haus vorbei, bis zur Parochialkirche; Wurmb zockelte mit der Kutsche hinterdrein. Vor der Kirche gewahrten sie erstaunt die Berline des Prinzen. Sie gingen zur Küsterei vor den Resten der alten Stadtmauer. Heim übernahm es, einen spähenden Blick in die verhängten Fenster zu werfen. Sie spazierten über den kleinen Gottesacker. Die meisten Gräber stammten noch aus der Zeit vor Errichtung der Gruft. Aus einem der Lüftungsschächte – es war der zur von Hordtschen Grablege gehörige – drang deutlich die erhobene Stimme des Prinzen. Langustier trat rasch näher und lauschte.

»Wie konnten Sie nur. Hmnjä? Dieses Geheimnis war uns heilig. Tjä! Diese Enthüllung ist schlechterdings nicht zu pardonnieren!«

Die Antwort kam von Wallner, da gab es keinen Zweifel:

»Hoheit, was hätte tun sollen? Sah keinen Ausweg. Die Unterschrift Eurer Hoheit selbst – was dagegenhalten? Kein Mittel … Noch dazu der verlängerte Arm Sr. Majestät … Rechenschaft … höhere Gewalt … unabweislich … unhintergehbar … halten zu Gnaden … Eure Hoheit! … untröstlich!«

Nach diesen Bruchstücken war nichts weiter zu hören, die Sprechenden hatten sich in den Hauptgang der Gruft zurückgezogen. Gerardine, Heim und Langustier umkreisten die Kirche einmal zur Gänze. Gerade als sie wieder ihren Ausgangspunkt erreichten, traten Lüdicke und der junge Sello aus der Küsterei. Langustier hielt sofort auf sie zu. Sie konnten sich den Fragen des unbarmherzigen Rentiers nicht entziehen.

»Monsieur Lüdicke – unter diesen traurigen Auspizien sehen wir uns wieder! Glauben Sie mir, dass mich das Schicksal Ihres jungen Herrn sehr schmerzt. Empfangen Sie mein aufrichtiges Mitgefühl. Ab sofort wird das Leben in Sacrow wohl eine andere Richtung einschlagen. Sie sind in vielerlei Hinsicht der Hauptleidtragende, da Sie sich um sämtliche Trauerangelegenheiten kümmern müssen.«

Lüdicke nickte. Langustier sah, dass er mit den Tränen kämpfte, während er sagte:

»So ein Unglück, wer konnte das voraussehen? Es ist ganz unbegreiflich. Die Arbeit dieses Lebens – alles ist vertan. Unermüdlich war er am großen Werk.«

»Sie sprechen von der Goldmacherei?«

Lüdicke blickte erbost.

»Sie haben freilich nicht die Kenntnis des Eingeweihten«, entgegnete er. »Sie können leicht mit philosophischem Gestus diesen Arbeiten ihren Wert absprechen und sie durch das profane Wort entweihen.«

Langustier nickte.

»Das ist wohl wahr, ich sah nur die Eingeweide eines Eingeweihten an der Gruft da unten kleben.«

»Monsieur, Sie vergessen sich!«

Sello musste Lüdicke zurückhalten, der drauf und dran war, Langustier vor Wut über diesen wenig pietätvollen Calembour an die Gurgel zu springen. Gerardine hatte sich bei Lüdickes Zornesausbruch in Heims Arme geflüchtet. Langustier sagte indessen gänzlich unbeeindruckt zu Sello:

»Es wäre an der Zeit, mir zu sagen, was Sie über seltsame Briefschaften wissen, die Sie überbrachten. Eine Person, die ich Ihnen nicht namentlich bezeichnen muss, hat mir davon berichtet, doch ich würde dies gerne von Ihnen selbst hören.«

Sello konnte einen Fluch nur schwer unterdrücken.

»Ver… ich weiß nicht, wovon Sie reden!«

»Sicher wissen Sie bereits mehr, sobald Sie das hier gelesen haben.«

Langustier zeigte Sello das Permissschreiben mit dem Signum des Prinzen. Er ließ auch Lüdicke einen Blick darauf werfen. Wenn ihnen der Mut sank, so ließen sie sich nichts anmerken.
»Und – gab es Briefe? Wie viele, an wen waren sie adressiert, und was stand drin? Herr Rosenkreuzerbruder Sello, machen Sie den Mund auf!«
»Das wird sie mir büßen!«
»Wenn Sie Demoiselle Asselmeyer meinen – die steht unter meinem Schutz. Sollten Sie ihr auch nur ein scharfes Wort sagen, landen Sie in Spandau! Und nun los, wir wollen hier keine Wurzeln schlagen, Herr Gärtner! Oder sollte ich sagen, Monsieur Postbote?«
»Jetzt ist es an Ihnen, uns etwas zu erklären«, sagte Gerardine.
Anselm Sello rang um Fassung. Er schluckte.
»Ich weiß nicht, was das für Briefe waren. Ich fand sie immer frühmorgens unter der Tür des Geräteschuppens durchgeschoben.«
Langustier kam das reichlich obskur vor.
»Wie oft ist immer? Wann genau?«
»Etwa ein halbes Dutzend Mal. Jeweils zwei Umschläge vor den letzten drei Konventen in Sacrow.«
»Den Rosenkreuzer-Treffen?«
Sello nickte, widerstrebend.
»Erschien es Ihnen nicht seltsam, Post zu befördern? Waren Sie gar nicht neugierig, was darin war?«
»Ich hütete mich, einen der Briefe zu öffnen, denn es stand auf allen ein Wort der Warnung, welches den unbefugten Leser verfluchte. Vor diesem Fluch erstarb alle Neugier. Auch war auf dem Siegel ein Pelikan, das Zeichen für Christus, der sein Blut für den Menschen vergossen hat. Ein Gebot der Verschwiegenheit, das mit einem solchen Siegel bekräftigt wird, hintergeht kein aufrechter Christenmensch.«
Pelikanus, Wallners Rosenkreuzername, kam Langustier sofort

in den Sinn. Das Dumme an Symbolen war, das sie von jedermann benutzt werden konnten und keine Rückschlüsse auf Individuelles zuließen.

»Was für ein Wort stand darauf?«, fragte Gerardine.

»Bei meiner Seele, Mademoiselle, das verbietet mir mein Ordensgelübde zu sagen. Ein geheimes Wort.«

Langustier schnaubte ärgerlich, ließ es aber dabei bewenden. Er hatte auch Gelübde abgelegt. Das Wichtigste war ja noch vergessen. Gerardine kam ihm zuvor:

»Für wen waren diese Briefe?«

»Wenn ein gewisses Fräulein Ihnen ja schon alles erzählt hat, was fragen Sie mich noch?«

Sello hatte es empört zu Langustier gesagt. Dieser wartete ungerührt auf seine Antwort.

»Für Monsieur Lüdicke. Eigentlich stand darauf: *Ordensbruder Lüdicke.*«

Nichts anderes hatte Langustier nach der Beichte Clarissa Asselmeyers erwartet.

Heim und Sello mussten Lüdicke beispringen. Der Doktor knüpfte ihm Halsbinde und Hemd auf, während Gerardine ihm Luft zufächelte. Der Küster, der offenbar alles hinter der Haustür mit angehört hatte, kam mit einem Glas heraus und war drauf und dran, es dem Besinnungslosen an die Lippen zu setzen. Langustier hielt ihn zurück, nippte an der Flüssigkeit und schüttelte den Kopf. Er nahm selbst einen kräftigen Schluck, reichte das Glas dem Küster zurück und sagte:

»Branntwein geben wir diesem Herrn lieber nicht, denn er verträgt nicht eben viel. Das hat mir Madame Kuckuck verraten, die ihn schon unter einen Tisch in ihrem *Elisium* rutschen sah. Dort hat er mit Scheel gesessen.«

Heim brachte Lüdicke durch etwas Kampferöl zur Besinnung. Langustier fragte ihn sogleich: »Monsieur Lüdicke – warum mussten Sie all diese Morde begehen?«

Lüdicke schüttelte ungläubig den Kopf.
»Wie können Sie so etwas nur denken? Mit den Morden hab ich nicht das Geringste zu schaffen!«
»Nicht das Allermindeste?«, wunderte sich Langustier. »Was waren das für Briefe, die Sie durch Monsieur Sello erhielten?«
»Ich weiß nicht, was darin war. Sie waren nicht für mich bestimmt.«
»Für wen denn?«
Lüdicke schwieg einen Moment, dann antwortete er leise:
»Es waren wieder Couverts darin. Darauf standen die Namen derjenigen Ordensbrüder, die sie durch mich erhalten sollten und auch erhalten haben. Es waren die Brüder Ascheborn, Brandes, Scheel und ...«
Er musste mit den Tränen kämpfen.
»Und von Hordt!«, half ihm Langustier. Zu dieser Vervollständigung hatte es keines großen Spürsinnes bedurft.
»Wie viele für jeden?«
»Zwei.«
Langustier überlegte. Wenn einer der beiden Briefe eine Einladung zum Mord war – sozusagen –, enthielt der andere möglicherweise die Liste der Ordensgroßmeister, den Köder, mit dem die törichten Brüder anzulocken waren.
»Wann kam der letzte Brief, der ja wohl für Herrn von Hordt bestimmt war?«, fragte Gerardine die gräflichen Bedienten.
»Ich fand ihn, anders als die vorherigen, gestern auf dem Boden meiner Stube im Grauen Kloster, des Mittags nach unserer Ankunft«, antwortete Sello. »Ich habe ihn wie die übrigen Monsieur Lüdicke gegeben.«
»Und ich sorgte dafür, dass ihn der junge Herr umgehend erhielt. Das Schreiben muss wichtig gewesen sein, denn er – Gott hab ihn selig – eilte damit zu Bruder Wallner.«
»Haben Sie Monsieur Sello nicht verdächtigt, selbst alle diese Briefe geschrieben zu haben?«, fragte Langustier.

»Natürlich tat ich dies zu Anfang. Doch beim letzten verlor ich meine Zweifel, die sich schon bei den vorigen gemildert, ganz.«

»Warum?«

»Wir waren den ganzen Vormittag gemeinsam unterwegs. Als wir ankamen und unsere nebeneinander liegenden Kammern betraten, sah ich den Brief, der am Boden seines Zimmers lag, im selben Augenblick wie er. Er konnte ihn unmöglich vorher unter der Tür hindurchgeschoben haben.«

Sello nickte.

»Hatten Sie während der Zeit, in der diese Briefe auftauchten, Gäste im Sacrower Gutshaus?«, fragte Gerardine.

»Ja, Mademoiselle«, antwortete Lüdicke. »Der Hofarchivar Neuhof und der Apotheker Klaproth waren in diesen Tagen da. Sie waren stets bereits am Vorabend eines Treffens beim jungen Herrn.«

»Vergessen Sie Wallner nicht. Und Bärbaum«, ergänzte Sello. »Die erschienen meist mit Neuhof zusammen.«

»Nur der Prinz kam in der Regel direkt aus Berlin. Beim letzten Treffen, vor dem Tod von Brandes, waren Wallner und der Prinz gemeinsam aus Rheinsberg eingetroffen.«

Langustier entsann sich einer Frage an Lüdicke, die sich noch aufdrängte:

»Was besprachen Sie mit Scheel, der Sie vom Elisium zum Grauen Kloster begleiten musste, weil Sie kaum noch laufen konnten?«

»Scheel suchte herauszufinden, ob von Hordt mit den Übersetzungen aus Thurneißers Alchemistenlatein in den Akten des Gymnasialarchivs weitergekommen wäre. Doch der junge Herr hatte es mir strikt verboten, darüber zu sprechen.«

Just in diesem Moment traten Wallner und der Prinz, flankiert von dem Adjutanten Kaphengst, aus der Kirche. Der Prinz erspähte Langustier und schien begierig, ihm etwas mitzuteilen.

Heim und Gerardine erstarrten, als die Hoheit auf sie zuhielt. Lüdicke und Sello nutzten die Gelegenheit, sich rasch zu verabschieden, noch bevor Langustier sich recht klar darüber werden konnte, ob er sie Wichtiges zu fragen vergessen hatte.

»Bitte halten Sie sich zur Verfügung, meine Herren!«, rief er ihnen nach. Sie entschwanden in Richtung Graues Kloster.

Gerardine durfte mit gerötetem Antlitz ihren ersten Hofknicks zelebrieren. Heim dienerte, so tief es ging. Langustier, nicht willens, sich in Tiefen zu begeben, aus denen er nicht mehr hochkäme, begnügte sich mit einer gemessenen Vorneigung und einem eilfertigen Paddelzug mit seinem Hut. Erstaunt bemerkte er, dass Klaproths Salbe bereits wirkte.

»Mein sehr verehrtes Fräulein von Beeren – ich bin außerordentlich erfreut, mnjä, Ihre höchst werte Bekanntschaft zu machen!«

Der Prinz zog den Hut und fasste sie galant bei ihrer behandschuhten Rechten zum formvollendeten Handkuss.

»Königliche Hoheit – zu viel der Ehre«, sagte sie leise. Huldvollst lächelte er über ihre Verlegenheit. Wallner und von Kaphengst taten es ihrem Herrn, ungelenker im Handküssen, nach. Der Prinz begrüßte Langustier und Heim mit einem kurzen soldatischen Nicken. Sein Lächeln erstarb. Zu Langustier sagte er:

»Bitte begleiten Sie mich, mjä, Monsieur, denn ich habe mit Ihnen zu reden!«

Es blieb Langustier gerade noch Zeit, die erneut knicksende Gerardine der Obhut des dienernden Heims zu empfehlen. Schon saß er neben dem Prinzen in der Kutsche. Rasselnd fuhren sie los. Wallner und von Kaphengst standen etwas betroffen da, wie Gerardine und Heim bemerkten, als sie sich Wurmbs Fahrkünsten anvertrauten, der sie in die Roßstraße kutschieren würde. Eben noch sah Gerardine die wütende Geste Wallners, auf die von Kaphengst mit einem resignierten Achselzucken antwortete. Dann wurde ihr bewusst, dass Heim und ihr ein paar Momente des segensreichen Verborgenseins bevorstanden.

»Knyphausen! Monsieur, ich habe immer mehr den Eindruck, dass Knyphausen das Untier ist, hinter dem wir her sind, tjä!«, stieß der Prinz beinahe atemlos hervor.
»Königliche Hoheit mögen mir meine Indiskretion vergeben. Wie kommen Eure Hoheit auf diesen höchst interessanten Gedanken?«
Dunkel entsann er sich der seltsamen Geschichte, die ihm Gerardine nach seinem Besuch beim Prinzen erzählt hatte: Der *schöne Knyphausen* hatte sich mit seinem Freund und Förderer, dem Prinzen, überworfen. So weit, so übel. Doch warum deshalb gleich Rosenkreuzer töten?
Der Prinz rümpfte seine vornehme Nase:
»Er hasst mich, jäjä. Und er weiß, wie er mich am empfindlichsten treffen kann – indem er meine Bemühungen um das Allgemeinwohl, njä, und die Ausbildung eines humanitären, nach christlichen Moralvorstellungen organisierten, toleranten und friedfertigen Staates vereitelt.«
»Aber halten Eure Hoheit diesen offensichtlich liederlichen Burschen denn einer solchen Blutrunst für fähig?«
»Tjä, Monsieur, Sie hätten die ungestüme Frechheit erleben müssen, mit der er sich von mir lossagte, mit der er meinen Befehlen sich widersetzte, mit der er all meine Fürsorge, die ich ihm über die Jahre habe angedeihen lassen, in den Kot trat. Hümnjä, er ist zu allem fähig, davon bin ich überzeugt.«
Langustier erwog die Fakten.
»Ich darf untertänigst daran erinnern, Monsieur, dass man Knyphausen schon seit Tagen in Pommern vermutet. Wenn dem so ist, kann er die letzte Tat nicht begangen haben.«
»Monsieur, ich stimme Ihnen zu. Sie müssen aber nicht glau-

ben, dass diese gemeine Seele ihre Untaten persönlich begehen würde. Nä. Dieses Schand-Subjekt hat Mörder gedungen für die Schmutzarbeit. Distel ist angewiesen, mit allen seinen Leuten nach Knyphausen zu suchen, um ihn rasch dingfest zu machen. Nur so werden wir auch seine Handlanger finden, meinen Sie nicht? Njä?«

Langustier ließ das diplomatische Nicken so fließend wie möglich in ein abwägendes Wiegen des Hauptes übergehen.

»Knyphausen war doch gar nicht in dem Rosenkreuzerzirkel, dem Eure Hoheit zugehörten?«

Der Prinz verstockte. Er sah seinen Banknachbarn streng von der Seite an.

»Töricht, tjä, von mir zu glauben, Sie bekämen das nicht heraus. Wallner berichtete mir auch bereits über den Auftrag meines Bruders. Schäme mich etwas dieser Geheimniskrämerei, die Fritz ein Dorn im Auge ist. Werden's ihm, njä, wohl melden müssen, was?«

Langustiers Verzweiflung war gedoppelt: Einerseits musste er die widersinnige Vermutung des Prinzen so schonend wie möglich dorthin verweisen, wo sie hingehörte: in die Versenkung; andererseits hatte er eine diplomatische Antwort auf dieses ungeheuerliche »was« zu geben.

»Die Wallnersche Liste diente nur meiner Information. Ich werde sie verschwinden lassen. Die Mitgliedschaft Eurer Hoheit ist für den Fall überhaupt nicht von Belang, glauben Sie mir – Ihre Sorge, Monsieur Knyphausen betreffend, ist unbegründet. Er war nicht in die Rosenkreuzerei eingeweiht, er ist nicht einmal Freimaurer. Warum also sollte er ausnahmslos Mitglieder der Geheimloge *Zur alten Burg* umbringen? Nur ein Eingeweihter konnte so auf die Symbole der Freimaurerei anspielen. Könnte er dies?«

Der Prinz besann sich.

»Sie haben Recht, mjä, es war ein aus Rage geborener Gedanke.

Selbstredend könnte er es nicht. Njä. Ich habe ihm von diesen Dingen nichts berichtet. Die Auswahl der Opfer engt den Kreis der möglichen Täter stark ein, wenn ich Sie recht verstehe. Es war somit ein Bruder aus dem Zirkel. Potz … mnä …«

Langustier nickte nachdenklich. Der Gedanke an Handlanger, den der Prinz geäußert hatte, schien ihm nicht abwegig. Daher fügte er hinzu:

»Indes können auch gedungene Mörder eine Rolle spielen, die außerhalb des Kreises stehen.«

Der Prinz hatte seinen anfänglichen Elan ganz verloren. Während die Kutsche vor dem Palais hielt, murmelte Langustier:

»Der schwarze Kater will noch nicht recht passen.«

»Hmnjä?«

Der Prinz sah Langustier an wie einen Wahnsinnigen.

»Pardon, Königliche Hoheit! Ich habe eine Vermutung, die aber noch nicht ganz abgerundet ist. Der Kater passt noch nicht ins Bild.«

»Von welchem Kater, mjä, sprechen Sie?«

»Von dem, der bei dem toten Ascheborn lag.«

»Symbol des Diabolischen … des Antichristen … bei den Egyptern heiliges Tier der Göttin Bastet, der Beschützerin des Hauses …«

Langustier horchte auf.

»Was, Eure Hoheit, hat Ascheborn aus Ihrer Sicht getan, das ihn als Teufelsbündler hätte erscheinen lassen können?«

»Er hat mit dem rußigen Bruder Hupfuff in Sacrow nach alten, tjä, Zauberbüchern gearbeitet. In der Kirche im Turm ist ihr Laboratorium. Eine kleine, unentwegt qualmende Höhle, beschützt entweder vom Herrgott oder vom Widersacher selbst, wie Sie wollen. Mnjäjä.«

»Wer war noch mit von dieser Partie? Lüdicke, Sello, von Hordt, Brandes, Scheel?«

Der Prinz nickte unschlüssig und fragte vorsichtig:

»Was schlagen Sie in der Angelegenheit weiter vor?«
»Ich habe wohl eine Vermutung, die ich gerne im brüderlichen Kreise, den es ja letztlich ausschließlich angeht, zu erproben wünsche. Halten Eure Königliche Hoheit es für möglich, für den morgigen Tag eine mittägliche Tafelloge im Bärschen Haus anzuberaumen, bei der ausschließlich die Angehörigen der Rosenkreuzerloge geladen wären?«
»Tjä, ist zwar gegen die Pietät, denn am Abend wird die Trauerloge für von Hordt abgehalten. Aber ließe sich wohl machen. Nur wäre zu fragen, wie Sie …? Sind, njä, ja kein Mitglied?«
»Ich wäre dienender Bruder Koch und träte als solcher nicht in Erscheinung, bis – ja, bis es eben denn doch geschähe …«
»Ist, njä, völlig gegen den Komment, Monsieur, njä, völlig gegen den Komment. Tjä.«
»Das waren die Morde ebenfalls.«
Der Prinz rang mit sich. Dann stimmte er zu.
»Außerordentliche Zwecke verlangen außerordentliche Mittel. Hümnjä! Ich wünsche Langusten oder Hummer. Und vorher Spargel. Werde Kaphengst das nötige Pulver ins Bärenhaus bringen lassen.«
Für einen Moment schien er wieder die Entschlusskraft des Siegers von Freiberg zurückzugewinnen. »Mnjä!«

Wenn man zum Cottbuser Tor hinausfuhr, immer die Chaussee entlang bis zu den bewaldeten Rollbergen, und dann den Blick nach rechts schweifen ließ, sah man hinter Wiesen am Waldrand, vis-a-vis vom *Rollkrug* das *Elysium*. Dort hatte sich am Abend die tanzwütige Gesellschaft versammelt. Langustier indessen fühlte sich matt. Rahel, der lächelnden Schönheit an seiner Seite, entging dies nicht.
»Heute, mein Lieber, bist du so zahm, wie ich dich noch nie gesehen habe. Nicht, dass es überraschend wäre, nach den Strapazen, die du auf dich genommen hast.«

Er hörte nur mit halbem Ohre hin. Außerdem nahten Susette und Georg Friedrich von Schönermark, was seine Lebensgeister partiell wieder erweckte.
»Darf ich Ihnen, lieber Friedrich, Ihre liebwerteste Schwester zum Tanz überreichen?«, fragte Langustier. »Sie könnte mich in ihrer jugendlichen Hitze zu Tode wirbeln, und das wäre höchst unpassend, morgen Mittag muss ich für den Prinzen kochen!«
Schönermark lächelte und führte Rahel auf die Tanzfläche zum Rigaudon. Langustier sagte zu Susette von Schönermark:
»Verehrteste – haben Sie gesehen, dass Göthe ebenfalls zugegen ist?«
Sie blickte suchend umher. Als sie den Weimarer erblickte, leuchteten ihre Augen.
»Was gäbe ich darum, Monsieur, mit ihm bei der Bourrée zu tanzen!«
»Mit etwas Geschick ist das zu arrangieren«, fand Langustier. »Seine Flucht von Ihrem Zirkel hatte wohl nichts weiter zu bedeuten, als dass er sich in Berlin nicht heimisch fühlt und, so wie es aussieht, auch nicht heimisch fühlen kann.«
Sie war erleichtert. Langustier fragte:
»Sagt Ihnen der Titel *Pelops und Proserpina* etwas?«
Sie war mit ihren Gedanken noch bei Göthe.
»Von wann ist das? Das muss mir entgangen sein, obwohl ich mich bislang stets rühmen zu können glaubte, nichts von ihm ausgelassen zu haben.«
»Sie täuschen sich, Verehrteste – dieser Titel gehört zu einem Manuskript, das mir kürzlich unterkam. Ich würde gerne herausfinden, wer der Autor ist, und dachte, es sei in Ihrem Zirkel gelesen worden. Die Berliner Literaten, so sie deutsch schreiben, betrachten es doch als die höchste Ehre, von Ihnen eingeladen zu werden? Würden die meisten nicht alles tun, sogar ein Verbrechen begehen, nur um ihre Werke bei Ihnen vortragen zu dürfen?«

Susette Schönermark lachte kokett und wedelte mit dem grünen Fächer, der ihrem zinnoberroten Haar schreiend opponierte. »Sie Schmeichler! Doch ich will es gar nicht in Abrede stellen. Nein, nein, wer das erzählt, hat so unrecht nicht. Viele, die bei mir vorgetragen haben, sind später berühmt geworden. Nehmen Sie nur die Karschin, deren auserlesene Gedichte Gleim vor 14 Jahren herausgab. Damals wohnten wir noch am Rondellplatz. Oder nehmen Sie Ramler, den witzigen Professor beim Kadettencorps. Seine Oden, vor elf Jahren erschienen, trug er zuerst bei uns vor, da wohnten wir schon über der Stechbahn. Lessing hat zugehört und stieg dann auf dem Schlossvorplatz in die Kutsche, die ihn nach Hamburg ans Nationaltheater brachte. Aber *Pelops und Proserpina*?« Sie schüttelte den Kopf. »Es will mir nicht einfallen, ich hörte so viele Stücke in den letzten zwei Jahrzehnten. Ich glaube, es war … lassen Sie uns meinen Mann fragen, wenn er Ihnen Ihre Frau zurückbringt. Wollen Sie nicht doch ein Tänzchen wagen?«

Er konnte nicht nein sagen. Schon reihten sie sich in den Passepied. Bei der anschließenden Bourrée hatte Göthe, der bislang dem Tanze nur zugeschaut, allen Grund zu glauben, Madame von Schönermark aus den Armen eines ohnmächtig Werdenden zu retten. Gerardine und Heim, denen Langustier beim ersten Frontreigen zuflüsterte, hatten es übernommen, den Olympier auf die Nöte der Dame aufmerksam zu machen. Sie dankte ihm mit beredt zwinkerndem Auge. Rahel und von Schönermark waren noch immer unermüdlich.

So ereigneten sich zu vorgerückter Stunde im Grunde genommen nur noch zwei Vorfälle bemerkenswerter Art. Da war erstens der unglückliche Sturz eines Kellners beim Heraufsteigen aus den Speisekammern des Untergrundes, der von der Wirtin mit dem denkwürdigen Satz bedacht wurde:

»Wat is denn det hier vor ’n unjehörjes Butterkellertreppenjefalle?«

Göthe notierte sich dies höchst belustigt. Der zweite bemerkenswerte Vorfall war das spektakuläre In-Schlaf-Fallen des ehemaligen Zweiten Hofküchenmeisters Langustier direkt neben der Tanzkapelle.

Dienstag, 19. Mai 1778

In seinem unruhigen Traume kämpften menschengroße Hummer mit gewaltigen Scheren gegeneinander. Die Tiere waren im Begriff, einander der Gliedmaßen zu berauben, was Geräusche machte, welche denjenigen ähnelten, die beim langsamen Schneiden dünner Bleche entstehen. Plötzlich besaßen die Hummer Menschenköpfe. Ein Tier mit dem Kopf von Neuhof, das trotz dessen Zwergenhaftigkeit über gewaltige Schneidewerkzeuge verfügte, schnitt gerade dem Hummer mit dem Kopf des Kriegsrats Koeppen die Gurgel durch, als Langustier sich zum begütigenden Eingreifen entschloss. Zu spät für den Ärmsten, denn er wachte auf.

Der Vormittag zerrann ihm zwischen den Fingern. Das Logengebäude in die Leipziger Straße hatte er noch am Vortag besehen, um sich mit den katastrophalen Bedingnissen der Küche vertraut zu machen. Dort, in diesem heruntergekommenen Loch, wo höchstens einmal im Jahr ein bescheidenes Mahl für die Brüder bereitet wurde, meistens von der Hausherrin selbst, die an Kurzsichtigkeit, Schwerhörigkeit und allgemeiner galoppierender Senilität kaum zu überbieten war, elf hochstehende Personen zu bekochen, ohne den eigenen Ruf nachhaltig zu beschädigen, schien unmöglich. Und doch galt es keine Sekunde zu zaudern!

Marie hatte ein ansehnliches Bassin im Keller, in dem sich frische Hummer tummelten; zwei Tage zuvor war die wöchentliche Lieferung von Salvatori und Hanssen aus Hamburg eingetroffen. Fünf Exemplare waren noch vorhanden. Er nahm drei von ihnen aus dem Becken und verstaute sie in einem Bastkorb. Das Deckelschloss sprang leider auf, als er aus dem Haus trat, so dass eines der dunklen, mahagonifarbenen Tiere entwischte und mit einer Behändigkeit und Flinkheit, wie man sie ihm nicht zugetraut hätte, die Roßstraße hinabtrippelte, wo er es jetzt verfolgte, sehr zur Freude der Passanten. Heim, der gerade aus seiner Sandspinne sprang, erwischte den Ausreißer.

»Husch, husch ins Körbchen!«, befahl Langustier.

Heim berichtete:

»Ich habe mir bei Zinnendorf von Hordts Leichnam besehen. Kein schöner Anblick. Neue Erkenntnisse gibt es nicht; die Schmauchspuren an der Leiche sowie die Austrittskrater der Geschosse deuten auf drei Schüsse aus nächster Nähe. Wie hätte es in der Enge da unten in der Gruft auch anders sein können? Totenkopf, Bibel, Stofftasche, Hammer, Decke und Kleiderhülle, die man am Tatort fand, verrieten nichts über ihre Herkunft. Nur einen kleinen Umstand gab es zu vermelden – von Hordt hatte die Einladung bei sich.«

»Die Einladung?«

»Das ominöse Schreiben, mit dem ihn der Unbekannte zum Treffpunkt in der Gruft zitierte.«

Langustier runzelte die Augenbrauen. Die Hummer scharrten im Korb.

»Distel hat mich das Papier ausgiebig betrachten und seinen Inhalt kopieren lassen. Als erstes stellte ich fest, dass es roch. Papier, das lange in einem Labor gelegen hat oder dem Einfluss starker Chemikalien ausgesetzt gewesen ist, riecht so. Andererseits war es sehr alt, das sah ich gleich. Dann betrachtete ich es genauer und fand, dass es sich tatsächlich um einen Ausriss aus einem Laborbuch handelte, denn es war rückwärtig mit alchemistischen Symbolen bedeckt. Ich habe mir die Sache notiert. Hier sehen Sie ...«

Langustier schüttelte den Kopf.

»Bedaure. Sehen ja, lesen nein. Ich brauche ein neues Stielglas, denn beim Sturz ist das alte entzwei gegangen. Worum handelt es sich Ihrer Meinung nach bei diesen Schriftzeichen?«

»Es wird ein Rezept sein für Goldmacher-Quark. Hintenauf steht mit Bleistift die Einladung, doch nur Ort, Datum und Uhrzeit. Die Schrift ist altertümlich, ich möchte sagen, wie aus einem alten Humanistendruck kopiert – wie aus einem Druck aus der Offizin von Thurneißer. Sie lässt keinerlei persönliche Züge erkennen, es sei denn, man sieht selbige auch in einem gewissen Talent zur Kopie und Akkuratesse.«

Langustier fasste den Korb mit den Hummern fester.

»Begleiten Sie mich in die Leipziger Straße? Ich muss mich sputen. Ich hab nur die Mamsell des alten Fräuleins Hainchelin als Küchenhilfe.«

»Jetzt hast du zwei zusätzliche, mein lieber Urgroßpapa!«, sagte Gerardine, die aus dem Haus gekommen war. Heim stimmte sofort freudig zu und erklärte:

»Ich verstehe mich sehr aufs Tranchieren!«

»Können Sie auch Zwiebeln und Spargel schälen?«

Die Fahrt in Wurmbs Kutsche, die schon mit allen nötigen Utensilien und Zutaten beladen war, währte nur kurz. Im Bärschen Haus stieg man die Treppen zum obersten Stockwerk hinauf und nahm die Küche in Beschlag. Die Hausherrin war die Aufregung selbst und schlechterdings zu nichts zu gebrauchen. Sie wurde mit dem Decken der Tafel betraut, was ihr schon schwer genug zu werden versprach. Pünktlich um Viertel nach eins, zur gewohnten Speisezeit des Prinzen, wollte man beginnen. Verstand sich, dass bei Kerzenschein in verdunkeltem Raume getafelt würde. Eine seltsame Sache, fand Gerardine: erwachsene Männer, die den Tag zur Nacht machten.

»Nun ja«, pflichtete Langustier ihr bei, »dem Komment entspricht das nicht. Der Prinz hat sich meiner Bitte gefügt und ausschließlich jene Ordensbrüder einbestellt, die vom Sacrower Rosenkreuzerzirkel *Zur alten Burg* noch übrig sind. Nennen wir es also eine spezielle Art einer Mittagstafel als Loge. Nichtsdestotrotz sind, wie stets bei Tafellogen, nicht unmäßiges Essen, sondern die geistige Anregung und die Festigung des Bundes unter den Ordensbrüdern Sinn und Zweck. Das entlastet uns, was die Quantität angeht – sowohl bei Speis als auch bei Trank ist stets das Gebot der Mäßigung zu beherzigen. Doch es enthebt uns nicht der äußersten Sorgfalt, was die Qualität betrifft. Hier gibt es immer noch einen Ruf zu verlieren. Meinen nämlich.«

Eine halbe Stunde später waren die Anfänge gemacht. Die Mamsell Schulze, Gerardine und Heim hatten sich die Seele aus dem Leib geheult, der Zwiebeln wegen. Der wuselnde Langustier hatte die Rückverwandlung in den Zweiten Hofküchenmeister ohne Mühe vollzogen. In einer winzigen bürgerlichen Stadthauskombüse entfaltete er Messer wetzend und mit Töpfen klappernd einen Elan, der ausgereicht hätte, ein Dutzend Köche in der Schlossküche erbleichen zu lassen. Man konnte sehen, dass ihm dieses Theater noch immer Freude bereitete.

»Klappern gehört zum Handwerk!«, deklarierte er zu ihrer Belustigung. Nachdem die französische Zwiebelsuppe friedfertig köchelte und die *Terrine maison* samt Schmortopf im heißen Wasser badete – eine Farce aus Schweinespeck und Schweinefleisch, Kalbfleisch und Kalbsleber, geräucherter Ochsenzunge, mit Frühlingszwiebeln und gebratenen Hühnerleberstücken durchsetzt, vermengt mit Sahne, Zitronensaft, einem Ei, Salz und Pfeffer (etwas zuviel für den Prinzen, wie Langustier zwischendrin einfiel, aber das war nicht mehr zu ändern) –, ging es den Hummern an den dunkelbraunen Kragen. Heim hatte beim Vollstrecken zu helfen: Die Köpfe wurden abgeschnitten, die Hinterleibe von den Vorderleiben getrennt. Unter Zuhilfenahme eines Hammers spaltete Langustier die Hinterteile der

Länge nach, Gerardine, derlei von gelegentlichen Hilfsdiensten bei ihrer Großmutter her gewohnt, entfernte die Darmfäden, während die Mamsell Schulze mit einer Zange die Scheren und die Fühler von den Vorderleiben abknipste. Die Vorderpartien wurden von Heim halbiert, so dass Langustier die gelatineartigen Beutel vom Kopfende entfernen, die braungrüne Leber und das schwarze Mark dagegen separat in einem Schüsselchen sammeln konnte. Beides wurde in zerlassene Butter eingerührt, nebst Ei, Petersilie, Estragon, Pfeffer und Salz zur späteren Beigabe. Langustier knackte mit dem Hammer noch die flache Unterseite der großen Scheren, wodurch die Esser leichter an das auch darin noch befindliche, verzehrbare Fleisch würden gelangen können. Das alles waren nur die Vorbereitungen für das abschließende kurze Dünsten in heißem Öl. Jetzt wurde Spargel geschält. Unvermittelt fragte Langustier den hierbei helfenden Heim:

»Ich weiß noch immer nicht, was ich mit der schwarzen Katze machen soll?«

»Vielleicht scharf angebraten mit süßsaurer Marinade?«, mischte sich die Mamsell trocken ein, ohne zu wissen, worauf Langustier anspielte. Heim hatte Langustiers Gedankensprung gleich nachvollzogen. Als ob sie noch im Tiergarten bei den Zelten säßen und über Symbole fachsimpelten, sagte der Doktor:

»Aus der Sicht eines Christen stellt die Katze wohl ein abgöttisches Bildnis, wenn nicht gar den Satan vor.«

Die Mamsell bekreuzigte sich, während Langustier nickte. Das kam mit den egyptischen Anmerkungen des Prinzen überein.

»Vor Jahren gab es in der Friedrichstadt ja einen Katzenmörder!«, erklärte die Mamsell unvermittelt. »Soll das denn nun wieder anfangen? Damals hat der Fritz von dem gnädigen Fräulein sein Leben lassen müssen. Ach herrje. Aber die Elise, die Gegenwärtige, hat jetzt geworfen! Alles schwarz, der ganze

Wurf! Mit weißen Handschuhen! Wenn Sie die beisammen sehen, das sieht das fast aus wie …«

Sie kicherte und führte den Satz nur in Gedanken zu Ende.

»Was Sie nicht sagen!«, rief Langustier erfreut. »Ich kenne ein sehr junges Fräulein, ein überaus junges, die hat gerade ihren kleinen Kater verloren und wäre selig, wenn sie von denen eins hätte! Man glaubt kaum, wie ein Kinderherz an einem solchen Tiere hängt. Da wird nicht nach Symbolen gefragt. Da ist nichts Satanisches. Da steht die Katze für die liebenswerte Kreatur. Sagen Sie, Mademoiselle Schultze, ließe sich da vielleicht, ich würde mich nicht lumpen lassen … Ein kleiner Handel? Sie könnten ein Kind glücklich machen.«

Mamsell Schulze strahlte, als höre sie den Klang großer blanker Münzen. In der kleinen Küche trafen nun, schwarz gekleidet, mit weißen Vorderpfoten, der Amtsrat Neuhof und der Prinzen-Instruktor Bärbaum ein.

»Bruder Langustier! Welche Freude! Und welch ein Geruch der vortrefflichen Materialien. Haben Sie auch ein schönes rotes und scharfes Pulver mitgebracht?«

»Darum kümmert sich der Prinz erklärtermaßen selbst.«

Die dienenden Brüder wurden in das Festzimmer geschickt, um die Korrektur der Tafel vorzunehmen, die von dem alten Fräulein Hainchelin in stupider Bürgerlichkeit gedeckt worden war, nicht wissend, dass alles zu einer Tafellogentafel gehörige Gerät nach Freimaurersitte in drei Parallellinien zur Aufstellung kommen musste. Die Teller oder *Ziegel* nebst den Messern oder *Schwertern* machten die erste, die Bouteillen oder *Fässer* und die Gläser oder *Kanonen* die zweite, die Speisen oder *Materialien* und Leuchter oder *Sterne* die dritte Reihe. Auch wurden das *rote Pulver*, das *starke Pulver*, das *weiße Pulver* (sprich Rotwein, Weißwein, Wasser) und der *rohe Stein* (das Brot) auf die zusammengeschobenen Tische gestellt. Kaphengst, der Adjutant des Prinzen, hatte etliche Flaschen vorbeigebracht.

Langustier hatte sich die bei Decker 1777 gedruckten vier Seiten *Gesetze für die T..L..* mitgenommen, und Heim, der arbeitslos war, las darin.

»1. Das Vergnügen ist zwar der Zweck der T..L..; es versteht sich aber von selbst, daß es ohne Ausschweifung, in den Schranken der Ordnung, mäßig, und einem M. anständig sey müsse … 9. Gesittete Br. werden sich von selbst an der T.. alles Berauschens, desgleichen aller unanständigen Worte, Geberden und Sitten, besonders der Zänkereyen … enthalten …«

Es folgten lange Ausführungen über die Art, wie man seinen Nebenmann, der sich in dieser Art vergangen hatte, beim vorsitzenden Meister anschwärzen durfte, welcher dann den Verratenen zur Zahlung von ein paar Pfennigen in die Armenkasse verurteilte. Der Text war durch zahlreiche eingesprengte Chiffren für den profanen Leser unpassierbar gemacht. *51wkh4t4p? r3ps4p 5lq?* Heim ließ das Blatt gelangweilt sinken. Während Langustier den Spargel waagrecht ins köchelnde, leicht gezuckerte, gesalzene und mit einer Flocke Butter versehene Wasser gab und den chinesischen Reis aufsetzte, fragte er Gerardine:

»Meine Liebe, was sagte die Kleine, wie hieß sie noch gleich, von dem Pferd, das sie gesehen? War es ein Rappe?«

»Ja, und seine Vorderläufe waren ebenfalls schwarz. Anne heißt das Kind.«

»Und bei dem Pferd, das der glückliche Einsiedler sah?« Gerardine blätterte in ihrem hübschen Büchlein.

»Da waren die Vorderfesseln weiß. Rhode heißt der Mann, nicht verwandt mit dem Maler.« Als sie das Notizbuch zuklappte, schaute Bärbaum zur Tür herein.

»Lieber Bruder, der Bruder des königlichen Bruders ist eingetroffen! Wir werden jetzt erst einmal stilvoll durch alle Gesundheiten Feuer geben, und etwa gegen halb zwei kann es dann mit den Materialien losgehen!«

Schon war er wieder weg. Langustier seufzte.

»Ich habe diese heillosen Gesundheiten vergessen. Da hätten wir uns nicht ganz so beeilen müssen.«

Da fiel ihm etwas Wichtiges ein, und er rannte zur Küchentür, um Bärbaum zurückzurufen:

»Bester Bruder, würden Sie mir über den Klang bei der Kanonade Bericht erstatten?«

Der Rest wurde geflüstert und war für Gerardine und Heim nicht hörbar. Erstaunt fragten sie fast unisono:

»Den Klang bei der Kanonade?«

Mit der Spitze des Kochmessers im Schneidbrett stochernd, einer schlechten Angewohnheit ausgeliefert, die ihm früher so manche Verwünschung des ersten Hofküchenmeisters Emile Joyard eingetragen hatte, ließ er sich zu einer Erläuterung herab.

»Nun, es ist zu bedenken, dass während einer Tafelloge nach den Gesundheiten oder Toasts, die ausgebracht werden, strengem Reglement gemäß aus den Kanonen gefeuert, sprich: aus den Gläsern gebechert wird. Statt die Gläser sanft abzustellen, werden sie regelrecht auf den Tisch geknallt. Dieses gemeinschaftliche harte Aufsetzen der Trinkgefäße heißt Tumult oder Kanonade. Die Gläser sind dafür mit besonders festen Füßen ausgestattet. Jetzt kommt, was ich mit *Klang* meinte: Die Tafelloge ist ein Indikator für das erstrebte Ideal der Freimaurer-Gemeinschaft, zu deren Befestigung und Versicherung sie dienen soll. Dieses Gemeinschaftsideal ist dann erreicht, wenn alle Kanonen beim dreimaligen harten Aufsetzen nur je einen einzigen gemeinsamen Ton ergeben. Ist der Ton oder Klang unrein, dann setzt einer zu früh, ein anderer zu spät ab. Statt des reinen Dreischlags hört man ein Klappern und Holpern, ein Querschießen und Rappeln. Die Gemeinschaft ist ihrem Ideal fern, die Harmonie ist gestört.«

»Raffinierte Probe!«, sagte Gerardine.

»Im Gespräch mit dem Prinzen kam mir der Gedanke, dass wir es mit mehr als einem Mordbruder zu tun haben könnten. Man bedenke die Fesseln der vorderen Pferdebeine, die einmal schwarz, ein andermal weiß waren …«

Weiter kam Langustier nicht, denn Bärbaum erschien und sagte schnell:

»Nach der Gesundheit auf den König ertönte Missklang, nach dem Feuer auf den Prinzen heftiges Gerappel, nach dem Schuss auf den Obermeister tumultuöses Geknatter beim Absetzen der Kanonen. Die Harmonie ist sehr weit entfernt. Mal sehen, ob wir uns im weiteren Verlaufe des Nachmittags wieder besser zusammenfinden. Lieber Ordensbruder – Material bitte, den ersten Gang, wenn es dem lieben Ordensbruder genehm ist!«

Bärbaum nahm den Suppentopf, der einstige Zweite Hofküchenmeister Sr. Majestät die Terrine.

»Na bitte«, meinte Langustier: »Das Ungeheure sitzt mit am Tisch, dessen bin ich gewiss!«

Ein Schlag ertönte, gefolgt von unrhythmischem Gerumpel. Die Ordensbrüder waren aufgestanden. Wallners Stimme wurde durch die dünne Wand deutlich vernehmbar.

»Meine Ordensbrüder. Bevor wir uns nach den ausgebrachten traditionellen Gesundheiten den Materialien zuwenden, möchte ein Ordensbruder, dem unser aller Wohl besonders am Herzen liegt, möchten Seine Königliche Hoheit höchstpersönlich ein paar Worte an uns alle richten.«

Der Prinz erhob die Stimme:

»Njä, nur keine Umstände, Messieurs! Wollen keine langen Reden schwingen, nur darauf hinweisen, dass diese extraordinäre Mittagstafel nicht ganz von ungefähr einberufen ward. Habe gedacht, dass es gut wäre, in den Zeiten der Not die Ordensbrüder, die es besonders betrifft, an diesem für uns Freimaurer so wichtigen, tjä, um nicht zu sagen, heiligen Orte zu versammeln. Ordensbruder Langustier wird für uns kochen.«

Die Hoheit näselte weiter auf Hohenzollernsch:
»Das festliche Tafeln ist Ausdruck unserer unverbrüchlichen Treue gegeneinander und zur Idee unserer Bruderschaft. Möge sich denn zeigen, ob sie auch nach den abscheulichen Gräueln, welche vorgefallen, noch aufrecht zueinander steht. Wünsche, dass Ihnen, liebe Brüder, nach dieser Introduktion nicht der Appetit verhagelt ist. Bon appetit, Messieurs!«
Es erfolgte ein scharfer Schlag des altschottischen Obermeisters Wallner. Die Brüder Bärbaum und Neuhof trugen die Speisen auf und setzten sich an die Tischenden. In der Mitte hatten, einander gegenüber, der Prinz und Wallner Platz genommen. Links der Hoheit war der Hofbuchdrucker Decker platziert. Der Stuhl zwischen ihm und Bärbaum am Kopfende der Tafel war leer. Links von Wallner saßen Maußhardt und Klaproth, rechts von ihm Sello und Lüdicke; rechts neben dem Prinzen der Astronom und Mathematiker Bernoulli und der Küster Hupfuff. Eine von Wallner eigens ausgesandte Kutsche hatte diesen Mann, gekleidet mit einer grauen Perücke und einem abgeschabten schwarzen Frack, aus Sacrow herbeigeschafft. Obwohl geschmeichelt durch das komfortable Beförderungsmittel, kam sich Hupfuff doch zugleich als unfrei Herbeizitierter, rechtloser Einbestellter vor. Dass ihm Wallner hatte ausrichten lassen, er solle sich sauber kleiden und *eklatante Odeurs* vermeiden, war ihm übel aufgestoßen. Mit entsprechendem Missmut schaute er aus der leicht rußig duftenden Wäsche.
Winzige Portiönchen, ein Klecks Terrine, zwei Löffel Suppe. Schon war das *Material*, das nicht für fünf Profane genügt hätte, unter den elf Eingeweihten verteilt und eingenommen: Löffel angehoben, Löffel zum Teller, Suppe aufgenommen, Löffel an den Mund, Suppe eingeschlürft – Wiederholung – Gabel angehoben, Gabel zum Teller, Pastete aufgegabelt, Pastete in den Mund, kauen, hinunterschlucken.
Während drinnen im Festzimmer die fünfte und sechste Ge-

sundheit auf die Prinzessinnen und Prinzen des verzweigten Hauses Hohenzollern ausgebracht wurden, bereitete Langustier den Hummer und den Spargel zu. Er stellte sich vor, wie es in einem Lokal zuginge, wo kleine Portionen den Komment bestimmten. Der Geschmack wäre konzentriert, der Genuss auf den Punkt gebracht. Ein interessanter Gedanke, aber wohl nur unter Freimaurern möglich, wo die Konzentration und die Mäßigung zählten, Suff und Völlerei dagegen verpönt waren.

In der großen flachen Pfanne röteten sich binnen weniger Minuten die vorbereiteten Hummerteile. Der Duft dieser Materialien war so überwältigend, dass er Mamsell Schulze, Heim, Gerardine und sich selbst rasch einige Kostproben gönnte. Bärbaum und Neuhof erschienen wieder. Hummer, Spargel und Butterreis gingen mit ihnen hinaus.

Auch Langustier begab sich nun zu Tisch, nicht ohne zu verabsäumen, zuvor den Degen umzuschnallen, wie es der Ordensbrauch war. Er besetzte den letzten freien Stuhl, Lüdicke gegenüber. Da alle hier Freimauerer waren und dies als eine Tafelloge zu gelten hatte, konnte dieser Umstand an sich keinen verwundern. Er war jedoch der einzige am Tisch, der nicht zur Rosenkreuzergemeinschaft gehörte, diesem kleinen Zirkel im großen Zirkel, diesem innersten Kreis im weiteren Kreis der Großloge. Was die Anwesenden längst geahnt hatten – dass ihnen hier eine schwere Probe bevorstand –, wurde durch Langustiers Präsenz bei Tisch zur dunklen Gewissheit.

An der Tafel regierte trotz dieser Irritation für wenige Gabelschläge der pure Genuss. Der Komment schaffte es insonderheit nicht, die Aufnahme des Hummer-Materials in strengen Schritten zu maßregeln. Doch da alle aus dem Takt gekommen waren, schien dies keinen sonderlich aufzuregen. Urplötzlich war Maußhardt zu hören, der mit gespielter Entrüstung sagte:

»Ehrwürdiger Bruder Vorsitzender – der hochwürdige Bruder

Neuhof hat etwas Ungeziemendes begangen, ich bitte mir aus, dass ich ihn deswegen bestrafen darf.«
Es wurde laut gelacht, was seinerseits Verweise von Wallner an die Brüder Sello, Bernoulli und Bärbaum zur Folge hatte. Maußhardt nannte als Vergehen Neuhofs, dass diesem die Serviette heruntergefallen sei, worauf der Übeltäter zur Zahlung von drei Pfennigen in die Armenkasse verurteilt wurde. Wallner tat nun gleich einen weiteren heftigen Schlag mit seinem Hammer, um die Genussucht wenigstens formell zu ersticken. Oder war es eine Neigung, die Kirchenoberen nicht selten anhaftet, die ihn jetzt die siebte Gesundheit ausbringen ließ? War es das scharfe Pulver aus der Hoheit Privatkeller, dieser exquisite Bourgogner von 1772, der ihm so kräftig einheizte?
»Brüder von allen Graden und Qualitäten, macht euch fertig und ladet zur siebten Pflichtgesundheit. Meine Brüder, ich habe das außerordentliche Vergnügen, die Gesundheit unseres geehrten Bruders Langustier auszubringen, für dessen Erhaltung der Allmächtige Baumeister der Welten möglichst lange und zu unser aller Wohlgefallen sorgen möge! Zu dieser Gesundheit kömmt auch die seiner verehrten Frau Tochter, aus deren Wunderkammern das Zauber-Material stammt, das wir gerade genossen haben. Um diese Gesundheiten nun mit allen Feierlichkeiten der freien und königlichen Maurerei auszubringen, ersuche ich euch, diese mit scharfem Pulver geladenen Kanonen mit dem Eifer einer ehrfürchtigen Freundschaft abzufeuern, und Feuer, starkes Feuer und vollkommenes Feuer zu geben!«
Alle Anwesenden waren im Meistergrad oder in noch höheren Stufen, daher falteten sie die Serviette zu einem schmalen Strick und schlugen sie über die linke Schulter, von wo sie locker herabhing. Angeblich geschah dies im Sinne der allzeitigen Wehrhaftigkeit des Ordens. Die Serviette hinderte am Ergreifen des Degens, daher musste sie aus dem Weg geräumt werden. Der Obermeister kommandierte seine Ritter nun:

»Die rechte Hand zur Kanone! (Alle fassten die Gläser bei den Stielen.) Kanone hoch! (Sie hoben die Gläser bis in Brusthöhe.) Macht euch fertig! (Sie setzten die Gläser an die Lippen.) Feuer, stark Feuer, vollkommenes Feuer! (Sie tranken nach dem Beispiel Wallners in drei ineinander übergehenden großen Schlucken.) Kanonen umwärts!«

Sie führten das Glas wieder vor die Brust, erst an die rechte, dann an die linke Seite, schließlich wieder vor die Mitte, so dass ein Triangel beschrieben wurde. Nachdem sie dieses Exerzitium dreimal absolviert hatten, setzten sie die Gläser wieder auf den Tisch. Dies geschah bei jedem Bruder auf die gleiche Art und Weise: Zuerst berührte das Glas etwas links den Tisch, hernach rechts, bevor es mit einem starken Schlag in der Mitte niederging.

Gepolter und Getöse sondergleichen. Splitterndes Glas. Langustier war aufgestanden und etwas vom Tische zurückgetreten, um das Ereignis recht in den Blick zu bekommen.

»Bruder, was …?«

Wallner sah die Ordnung seiner Tafelloge zusammenbrechen. Nicht genug, dass gleich drei Brüder die Ungeschicklichkeit besessen hatten, ihre Kanonen im Eifer des Gefechtes zu verlieren, was schon einmal vorkommen konnte – nun lief auch einer im Raume herum! Als er sah, dass es Langustier war, hielt er inne. Mochte nun kommen, was wolle. Der Prinz erhob sich und sprach:

»Hnjä, meine lieben Ordensbrüder! Die Probe auf unsere Harmonie ist nicht sehr glücklich ausgefallen. Höllischer Tumult – fast wie bei Freiberg, tjähä! Ordensbruder Langustier, der in meinem Auftrag über die jüngsten, mjä, Todesfälle in unseren Reihen nachgedacht hat, möchte uns wohl etwas übers Resultat seines Nachdenkens sagen? Hümnjä?«

Der Prinz blickte Langustier über die linke Schulter fragend an, welcher nickte, an seine Tafelecke zwischen Decker und Bär-

baum vortrat, sich gegen den Prinzen und Wallner leicht verneigte, eine Konzentrationspause einlegte, um sich dann mit folgenden Worten an die Gesellschaft zu wenden:
»Meine Ordensbrüder! Ich darf Sie an den Sinn des Namens dieser ehrenwerten Gesellschaft erinnern. Die *trois globes* des ursprünglichen Namens dieser ehrenwerten Loge, etwas zu eindeutig in *drei Weltkugeln* übersetzt, bedeuten doch nichts Geringeres als jene *drei Sphären*, in denen sich das Leben eines jeden von uns abspielt: in der Welt in uns, in der Welt um uns und in der Welt über uns. Die Sphäre des subjektiven Geistes, in der sich jeder Mensch eingekapselt findet, mit der des allgemeinen Geistes, an dem alle Menschenwesen mehr oder weniger teilhaben oder Anteil nehmen, letztendlich eins werden zu lassen, das ist unser höchstes Ziel. Es ist dies auch das Ziel vieler anderer Ordensabsplitterungen und Richtungen der Freimaurerei überall auf der Weltkugel. Seien Sie versichert, liebe Ordensbrüder, dass ich diesem Ziel zu dienen versuchte, indem ich mich dem Wunsche Sr. Königlichen Majestät gemäß um die Aufnahme in höhere Grade dieser Großloge bemühte. Seien Sie des Weiteren versichert, dass ausschließlich das Wohl unserer Gemeinschaft mich fürderhin bestimmte, dem unstillbaren Verlangen nach Aufklärung in mir nachzugeben. Es sollte unter Ihnen nicht der irrige Eindruck entstehen, ich hätte mich gegen das Gebot der Brüderlichkeit vergangen, indem ich, Ordensbruder gegen Ordensbruder ausspielend, Verdächtigungen ausstreuend und die Atmosphäre des Zweifels und der Angst unter Ihnen, liebe Ordensbrüder, schürend, bemüht war, den Beweggründen für jene ungeheuerlichen Gräuel auf die Spur zu kommen, die uns alle im innersten Herzen bedrücken und beschäftigen. Ich sage mit Bedacht *alle*, denn ich bin mir gewiss, dass auch den- oder diejenigen unter uns, die ihr Gewissen mit vier Leichen beschwerten, Spuren ihrer Taten auf ihrer Seele finden werden!«

Sämtlichen Herrn war bei diesen ernsten Eröffnungen die Blässe ins Gesicht getreten.
»Meine Brüder, ich bin von Sr. Königlichen Majestät, unserem natürlichen Großmeister, gebeten worden, ihm über die neuesten Entwicklungen in unserer Bruderschaft getreulich Bericht zu erstatten. Dies hat den Anschein von Verrat – doch ich frage Sie: Kann es einen Verrat unter Ordensbrüdern geben, die ein und derselben höchsten Sache dienen, der Verbreitung der Humanität, der Beförderung des Gemeinwohls, ja sagen wir es ruhig: der Aufklärung? Ich bekenne offen, dass mir gewisse Ritterspiele, die im Namen der Humanitas aufgeführt werden, nicht behagen.«
Raunen und Gemurmel. Wallner schlug mit dem Hammer, um die Ruhe herzustellen.
»Vier unserer Brüder fanden den Tod, und ihre toten Körper wurden – uns allen zur Mahnung – mit symbolischen Botschaften versehen aufgehängt. Die Einzelheiten mögen unter Ihnen bereits die Runde gemacht haben, denn alle heute hier Anwesenden bilden die Gruppe, die sich der Mitgliedschaft der seligen Ordensbrüder Ascheborn, Brandes, Scheel und von Hordt rühmen durfte und die sich in Sacrow zu höchst eigenen, nicht nur rein symbolischen, sondern alchemistischen Arbeiten traf.«
Wieder nahm er die Reaktionen auf den Gesichtern genüsslich zur Kenntnis. Bärbaum und Neuhof blickten verschämt, Klaproth, Maußhardt und Wallner mit indefinitem Groll, Lüdicke … nun ja, der zitterte wie Akazienlaub … Sello schien gelangweilt.
»Worauf deuteten nun diese Zurschaustellungen im Einzelnen? Was wurde im Ganzen durch sie mitgeteilt? Es bedurfte des Spürsinnes eines Humanisten, den Sinngehalt dieser geheimen Botschaften zu ergründen, wodurch die Annahme, es seien Mitteilungen, die nur für einen inneren Zirkel bestimmt waren, zur Gewissheit wurde. Da waren zunächst allgemeine und spe-

zielle Beigaben, also solche, die sich bei allen, und solche, die sich nur bei einem Toten fanden. Darüber hinaus gab es aber auch solche, die sich nicht bei allen, aber bei mehr als einem fanden. Zur ersten Kategorie der Zeichen zählen die geknickten Akazienzweige und die Umstände des Erhängens: Füße nach Nordwesten, Füße auf dem Boden. Die Akazie steht, das brauche ich Ihnen, liebe Brüder, nicht zu sagen, für die Einweihung, für Reinheit und Unsterblichkeit. Ein geknickter Akazienzweig bedeutet also wohl Aufhebung der Einweihung, Ausstoß aus der Gemeinschaft, Unreinheit oder Befleckung gemäß dem Kodex des Ordens und Verweigerung der Unsterblichkeit. Der Strick, Strafmaß bei Fahnenflucht, wird generell zum Hinrichten verwendet und bedeutet im Freimaurertum die profanen Lasten, die jeder am Halse hat. Sie behindern ihn bei der Erfüllung der alten Pflichten. Dass die Erhängten mit den Füßen am Boden klebten, hat eine ganz profane Erklärung: Nur so blieben sie fest mit Ausrichtung auf den Nordwesten verankert, wo Finsternis und Ungeist die Seelen der Abgestorbenen empfangen sollten. Sie sehen, liebe Ordensbrüder, wie allein schon diese allgemeinen Zeichen – zu denen sich noch die düsteren Orte gesellen: Friedhof, Druidenstätten, Gruft – den Schluss nahe legten, dass hier Abtrünnige hingerichtet wurden. Das Schwert auf dem Grabstein eines Templers in Tempelhof, Unterlage für Ascheborn, kündigte offen an: Ab sofort wird Gericht gehalten! Die speziellen Beigaben verwiesen auf die Verfehlungen, die der Richter und Henker den Opfern zur Last legte. Die schwarze Katze war im Verständnis des Henkers der Teufel, mit dem Bruder Ascheborn paktierte.«

Ein Aufruf des Entsetzens ging durch die Reihen.

»Der goldene Löwenkopf stammte aus der Sammlung Eltester, die unsere Großloge sich anschickt käuflich zu erwerben – worin sie nicht länger zögern sollte! Bruder Brandes konnte der Versuchung nicht widerstehen, ihn an sich zu bringen.«

Neuhof nickte heftig. Die anderen gaben lauthals ihrer Entrüstung Ausdruck.

»Sie werden sich fragen, was der gestohlene Löwenkopf am Ort der Tat zu suchen hatte. Nun, einerseits gehörte er gewissermaßen dorthin, denn es war wohl ein sakraler Gegenstand der früher auf der Schanze lebenden Heiden. Bruder Neuhof hat ihn in seiner Abhandlung als einen solchen beschrieben. Der Dieb brachte ihn auf Befehl seines Mörders an den Ort seiner Hinrichtung mit. Dieser hatte von ihm einen Beweis seiner Loyalität gefordert, indem er ihm den Diebstahl zur Aufgabe stellte, wohl wissend, dass selbiger bereits geschehen. Brandes glaubte, wie Ascheborn und nach ihnen Scheel und von Hordt, dass ihnen der Weg in den echten alten Orden der *Pauperes commilitones Christi templique salomonis* gewiesen würde. Sie ahnten nicht, dass diese Verheißung nur dazu diente, sie an die Stätte ihres Todes zu locken.«

Tumult, ohne Kanonen diesmal. Wallner musste mit dem Hammer schlagen, um die aufgebrachten Ritter notdürftig zu besänftigen.

»Die Suchenden wurden hintergangen und überlieferten uns Zeugnisse ihrer Torheit. Scheel, um zum nächsten zu kommen, ließ uns in einer Art von Schulaufsatz wissen, welche große Höhen zu erstreben er nach Prötzel in den Blumenthal-Wald aufgebrochen war. Er erwartete, in den wahren Orden der Templer aufgenommen zu werden. Er wusste nicht, dass ihn sein Henker mit doppeltem Hinweis – dem nicht eben vulgärlateinischen Wort *cuculus* und dem Namen der Flur, in dem der Stein lag, auf dem man ihn fand – als einen notorischen Bordellgänger und Gast des Elisiums der Madame Kuckuck bloßzustellen trachtete.«

Allgemeines Getuschel.

»Am Ende hat leider auch der junge von Hordt der Versuchung nicht widerstehen können, in die Sphären des vermeintlich

echten, höchst christlichen Templerordens emporzuklettern. Was ihm zum Verhängnis wurde, ist fast das Papier nicht wert, auf das es geschrieben wurde. Dennoch galt es dem heimlichen Richter für ausschlaggebend, um einen jungen, ehrgeizigen und aufrechten Mann todbringenden Kugeln zu überantworten.«
An der beklommenen Stille konnte man ablesen, dass Lessings *Ernst und Falk* bereits die Runde gemacht hatte.
»Ich weiß nicht, inwieweit Ihnen die fürchterlichen Schwüre in Erinnerung sind, die einst ein gewisser Gugomos seinen Anhängern abverlangte? Da war von der tödlichen Bestrafung aller Verräter die Rede. Man darf dies hier ausweiten und Diebstahl, Ehebruch und schwarze Magie ebenfalls als Verrat an den Zielen des Ordens auffassen. Dies rechtfertigt in einer normalen Loge sicher bereits den Ausschluss eines Bruders. In der höchst speziellen, geheimen Spezialloge, dem Sacrower Gold- und Rosenkreuzerzirkel *Zur alten Burg* nämlich, waren diese Fehltritte dagegen schlimmste, unduldbare Verbrechen.«
Stille. Die Brüder saßen und lauschten stocksteif.
»Dies will uns jetzt so räsonabel scheinen und ist doch so grausam, vor allem, wenn man bedenkt, dass es der christlichste Zirkel ist, in dem derlei geschah. Nicht wahr, Monsieur Wallner, oder sollte ich sagen, *Bruder Pelikanus*? Sie wussten genau Bescheid über Ihre Schäfchen. Gut möglich, dass sie Ihnen ihre Sünden selbst eingestanden. Wenigstens von Ascheborns Experimenten nach der *Magia innaturalis nigra* und von Hordts Lessing-Lektüre werden Sie Kenntnis gehabt haben. Die Vermessenheit der Brüder, die sich trotz dieser ihrer Verfehlungen anschickten, in den echten Templerorden einzutreten, die sich also frech für Erwählte und Berufene hielten, obwohl sie doch nur arme Sünder waren, muss Ihnen als weiterer Beleg für ihre Verworfenheit erschienen sein.«
Wallner war die Blässe selbst. Stockend, fast stotternd sagte er: »Ich wusste auch von Brandes' Diebstahl. Bruder Neuhof hat

ihn bemerkt, da sich Bruder Brandes sehr ungeschickt angestellt hat. Es waren schon Pläne im Zirkel geschmiedet, die Sache ohne Aufsehen zu regeln. Brandes hätte freilich den Orden verlassen müssen.«

»Wusste er, dass Sie …?«

»Nein, es wäre ihm nach unserer Sitzung in Sacrow mitgeteilt worden. Er verschwand zu schnell. Danach hat es sich erübrigt.«

»Der Mord kam Ihnen zupass, indem er Sie einer leidigen Pflicht entband!«

Wallner war heftig aufgefahren.

»Monsieur! Ich verbitte mir diese ungeheuerliche Unterstellung! Ich bin zwar der Ansicht, dass Verrat tatsächlich so weit gefasst werden müsste, wie Sie es andeuteten, doch ich würde die Hinrichtung nur symbolisch vollziehen. Durch den Ausstoß.«

Langustier nickte.

»In der Tat hielte ich Sie als Wirtschaftsfachmann und Kammerrat auch für einen zu gewieften Ökonomen – ich entsinne mich da gewisser Gebührenforderungen –, um Ihnen zuzutrauen, einen derart großen Aufwand für ein so geringes Ergebnis zu treiben.«

Wallner nickte verwirrt und empört. Langustier wandte sich wieder der Gesellschaft zu. Kurz streifte sein Blick den roten Kopf Neuhofs. Er besann sich auf das Naheliegende und fragte den Zitternden gegenüber:

»Lieber Ordensbruder Lüdicke, haben Sie mir vielleicht etwas verschwiegen bei unserer kleinen Unterhaltung gestern? Die Lügen, mit denen man mich abgespeist hat in den letzten Tagen, sind ja ohnehin Legion.«

»Nein, ich habe Ihnen gestern nichts verschwiegen. Das schwöre ich.«

»Gestern nicht, als Sie mir eingestanden, die Briefe des geheimnisvollen Ordensoberen an seine willigen Novizen, die Briefe des Mörders an seine Opfer, weiterbefördert zu haben.«

Allgemeiner Aufruhr.
»Aber an jenem Morgen, als ich mit Ihnen in Sacrow sprach. Da haben Sie geleugnet, mit Ordensbruder Hupfuff gemeinsame Sache gemacht zu haben. Die Katzenexperimente, wissen Sie noch?«
Lüdicke nickte, erschlagen.
»In der Alchemistenküche im Kirchturm!«
Hupfuff hüpfte auf.
»Ich weiß zwar nicht, was dies jetzt zu bedeuten hätte, aber ich gestehe es ein. Wir hatten ein altes Zauberbuch gefunden. Es war beim Umzug der Kunkelschen Bibliothek vom Pfarrhaus ins von Hordtsche Schloss übrig geblieben.«
»Aha!«, sagte Langustier. Er dachte nach. »Monsieur Klaproth, Sie waren auch dabei.«
Der Herr auf dem diagonal entgegengesetzten letzten Stuhl erwiderte indigniert.
»Wie kommen Sie darauf?«
Langustier sagte ruhig: »Ein Ordensbruder aus der königlichen Familie war so freundlich, mir dies zu bestätigen.«
»Hümnja.«
Klaproths Hochmut klappte zusammen. Zerknirscht gestand er ein, bei dem schwarzmagischen Experiment zugegen gewesen zu sein.
»Doch was haben diese im Dienste der Wissenschaft unternommenen Proben, bei denen zugegebenermaßen einige schwarze Kater ins Gras bissen, mit dem ernsthaften Gegenstand zu tun, über den Sie bisher hier verhandelten?«
Zustimmendes Gemurmel.
»Das werde ich Ihnen verraten, Bruder Klaproth. Eines dieser Geschöpfe fand sich zu Füßen des toten Bruders Ascheborn, Ihres Gehilfen, auf dem Templergrab in Tempelhof.«
Grabesstille. Nur eine Kerzenflamme gab ein winziges Explosionsgeräusch von sich.

»Das Buch indessen, nach welchem Sie in Sacrow laborierten, landete seltsamerweise auf einem Bücherbord, auf dem es kein wahrer Christenmensch wohl je vermutet hätte. Wie kam es dorthin? Der aufrechte Ordensbruder, der es dort abgestellt, hielt es ebenso wenig eines besseren Versteckes für würdig wie das alte, rostige Schwert, mit dem er Ascheborn erschlug. Rekapitulieren wir: Was bedurfte es, um den Mörder auf den Plan zu rufen? Keiner Menetekel, Überschwemmungen, Drachen, bengalischen Mahn- und Warnlichter, sondern vor allem eines unerschütterlichsten, aber auch unduldsamsten Pietistenglaubens. Doch es fehlte noch immer etwas. Monsieur Klaproth, können Sie es uns sagen?«

»Wie sollte ich? Ich weiß nicht, was den Unseligen bestimmte. Allenfalls könnte ich aus dem Gesagten gewisse Schlüsse ziehen ...«

Klaproth wand sich.

»Sie kennen den Täter. Sie kennen dieses Bücherbord, Sie haben die Stube nach meiner Beschreibung erkannt. Doch Sie wollen den Mörder nicht bezeichnen, da Ihnen Verrat das größte aller Verbrechen dünkt. So stimmen Sie mir zu, wenn ich sage, dass es dieser Ordensbruder war.«

Er trat hinter Bärbaum vorbei und legte Lüdicke die Hand auf die Schulter. Klaproth schüttelte den Kopf. Langustier ging zum Nachbarn Lüdickes, zu Sello, und wiederholte seine Geste. Klaproth schüttelte den Kopf. Langustier ging zwei Plätze weiter und legte die Hand auf. Klaproth bewegte sich nicht. Das war wohl das Äußerste an Zustimmung, was Langustier von ihm erwarten durfte. In den Augen aller stand Entsetzen und Verblüffung. Als wollte er eines der üblichen kleinen Vergehen aufs Tapet bringen, sagte Langustier:

»Königliche Hoheit! Ehrwürdige Ordensbrüder! Dieser bislang so hochwürdige Bruder, dessen Kanzelreden über allen Zweifel erhaben waren, hat etwas Ungeziemendes begangen, ich bitte mir aus, dass ich ihn deswegen anzeigen darf. Die Bestrafung wird, wenn ich Recht habe, jemand anderer vornehmen. Ihr Groll betraf nicht nur herabgefallene Servietten, Monsieur – Bruder scheue ich mich, Sie fürderhin zu nennen. Grund für Ihre Wut ist die Disharmonie, die Zerrüttung des Ordens, der Verfall der Sitten, die Abkehr von Gott, habe ich Recht?«

»Allerdings!«

Ein kollektiver Seufzer von bemerkenswertem Gleichklang war zu hören. Alle blickten auf Maußhardt, der sich hoch aufgerichtet hatte und jetzt, das Haupt leicht zurückgeworfen, mit bebender Stimme sprach:

»In die Hölle mit den verruchten Ketzern! Ihr Tod war eine notwendige Reinigung des Ordens der Gold- und Rosenkreuzer! Dass sie zu den wahren Templern gehören wollten, spottet jeden Kommentars!«

Alle hatten sich erhoben. Keiner wusste, ob man den Verworfenen ausreden lassen oder ihm an die Gurgel springen sollte. Der Prinz machte ein Zeichen der Beschwichtigung. Er schien Maußhardt anhören zu wollen. Dieser sah sich in der Rolle des Retters, wo er doch das Verderben über sie gebracht hatte. Wieder erhob er die Stimme, ja er schrie fast:

»Ehrwürdige Ordensbrüder vom Gold- und Rosenkreuz! Mir allein ist gelungen, was jene Schändlichen, jene Abtrünnigen vergeblich versuchten. Ich allein fand den Stein der Weisen, den Lapis philosophorum, der uns die Grenzen der Zeit überwinden hilft und in Stand setzt, mit den wahren alten Oberen des Ordens in Verbindung zu treten, von gleich zu gleich! Ich habe eine Probe davon eingenommen und lag von der Stärke des Mittels drei mal drei Stunden ohne Regung. Dann zog es mich mit göttlicher Kraft auf den Königswall, wo mir in einer Aureole aus blauem Licht der letzte Großmeister der VII. Templerprovinz erschienen ist. Es war mein eigener Urahn, Ambrosius Maußhardt. Er hatte keine eigenen Nachkommen, sondern nahm ein Findelkind an Sohnes Statt. Er trug mir auf wiederzuerrichten, was Jahrhunderte des Verfalls in Trümmern hinterlassen. Durch die Einweihung eines wahrhaft unerschrockenen ersten Novizen in Fleisch und Blut wieder erstehen zu lassen, was in käuflichen Hochgraden zum Mummenschanz verkommen ist, dies hat mir der Altehrwürdige Großmeister und Vorfahre befohlen! Er wies mich im Archiv des Grauen Klosters auf die Liste seiner Vorgänger hin, die alle Komture von Tempelhof waren.«

Er schwieg erschöpft.

»Wie ist sein Name?«, fragte Langustier.

»Wessen Name?«, fragte Maußhardt zurück.

»Der Name Ihres Novizen.«

»Akantus.«

»Sagen Sie uns seinen wahren Namen!«

»Dies ist sein wahrer Name. Den profanen hat er abgestreift, in dem Augenblick, da ich ihm den Triangel als sein Achselzeichen einbrannte. Er hat seine drei Proben bestanden und ist nun ein Ritter vom salomonischen Tempel.«

»Drei? So haben Sie selbst nur einen der Ordensbrüder, der törichte, fehlgeleitete Novize aber dreie gerichtet?«

Maußhardt nickte.

»Ascheborn vernichtete ich selbst. Akantus eiferte mir bei den folgenden Exekutionen nach.«

Heftigster Tumult unter denen, die dies anhören mussten. Der Prinz schickte Decker nach der Wache, um Distel und seine Leute zu holen. Als sich die Unruhe gelegt hatte, fragte Langustier:

»Woher aber wussten Sie von Brandes' Diebstahl und von Scheels Elisium-Besuchen?«

»Es wird auch unter Ordensbrüdern geredet. Neuhof erzählte Wallner von dem Diebstahl. Von diesem erfuhr ich es unter dem Mantel des Schweigens. Scheel hinwiederum hat Lüdicke von seinen Abenteuern in jenem gewissen unkeuschen Haus erzählt und diesen einmal gar versucht ins Verderben zu ziehen. Es ist ihm jedoch nicht ganz geglückt.«

Langustier trat nahe an den Prediger heran.

»Wäre es wohl möglich, ehrwürdigster Großmeister, einen Blick auf den Stein der Weisen zu werfen?«

Umstandslos zog Maußhardt eine kleine Tabatiere hervor und streute ein gräuliches Pulver auf das Tischtuch.

»Die Prima materia entsteht in einem langwierigen Prozess, an dem Baumöl, Borax, Branntwein, Ei, Essig, Salmiak, Salpeter, Brunnenwasser, Hirschhorn, Wolle, Ziegelmehl, Harn, ungelöschter Kalk und eine mir unbekannte Pflanze beteiligt sind, von der ich hier eine Blüte gepresst habe.«

Er klappte sein maurerisches Gesangbuch auf.

»Mandragora?«, fragte Langustier. »Alraune?«

Klaproth trat hinzu, besah sich die Blüte und diagnostizierte:

»Nein, etwas wahrlich Giftiges – der Gemeine Stechapfel, *datura stramonium*. Er verursacht Halluzinationen und greift bei längerer Einnahme das Gehirn an.«

»Der Glaube an die alten Oberen war somit eine Spätfolge der Alchemie«, resümierte Langustier. »Haben Sie auch Ihrem Novizen von diesem Pulver gegeben?«, fragte er.

Maußhardt antwortete:

»Wo denken Sie hin! Er hat noch einen langen Weg vor sich, bis er über den Stein der Weisen gebieten kann.«

»Seinen wahren Namen!«, befahl der Prinz.

»Mir entlockt ihr nichts mehr – Unwürdige!« Maußhardt verstummte. Decker führte Distel herein, dessen Männer den Delinquenten, nach knapper prinzlicher Instruktion für das Verhör, hinausbrachten.

Der Prinz wandte sich an Langustier:

»Was ist von diesem ominösen Gehilfen zu halten? Handelt es sich um eine, njä – Erfindung?«

Langustier schüttelte den Kopf.
»Nein, ich glaube durchaus an diese Geschichte. Der Täter, ein Reiter, wurde vor dem ersten und dritten Verbrechen beobachtet. Die Pferde hatten unterschiedliche Vorderfesseln. Das mag durch einen einfachen Wechsel des Reittieres erklärt werden. Aber es gibt auch eine Veränderung der Symbolik. Erst mit dem zweiten Mord tauchten Bibeln und Totenschädel an den Tatorten auf. Überdies liegt es spätestens ab dem dritten Mord nahe, einen zweiten Mann am Werk zu vermuten: der Eremit sah einen kleineren, dunkelhaarigen, älteren – Maußhardt – auf dem Weg zum Mord an Ascheborn; die Tochter der Bauern im Blumenthal einen jüngeren, blonden, großen ... wie im übrigen auch der Küster der Parochialkirche. Ich selbst fand den Mörder in der Gruft viel größer als Maußhardt.«
Alle blickten auf Hupfuff und auf Sello, die sich sofort erbötig zeigten, ihre Unschuld darzutun. Das von Maußhardt eingebrannte Kainsmal war bei keinem von beiden zu finden. Noch mehrere Gesundheiten lang beriet man ohne Ergebnis, ob der zweite Mörder eine blonde oder eine braune Perücke getragen, ob er die Vorderläufe seines Pferdes schwarz oder weiß angemalt hätte. Nur eines war gewiss – im Raume war der Unhold nicht, denn die Kanonen, die das Pulver aus dem Weinkeller des Prinzen bis zum letzten Rest verfeuerten, gaben beim Tumult den vollendetsten Gleichklang. Zum Abschied erfolgte das letzte und stärkste Feuer, für das Wallner als Schlusstrinkspruch ausbrachte:

»Aller Brüder auf dem Erdenrunde
liebend sei gedacht in dieser Stunde! ...
Allen aber, die den Lauf vollendet,
sei ins Jenseits unser Gruß gesendet!«

Sonnabend, 23. Mai 1778

Langustier saß auf der Wiese am Heiligen See und sah den Schwalben, den Kranichen, den Haubentauchern, den Störchen und den Neuntötern zu. Der Doktor Heim und Gerardine, Rahel und die Schönermarks waren nach einigen erholsamen Tagen in Potsdam ins noch immer soldatenüberfüllte Berlin zurückgefahren. Die neueste Ausgabe der Vossischen Zeitung lag vor ihm. Er hatte gerade zu seiner Erheiterung mit seinem neuen Lorgnon unschwer entziffert:

»In einem Gasthofe im Mecklenburgischen kam es zu einem Treffen zwischen dem vormaligen englischen Gesandten Eliot und dem flüchtigen Baron von Knyphausen. Bei einbrechender Dunkelheit entwischte der Baron seinem Widersacher, der von ihm Genugtuung verlangt. Der derzeitige Aufenthalt des Barons ist unbekannt.«

Gerardine hatte ihn auf die richtige Meldung stoßen müssen:

»Am verwichenen Donnerstage fand sich im von Kameckeschen Forst Blumenthal bei Prötzel die selbst erhängte Leiche des Alexander Friedrich von Kamecke über einem Steine, der allseits in der dasigen Gegend nur als der Marktstein bekannt ist. In einem Abschiedsbriefe gelobte er einem nicht näher zu bezeichnenden Lehrmeister seine Treue und bezeichnete als einzige Schuld, die er in seinem kurzen Leben auf sich geladen, die Zweckentfremdung der Totenköpfe seiner Ur- und Voreltern zu freimaurerischem Gebrauche sowie das Verbrennen eines höchsteigenen Poems über die griechische Sagenheldin Proserpina. Alle übrigen Taten habe er im reinen Glauben an den allmächtigsten Schöpfer usw. usf. …«

Mit leichtem Bedauern hatte Langustier zu Susette Schönermark gesagt, die noch ganz unter dem Eindrucke Göthes stand: »Hätten Sie sich im Elysium an den Verfasser erinnert, wäre die Enthüllungs-Loge anders verlaufen. Vielleicht hätte man den törichten Jungen mit seiner blonden Perücke sogar retten können …«
Sie war bleich geworden, und so hatte er sich beeilt hinzuzufügen:
»Angesichts der Lateinkenntnisse von Kameckes hätte ich es mir freilich zusammenreimen müssen. Ich fürchte, ich werde älter!«

Göthe saß derweil in der ruckelnden Kutsche und dachte an Frau von Stein. Sein Brief an die ferne Vertraute eilte ihm voraus:

> Wenn ich nur könnte bey meiner Rückkunft Ihnen alles erzählen, wenn ich nur dürfte. *Sie ahnden ja gar nicht und glaubten es sowieso nicht was mir hier alles widerfahren! Von den früheren Heldentaten des alten Kochs wird mein erstes Criminal handeln müssen.* Aber ach die eisernen Reifen mit denen mein Herz eingefasst wird treiben sich täglich fester an dass endlich gar nichts mehr durchrinnen wird. – Wenn Sie das Gleichnis fortsezzen wollen, so liegt noch eine schöne Menge Allegorie drinn.
> So viel kann ich sagen je größer die Welt desto garstiger wird die Farce und ich schwöre, keine Zote und Eseley der Hanswurstiaden ist so eckelhafft als das Wesen der Grosen Mittlern und Kleinen durch einander. Ich habe die Götter gebeten dass sie mir meinen Muth und grad seyn erhalten wollen biss ans Ende, und lieber mögen das Ende vorrücken als mich den lezten theil des Ziels

lausig hinkriechen lassen. Aber den Werth, den wieder dieses Abenteuer für mich und uns alle hat, nenn ich nicht mit Nahmen. *So Sie erst mein Criminal lesen, wird es Ihnen einleuchten!* – Ich bete die alten Götter an und fühle mir doch Muth genug ihnen ewigen hass zu schwören, wenn sie sich gegen uns betragen wollen wie ihr bild die Menschen. *Doch ich merke heut wohl wie unklar ich bin und lasse das schreiben sein.* Mein Verlangen steht sehr vorwärts nach hause.

G.

Historische Stichworte

Elisium und andere »gewisse Häuser«

1778 waren ungefähr 100 »gewisse Häuser« in Berlin bekannt. Etwa dreißig befanden sich allein entlang der Königsmauer und in der Königstraße (Vgl. Gotthard Feustel: Käufliche Lust, Leipzig 1992, S. 130). Das Bordell der Madame Schubitz war weltberühmt. Dass Goethe ein »gewisses Haus« besucht haben soll, ist ein Märchen, welches sich an die Eintragung *Elisium* im stichwortartigen Tagebuch des Weimarers knüpft. Heinrich Laube hat als Erster in seinen 1847 erschienenen *Reisenovellen* das Gerücht verbreitet, es hätte sich dabei um ein Bordell gehandelt. Ein Billet Goethes vom 18. Mai 1778 an Anna Louisa Karsch, die Berliner Lokaldichterin, legt aber eine andere Deutung nahe: »Gewähren Sie mir, meine Theuerste, das Vergnügen Ihrer Unterhaltung heut abend auf der Redoute im Elisium. Wenn Mad. Hempel von der Partie ist, solls mich freuen. Wenn es dunkelt, komm ich und hohle sie beide. Adieu G.« (Goethes Werke, hrsg. v. Paul Raabe, München 1990; Nachträge und Register zur IV. Abt., Briefe, Bd. 51, S. 50) Daraus erhellt, gerade bei einsetzender Dunkelheit: Das *Elisium* war ein Tanzlokal.

Freimaurer

Die Freimaurer sind ein Männerbund, der in »Tempeln« nach althergebrachten Anweisungen rituelle Zusammenkünfte zelebriert. In einzelnen Gruppen, die sich »Logen« nennen, durchlaufen die Mitglieder mehrere Grade, die ihren Ort auf dem Weg der geistigen Reifung umschreiben. Die Ziele des Bundes sind höchst allgemeiner humanitärer und aufklärerischer Art: Toleranz, Brüderlichkeit, Gleichheit und Freiheit im menschlichen Miteinander. Die Ritualistik hat sich in verschiedenen Systemen unterschiedlich entwickelt. Die Freimaurer sind heutzutage freilich auch im Internet aktiv: www.freimaurer.org

Friedrich II., nach Diktat verreist
Um im Bayerischen Erbfolgekrieg nicht gestört zu werden, erließ Friedrich II. eine »Cabinets-Ordre an den Großkanzler v. Fürst« betreffs der »Handhabung der Justizverwaltung während des Krieges«: »Da ich während meiner Abwesenheit und in den Kriegs-Troublen Mich mit denen Landesangelegenheiten nicht befassen kann, so will auch aus der Ursach von keinem Meiner Landes-Collegien und von niemanden in der Zeit mit Sachen behelliget werden; weil doch keine Antwort darauf erfolgen wird ... Es soll auch in der ganzen Zeit kein Todesurtheil vollzogen werden, sondern dergleichen Delinquenten, denen die Kriminalgerichte die Todesstrafe zuerkannt haben, sollen solange in die Festungen gebracht und aufbehalten werden, bis Ich wieder zurückkomme, alsdann Ich selbst erst zusehen will, ob sie den Tod würklich verdient haben oder nicht.« Zitiert nach: Die Behördenorganisation und die allgemeine Staatsverwaltung Preußens im 18. Jahrhundert, Bd. 16/2, bearbeitet von Peter Baumgart und Gerd Heinrich. Hamburg; Berlin, 1982, S. 475.

Friedrich II. und die Freimaurerei
1738 war Kronprinz Friedrich mit seinem Vater in Streit über den Nutzen von Geheimbünden geraten. Im Anschluss an den Disput trat der trotzige Thronfolger in den Bund der Freimaurer ein. Seine Aufnahme erfolgte in der Nacht vom 14. auf den 15. August 1738 durch sechs Mitglieder der Hamburger Loge im Kornschen Gasthof (*Zum Schloß Salzdahlum*) in

Braunschweig. Der Kronprinz eröffnete in Rheinsberg eine eigene Loge, welche *Hofloge*, *Loge première* oder *Loge du Roi notre Grand-Maître* hieß, denn er verstand sich von da an als »natürlicher« Großmeister der Freimaurerei in Preußen. Seit seinem Regierungsantritt im Mai 1740 bis zum Beginn des ersten Schlesischen Krieges im Dezember desselben Jahres wurde sowohl in Schloss Rheinsberg als auch im Schloss Charlottenburg maurerisch gearbeitet. Die Freimaurertätigkeit des Königs nahm infolge des Krieges ab. Zwar baute er Schloss Sans Souci nach freimaurerischen Gesichtspunkten, entwickelte aber später nicht mehr den Eifer seines ersten Freimaurerjahres (vgl. Werner Schwartz: Friedrich der Große und sein Verhältnis zur Freimaurerei. Berlin 1988).

Georg Forster und die Rosenkreuzer
Anonyme Veröffentlichungen des 17. Jahrhunderts aus dem Freundeskreis des schwäbischen Theologen Johann Valentin Andreä begründeten die schriftliche rosenkreuzerische Tradition (ältere Rosenkreuzer). Ihren Kern bildet der legendäre, fiktive Lebenslauf eines angeblich 1378 geborenen Ritters namens Christianus Rosencreutz, der die Bruderschaft der Rosenkreuzer gegründet haben soll. Aus der Mischung von Scherz und Tiefsinn erwuchs eine Reihe von Kontroversschriften. Es fanden sich aber auch zahlreiche Verteidiger, die zum Ausbau und zur Verbreitung der Rosenkreuzerlegende beitrugen. Die neueren Rosenkreuzer des 18. Jahrhunderts machten mit den alchemistischen Gedanken der alten Schriften Ernst. Die Rosenkreuzer waren besonders christlich gesinnte Freimaurer, die sich zu Rosenkreuzerzirkeln innerhalb einer Loge zusammenschlossen. Ihre »Arbeiten« waren zum Teil höchst konkreter, alchemistischer Natur. In Berlin verbreitete seit 1775 der altschottische Obermeister der Dreiweltkugelloge, Johann Christoph Wöllner, rosenkreuzerische Gedanken unter den Freimaurern. Wöllner

war Kammerrat des Prinzen Heinrich, so dass dieser – seit 1745 Freimaurer – nicht ohne Kenntnis der Rosenkreuzerei gewesen sein dürfte. In Berlin gehörte u.a. der Apotheker Martin Heinrich Klaproth dazu. (Klaproths Biograf stellt das ausdrücklich in Abrede, damit die Seriosität des späteren Entdeckers des Urans, Tellurs usf. erhalten bleibt; vgl. Georg Edmund Dann: Martin Heinrich Klaproth. Berlin 1958, S. 100 ff.) Einen Rosenkreuzerzirkel in Sacrow mit Namen *Zur alten Burg* gab es nicht.

Auch Georg Forster war Gold- und Rosenkreuzer. Sein Zirkel in Kassel, von Wöllner mitbegründet, hieß *Zum gekrönten Löwen*. Selbstironischen Erinnerungen zufolge streifte er auf der Suche nach »Sternschnuppensubstanz«, die er – der im Text erwähnten Abhandlung Plumoeks vertrauend – zur Darstellung des »rosenkreuzerischen Astralpulvers« für unabdingbar hielt, durch mondbeschienene, taunasse Wiesen. (Gerhard Steiner: Freimaurer und Rosenkreuzer. Georg Forsters Weg durch Geheimbünde. Berlin 1987.)

Goethe in Berlin

Über Goethes Berliner Woche erschienen mehrere Abhandlungen (zuletzt: Goethe/Berlin/Mai 1778: Sechs Tage durch die preußische Residenzstadt vom 27. 4.–9. 6. 2001, hrsg. von Siegfried Detemple. Berlin, 2001). Goethes Tagebuch des Aufenthaltes in Berlin und Potsdam ist ob seiner Kürze leicht in Gänze wiederzugeben. Am ersten Tag waren die Reisenden vormittags in Potsdam und besichtigten Sans Souci, wo der *Castellan* ihnen die Unordnung in den königlichen Gemächern vorführte. Goethe – ein großer Verehrer Friedrichs des Großen – reagierte gereizt, als dessen Bild durch die Reden des Fremdenführers beschmutzt wurde. Die *Engelsköpfe* waren die großen Reliefs am Neuen Palais, die *Nebenbuhler* indes ein Theaterstück des Dubliner Autors Richard Sheridan; es kam in dem privaten Theaterhaus der Privilegierten Döbbelinschen Gesellschaft in der Berliner Behrenstraße zur Aufführung.

»15 früh 6 ab. Potsd[am]. um 10. Exerzierstall. Waisenhaus, Stall besehn. Nachmittag nach Sanssouci. Castellan ein Flegel Engelsköpfe pp. ab 4 Uhr in Berl[in]. 9. Abend bey Pr[inz]. H[ans]. G[eorg von Anhalt-Dessau].

16. früh Porzellan fabr[ique]. Opernhaus. Cath[olische] Kirche Mittag bey Pr[inz]. Hans Georg. Nachm[ittags] Graf, Chodowiecki, Wegelin. Abends die Nebenbuhler.

17. Zu Andre durch die Stadt, Spaldings Predig[t]. Zu Frisch Zu Tafel Pr[inz] Heinrich. Nach[ ]t[isch]. in Tiergarten. Abends zu Hause.

18 Arsenal Mittag zu Hause mit Wedeln. Visiten, Karschin. Elisium. Wegeli.

19 Maneuvre, zu Hause mit Wedeln gegessen. N[ach]. T[isch]. zu Zedlitz, Concert, [Prinz]. v[on]. Würtenberg

20 Zu Chodowiecki mit [Zeichen für Jupiter = Herzog Carl August] Von Berlin um 10 über Schönhausen auf Tegeln. Mittags Essen. Über Charlottenb[urg]. nach Zehlendorf. Nachts 11 in Potsdam.

21 Zu Mittag Cap[itain]. Langler kam der Fürst v[on]. D[essau]. Nach Sans[souci]. Bildergalleri Garten.

22 Sternhaus früh. Altes Schloss Parade. Mad[ame] Quintus. Boulet. Garnison kirche. Gewehrfabr[ique].

23 Früh ab über Wittenberg. Coschwitz, nach Wörliz. angek[ommen]. 5. Uhr.«

(Zitiert nach Walther Victor: Goethe in Berlin; Weimar 1976, S. 19f.; Konjekturen von T. W.; alle Schreibeigenheiten von J. W. G.; dito in den Briefen).

Spätere Versuche des Komponisten Carl Friedrich Zelter, Freund Goethe ein zweites Mal an die Spree zu locken, blieben vergeblich. Die beiden im Text zitierten, bis auf die kursiven Einsprengsel authentischen Briefe an Frau von Stein geben seinen zwiespältigen Eindruck von der Stadt wieder. Erheitert hat ihn eigentlich nur die Berliner Sprache, besonders das Wort vom »Butterkellertreppengefalle« (vgl. Goethes Gespräche in der Biedermann-Ausgabe Bd. 4, S. 385 f.). Am 21. 12. 1809, in einem Brief an Marianne von Eybenberg, steht eine der letzten Erwähnungen Berlins: »Sagen Sie uns manchmal etwas aus dieser, wenigstens zu einem Drittel, wüsten Hauptstadt, der wir … alles Gute wünschen.« Und tschüss!

Goethe und die Freimaurerei

1776 war Goethe im herzoglichen Auftrag an Untersuchungen der Jenaer Studentenunruhen beteiligt. Mitglieder des Mosellaner- oder Amicistenordens wurden von der Hochschule verwiesen. 1777 nahm der Herzog Carl August an einer Tafelloge der Weimarer Loge *Amalia* teil – Anlass war der Besuch des Heermeisters der *Strikten Observanz*. Der Herzog von Weimar begann daraufhin, Freimaurerliteratur anzuschaffen. Als Johann Joachim Christoph Bode im Januar 1778 nach Weimar zog, brachte er eine Kopie der ersten drei Kapitel des von orthodoxen Maurern als Verräterschrift betrachteten Textes *Ernst und Falk. Gespräche für Freymäurer* von Gotthold Ephraim Lessing mit (gedruckt erschien sie im September). Bis zu seiner Aufnahme in die Loge *Amalia* am 23. Juni 1780 befasste sich Goethe dienstlich wiederholt mit verbotenen oder zu verbietenden akademischen Orden. Auch des Herzogs Beitritt (1782) diente dem Ziel, die geheime Maurerei im Staat besser kontrollieren zu können. Vgl. W. Daniel Wilson: Unterirdische Gänge. Goethe, Freimaurerei und Politik. Göttingen 1999.

Graues Kloster

Franziskanerkloster; gotischer Kirchenbau ab ca. 1250; 1571–1574 alleinige Nutzung der Klostergebäude durch Leonhard Thurneißer vom Thurn; Anlage einer gut gehenden Druckerei; seit

dem 13. Juli 1574 Berlinisches Gymnasium zum Grauen Kloster (Thurneißer war noch bis 1584 im Haus); 1767 Zusammenlegung mit dem Cöllnischen Gymnasium.
Der Direktor Anton Friedrich Büsching bemühte sich während seiner Amtszeit um einen Neubau, den Friedrich II. trotz katastrophaler Zustände in den Schulräumen wiederholt ablehnte. Büsching rief einen bürgerlichen Baufonds ins Leben und zahlte große Teile seines eigenen Einkommens darin ein; die Streit'sche Stiftung beteiligte sich maßgeblich, so dass der ersehnte Neubau im Todesjahr des knauserigen Königs begonnen und 1788 beendet werden konnte. Seine letzten Lebensjahre verlebte Büsching in seinem Garten am Landsberger Tor, wo er nach seinem Tod 1793 auch beerdigt wurde. Den ungefähren Ort bezeichnet heute ihm zu Ehren die Büschingstraße.

Große National-Mutterloge in den preußischen Staaten
Auf Geheiß Friedrichs II., der sich öffentlich zur Freimaurerei bekannte, wurde am 13. September 1740 durch die Berliner Kaufleute Paul Benezet, Christian Gregory, Jean Serre und Philippe Simon, unter Mitwirkung des Bruders Jordan im Hotel *Montgobert* (= vormals Hotel *Stadt Paris*) in der Brüderstraße 39 die Loge *Aux trois Globes* gegründet. Bis 1743 wurde in dieser Loge nur in französischer Sprache »gearbeitet«. 1744 bestanden bereits mehrere Tochterlogen. Um Verwaltung und Finanzen zu konsolidieren, wurde nach englischem Vorbild eine so genannte Schaffnerloge gebildet, welche den Namen *Große Königliche Mutterloge zu den drei Weltkugeln* annahm. Prinz Heinrich wurde 1745 Mitglied. Wohl in Anlehnung an die Amtsbezeichnung des 1772 eingesetzten National-Großmeisters der Strikten Observanz, des Herzogs Ferdinand von Braunschweig, nannte sich die Großloge 1772–1797 *Große National-Mutterloge in den Preußischen Staaten*. Anschließend hieß sie *Große National-Mutterloge »Zu den drei Weltkugeln«*.

1935–1946 war in Deutschland die Freimaurerei verboten. Nach dem Zweiten Weltkrieg nahm die *Große National-Mutterloge »Zu den drei Weltkugeln«* ihre Arbeit wieder auf.

Illuminaten

1776 erfolgte Gründung von Adam Weishaupt, eines von der Strikten Observanz und der Freimaurerei enttäuschten Jesuitenschülers. Weishaupt ernannte 1781 den später irrtümlich als Benimmlehrer verkannten Freiherrn Adolph von Knigge zu seinem Sendboten, dem es in kurzer Zeit gelang, die Zahl der Mitglieder über einen regen Briefverkehr stark zu vermehren. Der Orden ließ jedoch eine stimmige Form vermissen, bis er 1785/86 im Zuge einer generellen Aktion gegen Geheimbünde vom bayerischen Kurfürsten verboten wurde und sich auflöste. Inhaltslosigkeit und Formlosigkeit ließen den Briefkasten-Orden zur geeigneten Projektionsfläche für Verschwörungstheoretiker und Mystizisten werden, obwohl an seiner faktischen historischen Belanglosigkeit kein Zweifel besteht.

Nicolai als Jesuitenhasser

1773 von Papst Clemens XIV. aufgehoben (wenn auch 1814 von Papst Pius VII. wiederhergestellt), verleitete das Schicksal des Jesuitenordens zur Parallelisierung mit den Templern. In Berlin war es vor allem der ansonsten so humanistisch zivile Friedrich Nicolai, der sich als Verächter und Jäger der Jesuiten hervortat. Nikolai Karamsin, ein russischer Dichter, der 1789 Deutschland bereiste, beschreibt das Phänomen in den *Briefen eines russischen Reisenden* (Berlin 1981, S. 79ff). Goethes schneller Abschied im Tiergarten erklärt sich aus der Tatsache, dass eine der zahlreichen moralisierenden Schriften, die gegen seinen *Werther* gerichtet waren, von Friedrich Nicolai stammte: *Freuden des jungen Werthers.* Darin wurde aus der echten Pistole, mit der sich Werther erschoss, eine Schreckschusspistole. In den mit Schiller gemeinsam verfassten *Xenien* war Nicolai die erklärte Hauptzielscheibe der Weimarer.

Parochialkirchengruft
Die Parochialkirche stellt heute einen der wenigen erhaltenen Barockbauten Berlins dar. Der Abstieg zur Gruft (vollendet um 1701), in der durch Luftzirkulation eine völlige Austrocknung und Mumifizierung der Leichen auftrat, erfolgte über eine Wendeltreppe links vom Eingang. Die Leichen hatte man durch eine Bodenluke im Eingangsbereich herabgelassen. Zu DDR-Zeiten waren die Särge, um profanen Lagerplatz zu gewinnen, auf halber Grundfläche übereinandergestapelt und dieses Depot vermauert worden. Durch die Unterbrechung der Luftzirkulation begann eine Zersetzung der Leichen. Schon zuvor waren viele Särge von Grabräubern aufgebrochen und durch Medizinstudenten der Charité 25 Schädel entwendet worden. Einmal fand sich eine gut erhaltene ältere Dame (die sog. »Rote Else«) auf den Stufen zur U-Bahnhaltestelle Klosterstraße. Seit 1990 werden die erhaltenen Reste der Bestattungen pietätvoll restauriert. Trotz eines vorhandenen Verzeichnisses ist es nur bei einem von 159 verbliebenen Särgen gelungen, die Identität des darin befindlichen Leichnams zu belegen (vgl. Kai Michel: Und Tote reden doch. DIE ZEIT, 6. 2. 2003, S. 32). Den Sarg mit der roten Bespannung gibt es. Ebenso die Kindersärge sowie die beiden Steinsarkophage. Letzte gehören in Wahrheit der Familie von Lüderitz.

Pathologe Heim
Ernst Ludwig Heim, geboren 1747 in Solz nahe Meiningen, studierte ab 1766 in Halle Medizin. 1776 wurde er Stadt- und Kreisphysikus in Spandau. Er heiratete 1780 Charlotte Maerker und siedelte 1783 mit seiner Familie nach Berlin über, wo er über 50 Jahre, bis zu seinem Tod, praktizierte und sich zu einem

Volksarzt im wahrsten Sinne entwickelte. »Heim bemühte sich stets, wissenschaftlich zu denken und zu arbeiten. Das machen die zahlreichen Sektionen, die er selbst ausführte, besonders deutlich. So setzte er noch in Spandau durch, daß er alle seine Patienten, die gestorben waren, sezieren konnte, um seine Diagnose und Behandlung zu kontrollieren. Er sezierte auch eines seiner eigenen Kinder, das die Geburt nur wenige Tage überlebt hatte. Es ist ein Manuskript *Leichenöffnungen* erhalten, in dem er mehrere Sektionen genau beschreibt. Er sezierte auch Tiere wie Pferde, Rinder, Schweine, Schafe, Wild, ja sogar ein trächtiges Kamel oder ließ solche Sektionen vornehmen. Sicher trugen diese Untersuchungen zu seinen oft erstaunlichen diagnostischen und therapeutischen Fertigkeiten bei«. (Zitiert nach: Ernst Ludwig Heim: Tagebücher und Erinnerungen. Ausgewählt und hrsg. von Wolfram Körner. Leipzig 1989, S. 9)

Prötzel und der Blumenthal

Der Oberhofmeister Friedrichs I., Paul Anton von Kamecke, erwarb um 1700 Dorf und Gut Prötzel und verfügte den Bau eines Schlosses. Es wurde als ein gut proportionierter Putzbau mit Mansardendächern 1707 errichtet. Im Laufe der Zeit entstanden ein herrlicher »Lustgarten und auch sehr kunstreiche Fontänen«. 1738 übernahm Kameckes Sohn Friedrich Paul die Besitzungen und ließ 1770 Veränderungen am Schloss vornehmen.

Vom einstigen Lustgarten mit Fontänen sind heute – bis auf Ruinenreste eines Pumpwerks – keine Spuren mehr erkennbar. Das Schloss ist ruinös, wenngleich im Bestand gesichert. Abenteuerreisenden, die den verwunschenen Blumenthal-Wald erkunden wollen, ist neben dem Kapitel »Der Blumenthal« in Fontanes »Wanderungen« (Zweiter Teil. Das Oderland. Auf dem Hohen-Barnim) Jan Feustels populärwissenschaftlicher Aufsatz »Die Stadtstelle Blumenthal. Vom wüsten Dörflein zum germanischen Heiligtum« als vorbereitende Lektüre zu empfehlen. (In: Die Mark Brandenburg, Heft 40, 2001; Geheimnisvolle Ruinen, untergegangene Orte, versunkene Stätten, S. 28–31.)

Sacrower Heidenschanze

Die *Römerschanze* im Naturschutzgebiet Königswald in der Nähe von Sacrow, einem Ortsteil von Potsdam, wird im Volksmund auch *Räuberschanze*, *Schwedenschanze* oder *Königswall* genannt. Die bronzezeitliche Befestigungsanlage stammt aus der Zeit von 1000 bis 500 v. Chr. Später wurde sie vom 7. bis 12. nachchristlichen Jahrhundert als slawische Burg genutzt – bis zum Anfang des 13. Jahrhunderts, der Zeit des Templerordens. Überrest der imposanten Befestigungsanlage ist ein gewaltiger Ringwall. Das seit 1956 unter strengem Denkmalschutz stehende Bodendenkmal wurde erstmalig 1881 und dann in den Jahren 1908 bis 1910 mit archäologischen Methoden untersucht. Die Freilegung eines bronzezeitlichen Pfostenhauses und die Untersuchung der Wallanlage erbrachten zahlreiche Fundstücke. Den im Text erwähnten Altarstein und die *Dreibrüdereiche* gab es nicht.

Strikte Observanz

1778 existierten in Berlin drei Großlogen (die sog. Altpreußischen Großlogen). Die Große National-Mutterloge in den Preußischen Staaten (= *Zu den drei Weltkugeln*) war zu dieser Zeit noch der Lehre von der *Strikten Observanz* verpflichtet. Die alten Templerprovinzen wurden im Sprachgebrauch wieder errichtet: Berlin wurde *Templin* genannt (dort saß früher der templerische Provinzial-Ordensgroßmeister), die Großloge als Ganzes *Präfektur Templin der VII. Provinz*. Als Großmeister der vereinigten Logen der strikten Observanz fungierte Ferdinand Herzog von Braunschweig-Lüneburg, während der spätere Herzog von Braunschweig-Oels, Prinz Friedrich August

von Braunschweig-Lüneburg, das Amt eines National-Großmeisters innehatte.
Eine im 18. Jahrhundert entstandene Legende behauptete, der mittelalterliche Templerorden hätte im Geheimen über die Jahrhunderte fortbestanden und stets die ursprüngliche Freimaurerei verkörpert. Historisch ist an dieser Geschichte nichts Wahres (vgl. das Internationale Freimaurerlexikon von Eugen Lenhoff und Oskar Posner, Wien 1932; Nachdruck München o. J.). »Die Bereitwilligkeit, mit der die Maurer die Templerlegende übernahmen, erklärt sich einerseits durch den besonderen Sinn, den sie dem Maurergeheimnis verlieh, es gab aber auch andere Gründe. Die Hochgradliebhaber unter den Brüdern erwarteten von ihr eine phantastische Welt, in welcher die verführte Phantasie die Befriedigung erfahren könne, welche ihr das wirkliche Leben verweigerte. Adlige, welche durch die absolute Monarchie der Macht beraubt worden waren, die ihre Vorfahren noch ausgeübt hatten, durch Handel oder Industrie reich gewordene Bürger, Bürgerliche, die sich des Wertes bewußt waren, den ihnen, praktisch betrachtet, ihre intellektuelle Kultur oder ihre Geschäftserfahrung verlieh, romantische Geister, begierig, über die Monotonie ihrer täglichen Existenz den Schleier einer schmeichelhaften Illusion zu werfen, sie alle suchten in den Schottenkapiteln eine Genugtuung für ihren Abstieg, eine Entschädigung für ihre unterdrückten Ambitionen, das Vergessen der unbefriedigenden Wirklichkeit.« (René Le Forestier: Die templerische und okkultistische Freimaurerei im 18. und 19. Jahrhundert. Bd. 1. Die Strikte Observanz. Leimen, 1987, S. 119).
Als positiv muss indessen gewertet werden, dass zu dieser Zeit die Logenbibliotheken, Kunst- und Naturalienkabinette in den Logenhäusern angelegt wurden. Für die Dreiweltkugelloge erstreckte sich die Phase der Strikten Observanz von 1765 bis 1783. Darüber hinaus schlug dem wiedererstandenen Ritter-

orden das letzte Stündlein nach einem Erlass von König Friedrich Wilhelm III. 1798, der jede Gesellschaft verbot, »in der unbekannten Oberen [...] Gehorsam versprochen wird«; auch wenn bei dieser Verfügung die altpreußischen Großlogen aufgrund von familiärer Affinität des Monarchen zu denselben genommen waren. In der heutigen Dreiweltkugelloge wird dem Hokuspokus der Ritterspiele ausdrücklich abgeschworen. Hier erinnern nur einzelne Namensgebungen und die Zahl der erreichbaren Erkenntnisstufen an die Zeit der Strikten Observanz, als Berlin noch Templin war, etwa die Bezeichnung »National-Großmeister«. Im vorliegenden Text ist stets vom »Orden« der Freimaurer die Rede. Nach dem Ende der Strikten Observanz setzte sich die Bezeichnung »Bund« durch.

Tafelloge
Die Tafelloge ist – im Gegensatz zur Arbeitsloge – eine vorrangig dem Vergnügen dienende Logenversammlung der Freimaurer mit besonderen Regeln für Beten, Singen, Toasts, Trinken sowie Strafgelder. Die Regeln wurden gedruckt niedergelegt, ewa: »Wer einen Bruder wider dessen eigene Neigung zum Trinken zwingt, zahlt zwei Groschen in die Armenkasse.« Oder: »Jeder, der voll süßen Weines in die Loge kommt, oder sich darin berauscht, soll einen Dukaten in die Armenkasse geben.« Da in den normalen Logen nicht gesungen wurde, waren Trauer- und Tafellogen Orte der musikalischen Übung. Hierfür gab es spezielle Gesangbücher mit »Freimäurer-Liedern«. Die militärischen Bezeichnungen für die Gläser und das Trinken rühren daher, dass viele Freimaurer dem Militärstande angehörten. Die Kanonade wurde später von den Burschenschaften übernommen, die eigene, vollkommen gehirnerweichende Saufkommente entwickelten (zum Thema allg. vgl. Regina und Manfred Hübner: Trink, Brüderlein trink. Illustrierte Kultur- und Sozialgeschichte deutscher Trinkgewohnheiten. Leipzig, ^{2}2004). Bei

den Freimaurern ist das tumultuöse Feuergeben weitestgehend abgeschafft. Die drei altpreußischen Großlogen distanzierten sich 1814 von der Kanonade. Im 18. Jahrhundert war der Brauch streng geregelt. Der Mediziner Johann Christian Anton Theden schrieb 1775 in einer internen Instruktion: »Der Triangel stellt ein doppeltes Winkelmaß dar. ...[I]m Vergnügen sollen wir auch nicht vergessen, nach dem Winkelmaß der Wahrheit zu handeln. Überdies wird unsre heilige Zahl 3 damit angezeigt. (Der Meister,) der 1. und 2. Vorsteher sind eine Loge, dreimal drei aber eine vollkommene Loge. 3 mal setzt man beim Feuern an, 3 mal wird der Triangel gemacht und mit 3 Tempos wird die Canone an ihren Ort gebracht.« (Zit. n. Paul Gehrke: Die Tafelloge. In: Bundesblatt [der Freimaurer] 1925, Heft 2, S. 44–52; hier: S. 44) Da kann man nur wünschen: Sehr zum Wohl!

Templer in Tempelhof, Mariendorf und Marienfelde
1119 von französischen Rittern unter Führung von Hugo von Payens als geistlicher Ritterorden während der Kreuzzüge gegründet, verfolgte der Templerorden vor allem zwei Ziele: den Kampf gegen die türkischen »Heiden« und die Pflege kranker Jerusalempilger. 1260 gab es in Europa 60 000 Templer in über 9000 Komtureien. Nachdem 1291 die letzte christliche Besitzung im syrischen Akka im Kampf an die Sarazenen verloren gegangen war, verlegten sich die Templer ganz auf Handel und Landwirtschaft. Die Zentrale der Bruderschaft, das Ordenskapitel, wurde nach Zypern verlegt.
Auf dem Teltow, ursprünglich gerufen, um die Ostgrenze des askanischen, markgräflich-brandenburgischen gegen das markgräflich-meißnische Territorium zu sichern, waren die Tempelbrüder nie in kriegerische Handlungen verwickelt. Die Keimzelle ihres kleinen Herrschaftsbereichs, der »Tempelhof«, war ein mäßig befestigter landwirtschaftlicher Domänenhof auf einer

Halbinsel in einem kleinen See. Von diesem See war bereits im 18. Jahrhundert nur noch die Hälfte übrig – in etwa der heutige Klarensee. Vom Gutshof hat sich nichts erhalten. Wo das Vorwerk »Hahnehof« stand, auf der östlichen Seite der Landstraße nach Berlin, Ecke Dorfstraße (an der Stelle der heutigen Deutsche-Bank-Filiale), befand sich einst die berühmte Wirtschaft von Julius Kreideweiß. Die mehrfach, zuletzt im Zweiten Weltkrieg zerstörte Dorfkirche von Tempelhof befindet sich noch am alten Platz. Der Vorläufer des Vorläuferbaus dürfte vor 1200 entstanden sein. Etwaige Templergräber auf dem kleinen Gottesacker existieren nur in der Phantasie des Autors.
Mariendorf und Marienfelde wurden von den Templern um 1200 gegründet. Die wehrhafte Natursteinkirche von Marienfelde mit ihren geringfügig bearbeiteten Graniten in allen Farben ist heute das älteste Bauwerk Berlins (erbaut um 1220). Sie steht in der unstrittig schönsten noch erhaltenen Berliner Dorfaue mit benachbartem Gutshof, Dorfstraße, Dorfschänke und Dorftümpel.
Der französische König Philipp IV. (der Schöne) neidete den Templern ihren wachsenden Besitz und bezichtigte sie daher 1305 der Ketzerei. Papst Klemens V. berief das Konzil von Vienne ein, wo 1311/12 ein Scheinprozess gegen die Templer stattfand. Man »überführte« sie der Anbetung eines Götzen namens »Baphomet« sowie der »unkeuschen, widernatürlichen« gleichgeschlechtlichen Liebe. Der Templerorden wurde »wegen Nutzlosigkeit und Ketzerei« aufgelöst. 75 von 2000 gefassten Brüdern wurden auf dem Scheiterhaufen hingerichtet, unter ihnen am 11.3.1313 der letzte Großmeister Jacques de Molay. In Portugal übernahm der Christusorden die Ländereien und Komtureien der Templer, im übrigen Abendland waren es die Johanniter, so auch in Tempelhof – auf Anordnung des Markgrafen Woldemar. Der letzte Tempelhofer Ordensmeister, Friedrich von Alvensleben, wurde erster Herrenmeister der Johan-

niter. Sitz des Johanniterordenskapitels war nach 1530 Malta, seit 1834 das Palais Malta auf dem Aventin in Rom. Nach der Reformation teilte sich der Orden in einen evangelischen und einen katholischen Teil. Der katholische Zweig nannte sich fortan Malteserorden. Der evangelische Teil heißt noch immer Johanniterorden (Ordenssitz seit 1949 in Bad Pyrmont) und hat einen Herrenmeister an seiner Spitze. 1435 verkauften die Johanniter die ehemaligen Templerdörfer und ihre 1360 erfolgte Neugründung »Richardsdorf« (= Rixdorf) an Berlin und Cölln.

Dank

Für die kritische Begutachtung der einleitenden Passage im vorliegenden Text, für wertvolle Hinweise zur Logen-Geschichte sowie die zuvorkommende Übersendung äußerst erhellenden Schrifttums zum abschließenden Tafellogenkapitel bin ich Herrn Großarchivar Werner Schwartz von der Großen National-Mutterloge »Zu den drei Weltkugeln« in Berlin überaus dankbar.

Herzlichst danken möchte ich Herrn Hans Hasselmann, dem zugeordneten National-Großmeister der Großen National-Mutterloge »Zu den drei Weltkugeln«, für das freundlichst gewährte vorbereitende Gespräch über Freimaurerei (vgl. taz, Berlin, 31. 1. 2005).

Herrn Dr. Daniel Krebs schulde ich herzlichsten Dank für die höchst eindrucksvolle, instruktive und staubaufwirbelnde Führung durch die Gruft unter der Parochialkirche.

© Sunhild Pflug

TOM WOLF

Geboren 1964 in Bad Homburg, Studium der Neueren Deutschen Literatur, Älteren Deutschen Sprache und Literatur sowie der Philosophie in Mainz, Bamberg, Marburg und Tübingen (1999 Dr. phil.). Arbeitete von 2000–2001 als Lektor bei der Edition Vincent Klink in Stuttgart und redigierte die literarisch-kulinarische Vierteljahresschrift »Häuptling Eigener Herd«. Seit 1984 veröffentlichte er zahlreiche belletristische Beiträge in Anthologien, Zeitschriften und Zeitungen und verfasste wissenschaftliche Bücher (u. a.: »Einmal lebt' ich wie Götter!!!« Nachforschungen zu Arno Schmidts »Gelehrtenrepublik«. Frankfurt am Main, 1987; Die Dimension der Natur im Frühwerk Alfred Döblins. Regensburg, 1993; Pustkuchen und Goethe. Die Streitschrift als produktives Verwirrspiel. Tübingen, 1999; Brüder, Geister und Fossilien. Eduard Mörikes Erfahrungen der Umwelt. Tübingen, 2001.)

Im berlin.krimi.verlag erschienen sind bislang die Honoré Langustier-Bände »Königsblau – Mord nach jeder Fasson«, 2001; »Purpurrot – Tödliche Passion«, 2002; »Rabenschwarz – Zepter und Mordio«, 2002; »Schwefelgelb – Mörderische Kälte«, 2003; »Smaragdgrün – Teuflische Pläne«, 2004; »Silbergrau – Blutige Spiele«, 2004.